化かしもの

戦国謀将奇譚

目次

装画
まいまい堂
装幀
征矢武

化かしもの

戦国謀将奇譚

旧国名地図

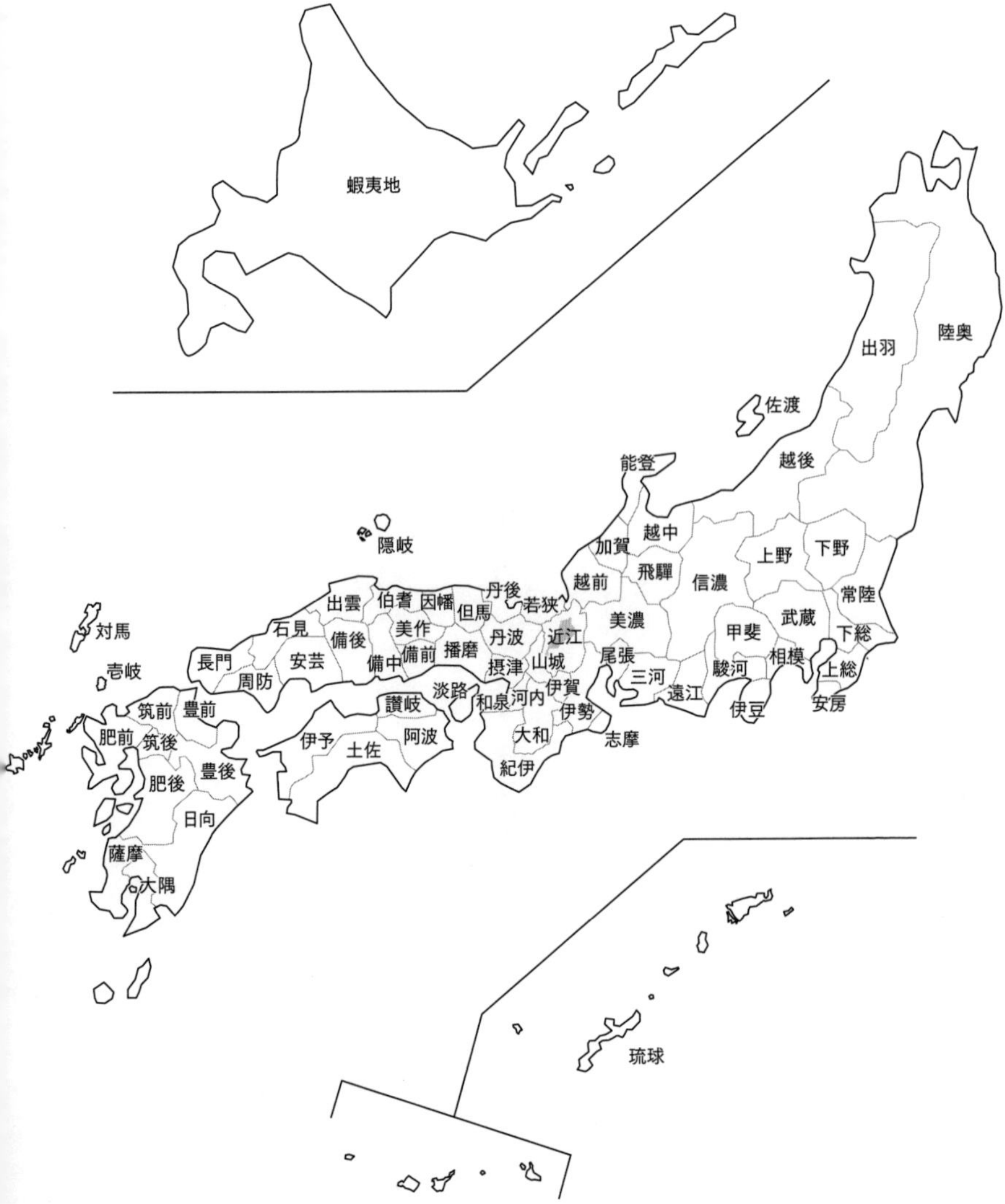

蝦夷地
陸奥
出羽
佐渡
越後
能登
越中
加賀
隠岐
上野
下野
飛騨
越前
信濃
常陸
丹後
若狭
出雲
伯耆
因幡
但馬
美濃
武蔵
対馬
甲斐
石見
美作
丹波
近江
下総
備後
長門
安芸
備中
備前
播磨
摂津
山城
尾張
三河
駿河
相模
上総
壱岐
周防
伊賀
淡路
和泉
河内
遠江
安房
筑前
豊前
讃岐
伊勢
伊豆
肥前
筑後
伊予
阿波
大和
志摩
土佐
豊後
肥後
紀伊
日向
薩摩
大隅
琉球

川中島を、もう一度

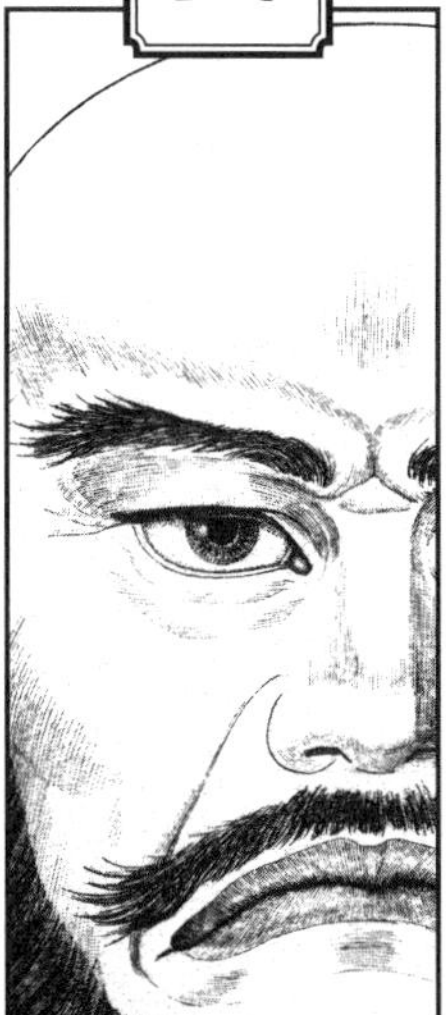

一

永禄《えいろく》十（一五六七）年、十二月。

年の瀬も押し迫ったその日、土屋《つちや》平八郎《へいはちろう》は、日暮れどきの城下町を歩いていた。

城の名は、躑躅《つつじ》ヶ崎館《さきやかた》という。甲斐《かい》を本領とする戦国大名であり、平八郎の主君でもある武田《たけだ》信玄《しんげん》の城館だ。

（いよいよ、冬が深いな）

息をほの白く曇らせながら、平八郎は足を進めた。

甲府盆地の冬、特に晩から朝方にかけての空気は、芯が凍えるように寒い。辺りをぐるりと取り囲む山々は、この時期、白く雪をかぶっている。その上を駆ける乾いた風は、冷気を麓へ吹き降ろし、まるで桶に水を注いだように平野に留まってしまう。他国から来る商人などは、この冷え込みの厳しさに驚き、体調を崩す者も多い。

（険しい土地柄だ）

と、この地で生まれ育った平八郎でさえそう思う。甲斐という国はこの気候に加え、山国であるため水田に乏しく、内陸であるため塩や海産物などもわざわざ他国から買い付けなければならない。

だが、この山深く、決して恵まれているとは言えない領国を基盤としながら、武田家は戦乱の世にあって、無敵とも言うべき強さを誇った。厳しい環境で育まれた精強な兵馬は、稀代の智将である主君・信玄の采配の下、風の如き疾《はや》さで、一糸の乱れもなく戦野を馳せ駆け、猛火の如き激しさで、四方の敵地を侵掠《しんりやく》し続けてきた。

今や、武田家は本国の甲斐に加えて、信濃《しなの》の大部分を併呑し、上野《こうずけ》や美濃《みの》にまで勢力を及ぼすなど、その隆盛はとどまるところを知らなかった。

――我ら武田こそ、最強の武士団である。

家中の誰しもが抱くその自負は、若い平八郎にとっても同様だ。いや、むしろ古株の家臣たち以上に、その思いは強く、深いものであった。

(なにしろ俺は……いや「俺たち」は)

あの信玄公の、「目」なのだから。

やがて目的の屋敷に着いた平八郎は、邸内の一室へ通された。部屋の中では、自身のほか三名の武士たちが、膳の料理をつついたり、酒を呑んだりしている。いずれも、平八郎と同じ武田家臣だ。

その中の一人が、

「おお、来たな」

と、平八郎の姿を認めるなり、嬉しそうに言った。年の頃は、三十七、八。すでに酔いはじめているらしく、大ぶりな顔が微《かす》かに上気している。

「遅れて申し訳ありませぬ。少し、仕事が長引き申した」

「なに、構わぬさ。忙しいのは良いことだ」

男の名は、曽根内匠《そねたくみ》。この屋敷の主であり、平八郎にとっては一回りほど年長の、兄貴分といったところだ。

「急に呼びつけて済まなかったな。外は寒かっただろう」

「なんの、どうということもありませぬ」

自分の膳の前に腰を下ろしつつ、平八郎は答えた。

「そうは言うが、耳が赤らんでいるではないか。やはり寒かったのだろう」

「だとしても、寒いだの暑いだのといった惰弱《だじやく》な言葉を、天下に名だたる武田の臣が、たやすく口にするわけには参りませぬ」

「若いなあ、平八郎」

座の中の一人が、わざとらしく声を上げた。

「どういう意味だ」

平八郎は、その壮年の朋輩《ほうばい》――三枝宗四郎《さいぐさそうしろう》をじろりと睨《にら》んだ。

「どういうもなにも、お主の若さが羨ましいと思っただけさ。そうした信念を、内に秘め、人知れず貫くならともかく、恥ずかしげもなく声高に述べられるのは、若者だけに許された振る舞いゆえな」

「もってまわった物言いをするな」平八郎はますます目つきを鋭くした。「俺のことを青臭いと言いたいのなら、はっきりとそう申せばよかろう」

「おや、困ったな。そんなつもりはなかったのだが」

（この野郎）

平八郎は、視線を三枝から逸《そ》らさず、むっつりと押し黙ったまま盃《さかずき》をすすった。一方、この壮年の朋輩も応じるかのように、挑発的な冷笑を浮かべ続けている。

「まあまあ、二人とも、そういきりたつな」

曽根が慌てて、両者をなだめる。

「喜兵衛《きへえ》、お主も黙っていないで、なにか言ってやれ」

「はあ」

それまで、黙々と膳上の牛蒡《ごぼう》を食べていた青年が、箸をおいて顔を上げた。齢《よわい》は、二十三歳の平八郎よりもさらに若い。その顔つきは、温和と言えば聞こえが良いが、単に締まりがないだけのようにも見える。

「土屋殿」

喜兵衛と呼ばれたその青年は、のんびりとした動作で、平八郎の方へ身体を向けた。

「なんじゃ」

「どうして本日は遅れたのですか？」

平八郎は、思わず目を見開いた。

「……これまでの話を、なにも聞いておらなんだのか」

「うん？　なにがです？」

「もうよい」

あまりに間の抜けた喜兵衛の態度に、これ以上なにかを言う気も失せた。

（まったく、お屋形様はなにを考えておられるのだ）

平八郎には、かねてから不思議でならない。

（なぜ、こんな薄ら呆けたような小僧が、我らと同じ、「奥近習衆《おくきんじゆうしゆう》」の一員なのだ）

奥近習衆とは、武田信玄の側近集団である。

彼らはいずれも、軍事や政治において信玄の頭脳にある絵図を具現化するため、そして将来の武田家の柱石となるべく選りすぐられた才物ぞろいであり、家中からは、

――信玄公の目の如き者ども
とさえ称された。

土屋平八郎、曽根内匠、三枝宗四郎はいずれも、その厳しい基準に適うと、自他ともに認める逸材たちである。智勇、才気、覚悟などは当然のことながら、家柄においても、武田の行く末を担う者たちとして、些《いささ》かの不足もない。

平八郎と曽根は、主家である武田氏の一門であり、三枝は甲州きっての旧家の末裔《まつえい》で、別姓として重臣・山県《やまがた》氏の名乗りを許され、譜代扱いを受けている。

（……だが、この小僧だけは違う）

平八郎は干し貝をつまみつつ、ちらりと喜兵衛を見やった。この最年少の奥近習は、相変わ

らずなにも考えていないような顔つきで、ただ手と顎だけを休まず動かし、せっせと食事を口に運んでいる。

この武藤《むとう》喜兵衛は、武田の譜代どころか、甲州侍でさえない。その素性は、信州の小豪族・真田《さなだ》氏の三男に過ぎず、父親が武田に服属するにあたって差し出してきた、忠誠を示すための人質なのだ。本来ならば、平八郎たちと同席はおろか、口をきくことさえ憚《はばか》られる身分である。だが、信玄はどうしたわけかこの若者を気に入り、奥近習に抜擢したばかりか、武田の一門である武藤氏の養子にするなどという法外な厚遇をあたえた。

(なぜ、こんな人質上がりの小僧が……)

武田家臣としての矜持《きょうじ》が強い平八郎にとっては、なんとも不可解であり、「信玄の目」という己《おのれ》の使命が貶《おとし》められているかのようで、複雑な思いを抱かずにはいられなかった。

「なにはともあれ、今年も生き残れたな」

しみじみとした調子で、曽根が言った。

「明日の我が身も知れぬ乱世にあって、こうしてまた、互いの顔を見ながら酒を酌み交わし、年を一つ越せることは、やはり目出度い」

もともと今日の集まりも、曽根の発案だった。年越しには少し早いが、互いの無事を内々に祝おうではないかという趣旨である。

「そう言えば」

なんとはなしに、平八郎は口を開いた。

「結局、今年は輝虎《てるとら》と、戦陣で見《まみ》えることはありませんでしたな」

越後《えちご》国主、上杉《うえすぎ》輝虎（のち謙信《けんしん》）。

信玄にとってはこの世でただ一人、己と互角に戦うことのできる、宿敵とも言うべき戦《いくさ》の天才である。

両家は主に北信濃の支配権を巡って、幾度となく矛を交えてきたが、六年前、「川中島の戦い（八幡原《はちまんぱら》の戦い）」で激戦を繰り広げて以降、直接の交戦は起こっていない。

「さしもの輝虎も、川中島でこりたのであろうよ」

三枝が鼻で笑った。

「戦は勝負つかずであったが、あれからのち、信濃の大部分は当家の手に落ちた。なんのかんのと言ったところで、輝虎はもはや、武田と戦う余力も勝つ自信もないのであろうよ」

三枝の言う通り、近ごろの輝虎は信濃にはほとんど手を出さず、北陸や関東にばかり出兵を繰り返している。武田を恐れているという推察は、決して突飛なものではない。

「しかし……」

それでも、たやすく信じる気になれないのは、平八郎自身が、川中島で目の当たりにした上杉軍の強さが、あまりに鮮烈であったからだろう。

あの激戦の中で、上杉輝虎は自ら太刀を執って武田勢を斬り伏せ、一時は信玄の本陣にまで迫るほどの勢いを見せた。最終的に、上杉軍の撤退によって合戦は幕を閉じたが、死傷者は両軍併せて数千にものぼった。

常勝の武田軍を相手に、ここまでの死闘を演じた敵を、平八郎はほかに知らない。

「なんだ平八郎、文句でもあるのか」

「そうは申さぬが、三枝殿の見立ては、あまりに楽観が過ぎるのではないか」

「なんだと」

「まあ、良いではないか、今は輝虎の話など」

曽根がたしなめるように言った。年長者である彼はいつもこの調子で、朋輩たちの抑え役に回ることが多い。

「そんなことより、実は、お主らに見せたいものがあるのじゃ」

「なんでしょう?」

「肴《さかな》じゃ。今宵の宴の肴には、とびきりの珍物を用意してあるのよ」

「ほう」

それまで黙っていた喜兵衛が、急に声を上げた。

「曽根殿、珍物とはいかなる……」

「なんじゃ喜兵衛、食い物の話になった途端、口を開きおって」

そんなことを話しているうちに、小姓たちが新たな膳を部屋の中に運んできた。どうやら、件《くだん》の「珍物」であるらしい。

（これは）

皿の上には、焼き上げられた魚の切り身が載っている。

日ごろ、甲斐で食されるような鮎《あゆ》や鯉《こい》などとは明らかに違う、肉厚の白身である。焦げた脂と、潮の香りがほのかに立ち上り、鼻腔を心地良くくすぐる。

「どうじゃ、珍しかろう？　これはな、越中《えっちゅう》の塩鰤《しおぶり》よ」

内陸の甲斐では、海産物は貴重である。特に、鰤のような日本海側で産する魚介は、距離の問題もあって、ほとんど入って来ない。

曽根が言うには、これは主君である信玄より、直々に差し下されたものであるという。この一年、諸国への出張が多かったこの側近に対しての、労《ねぎら》いの品であるらしい。

「なんと、鰤とはこのような魚であったか」

三枝が感嘆の声を漏らす。彼に限らず、大半の甲州人にとっては、生涯、見ることさえ叶わぬ未知の魚である。曽根はその様子を満足げに見ていたが、ふと、

「なんじゃ、お主らは驚かぬのだな」

平八郎と喜兵衛が、不思議と落ち着いていることに気づいた。

平八郎は、気まずく頭を掻いた。実は、鰤を見たのは初めてではない。それどころか、信玄がこの魚を手に入れた場面に、平八郎も喜兵衛も共に同席していた。

「いえ、その」

あれはちょうど、先月のことだ。

二

一月《ひとつき》前の、あの日。

平八郎と喜兵衛は、城中の表書院に控えていた。

上段には、主君の信玄がいる。そしてその遥かな下座に、一人の男がひれ伏している。

「面《おもて》を上げられませい」

平八郎が声をかけると、男は恐るおそる身体を起こし、

「お初にお目にかかりまする」

と、緊張のにじみ出た、今にも裏返りそうな声で言った。

「神保《じんぼ》家家来、寺島職定《てらしまもとさだ》にござる。本日は、大膳大夫《だいぜんのだいぶ》（信玄）様のご尊顔を拝し奉りしこと、恐悦至極に存じまする」

「遠路はるばる、よくぞ参られた」

わずかに微笑を浮かべ、信玄は言った。

神保家は越中富山《とやま》城を本拠とする大名であり、寺島はその家老である。同家は武田家とは同盟関係にあるため、遠国ながらかねてから交流が図られていた。

「越中の戦況は、わしも気がかりであった。神保家は、大層、窮しておられると聞くが……」

「お恥ずかしながら、その通りです」

寺島は口惜しげに顔を歪ませた。

「すでに書状でもお伝えした通り、我が神保家は存亡の危機にあります。それもこれも、全てはあの、上杉輝虎の暴虐ゆえにございまする」

現在、越中国内の勢力は、大きく東西に二分されている。西の神保家、そして東の椎名《しいな》家（松倉城主）である。両家は、実に二十年以上に渡って、越中の覇権を巡って抗争を続けてきた。

当初、優勢なのは神保家だった。同家は越中国内で大きな実力を持つ一向宗《いっこうしゅう》と手を結び、越中四郡のうち礪波《となみ》、射水《いみず》、婦負《ねい》の三郡をほぼ自派で抑え、勢力で椎名方を圧倒した。越中国内だけに限れば、両家の差は歴然だった。

だが、椎名には強力な後ろ盾がいた。

誰あろう、越後の軍神・上杉輝虎である。椎名は早くから上杉に従属しており、いくら神保が追い詰めようと、そのたびに隣国から輝虎が救援に来襲し、瞬《また》く間に戦況をひっくり返してしまうのだ。

「いまのような、冬はよいのです」

と寺島は言う。

「越中は雪深き国のうえ、周囲を峻険な山々に囲まれております。冬にさえなれば、国境の峠は雪で埋まり、一人や二人ならともかく、軍勢などはとても通れなくなります」

しかし、ひとたび雪が解ければ、再び輝虎が攻め寄せて来る。神保家の独力では、これに抗《あらが》う術《すべ》はない。それどころか、近ごろはいよいよ、自家の維持さえ危ぶまれるほど追い詰められているのだという。

だからこそ、彼らは武田家と同盟した。

つまり現在の越中は、武田方の神保、上杉方の椎名という、信玄と輝虎の代理戦争の様相を呈しているのだった。

「なにとぞ、お頼み申し上げまする」

声を震わせ、寺島は必死に訴えた。

「上杉の暴威を打ち砕けるのは、天下広しと言えど、武田家しかおられませぬ。どうか、援軍を越中へ遣わし、当家をお救い下さい」

「ふむ……」

信玄は、口元に手を当てて思案している。上杉方の勢力拡大は、武田家としても見逃せない事態であるが、だからといって、軽々と請け合える話ではない。

(あまりにも、遠すぎるのだ)

傍《かたわ》らで話を聞いていた平八郎は、ため息をつきたくなった。

もし甲斐から越中へ軍を進めるとなれば、信州諏訪《すわ》を経由して、飛驒《ひだ》筋から兵を入れることになるだろう。距離にして優に五十里（二〇〇キロ）以上、しかも険しい峠越えの連続であり、援軍などそうたやすく送れるものではない。

もっとも、その程度のことは、寺島も理解しているらしい。

「……おい、あれを」

「はっ」

寺島に付き添っていた家臣は、一度、引き下がったのち、大きな横長の藁《わら》包みを両腕で抱えて戻ってきた。

その長さは、三尺（約九〇センチ）ほどもあるだろうか。やけにずっしりと重そうである。

「これは？」

「はい、すでにほかの進物は、家中の方へお預けいたしましたが、ぜひともこちらは、直《じか》に大膳大夫様のお目にかけたく」

言うなり、寺島は包みを解き、その中身を披露して見せた。

平八郎は、思わず目を丸くした。

銀色に光る、見たこともない巨大な魚が、そこに横たわっていた。

「越中の、塩鰤にございます。当国の鰤は、古《いにしえ》より朝廷や幕府へ献じられてきた由緒あるものなれば、大膳大夫様にこそ相応《ふさわ》しきものと思い、持参仕《つかまつ》りました」

「これはこれは」

信玄も興深げな声を上げる。

「越中では、こんなに大きな魚がよく獲れるのか」

「冬は、それこそ海を埋め尽くすほどに。此度《こたび》は常の物よりうんと塩を利かせ、道中で傷《いた》むことのないようにして運んで参りました」

「羨ましいのう、海のある国は」

そう信玄が言ったのは、魚のみならず塩のこともあっただろう。

言うまでもなく、塩は人の生活に欠かせないものだが、武田の領国は内陸である。幸い、南隣の駿河《するが》を領する今川家は同盟者であるため、塩は商人を通じて十分にもたらされているが、いちいち取り寄せるのではどうしても費用がかさむ。

「大膳大夫様」

寺島は、声を低く落とした。

「もし上杉を討ち払い、椎名を攻め滅ぼし、越中平定が成った暁には、今川領からよりも安く、塩や魚を甲斐へ送れるよう、当家でも取り計らいまする。なにとぞいま一度、川中島の如き大出兵を」

神保家も必死なのであろう。武田から援軍を引き出すためであれば、もはやいかなる費《つい》えも厭《いと》わぬつもりらしい。

信玄はほんの少し考え込み、

「……いいだろう」

と、ついにうなずいた。

「じきに年も暮れる。しからば来年の内には、必ずや越中から上杉方を駆逐してしんぜよう」

「あっ」

寺島は、小躍りするほどに狂喜し、ついには嬉しさのあまり泣き出した。この田舎家老は

「かたじけのうございまする、かたじけのうございまする」と額《ひたい》を床にこすりつけ、全身で信玄への謝意を表した。

ところが、信玄はそこに、冷や水をかけるかのような一言を付け足した。

「ただし、甲斐と信濃の兵は動かさぬ」

と言うのである。

「それは、いかなる」

歓喜に満ちていた寺島の顔面が、一瞬で青ざめる。

「近う」

信玄は、手招きした。まだ動揺の収まらない寺島は、それでも命じられるがままに膝を進める。

「もそっと、近う」

と信玄はさらに招き寄せ、この男の膝が上段にかかるほどに近づいたところで、

「――――」

耳打ちするかのように小さな声で、寺島へ何事かをささやいた。

「なんと、左様《さよう》なことが、まことに……」

「出来る」

信玄はにやりと笑った。

「あとは国許で、報せを待たれるがよろしい。信玄が手並みのほど、しかとご覧にいれよう」

三

「それで、お屋形様はなんと仰《おお》せられたのだ？」

「分かりませぬ」

曽根の問いかけに、平八郎は首を振った。

「あまりに小声で、聞き取れませなんだ。なあ、喜兵衛」

「うん？　ああ、左様ですな」

絵に描いたような生返事だ。塩鰤を幸せそうに頰張っている今の喜兵衛には、ほかのことはなにも耳に入らないらしい。もはや、とがめる気にもならない。

「妙だな」三枝が腕を組んでうなる。「側近のお主らにまで策を伏せるなど、かつてないことだ」

「まあ、良いではないか」

話が妙な方向に転がりそうなことを察したのか、曽根がすかさず先手を打つ。

「お屋形様が、越中をどのように処するおつもりであれ、いずれ命が下ればわかることよ。酒の席でまで、お役目の話をすることもあるまい」

しかし三枝は、

「いや、気になる」

と言ってゆずらない。

「それに、酒の席だから出来る話もある。どうであろう、各々方《おのおの》、ひとつ戯れに、お屋形様がいかにして神保家を助けられるおつもりなのか、我々で考えてみては」

「不謹慎ではないか」平八郎は眉をひそめた。「神保家の身になって考えてもみろ。まして、お屋形様の頭の中をのぞくような真似、臣としてあるまじき振る舞いだ」

「そう固くとらえるな。お主とて軽い世間話のつもりで、この話題を持ち出したのだろう？まさか酒を片手に、真剣に相談したかったなどとは申すまいな」

「それは……」

「同じことだ。座興よ、座興」

そう言うと、三枝は懐紙《かいし》と矢立《やたて》を取り出した。奥近習は役目柄、たとえ非番のときでも、常にこうした道具を持ち歩いている。

三枝は紙上にすらすらと筆を走らせ、やがて越中から甲斐までの近隣諸国を表す、簡易な絵地図を描き出した。

（やれやれ、妙なことになった）

平八郎はあまり気が進まなかったが、弁舌でこの男に勝てる気はしなかったし、また事を荒立てるのも、家主の曽根に悪い。

仕方なく膳を脇にどかし、部屋の中央で彼らと膝を突き合わせた。

「まだ宴の途中ではないですか」

「意地汚いぞ、喜兵衛。あとにしろ、あとに」

喜兵衛は唇を尖らせて不満を訴えたが、三枝はまるで聞き入れる気配がない。しぶしぶ、塩鰤の最後のひとかけらを口の中に放り込み、名残惜しそうに膳から離れた。

「さて、始めようか」

絵地図を床に広げた三枝は、まるで軍議の開始を告げるように言った。

「いま一度、話を整理しよう。お屋形様は神保家の使者に、来年の内には必ず、越中から上杉方を駆逐すると仰せになられた。そうだな、平八郎」

「ああ」

ただし、信玄はこの援軍について、妙な条件を付け加えた。甲斐と信濃、すなわち武田の本領の軍勢は、動かさぬというのである。

「念のため聞くが」

今度は曽根が尋ねる。

「お屋形様は、わざと意味の通らぬことを言って、煙に巻いたというわけではないのだな」

「あり得ぬわ、曽根殿」

平八郎の代わりに、三枝が答えた。

「たしかに、お屋形様は策士であられるが、左様なこけおどしを用いられるようなお方ではない」

「わかっている。一応、言うてみただけだ。しかし宗四郎よ、そこまで言うからには、お主にはなにか、もう少しましな考えがあるのだろうな」

「無論」

三枝は、絵地図に目を落とした。

「そもそも、越中の戦況……すなわち神保家と椎名家の争いは、武田と上杉の飼い犬同士が、嚙みつき合っているようなものだ。されば、そこに送る援軍というのも、別の飼い犬であってもよかろうて」

「つまり、どういうことだ」

「分からぬのか。飛驒をけしかけるのよ」

飛驒は、越中から見て南方の隣国である。平地のほとんどない山岳地域で、大名と呼べるほど強力な支配者はおらず、小領主たちによる割拠が続いている。

「彼《か》の国には、武田になびく領主も多い。その連中を、越中へ乱入させるのじゃ」

たしかに、この策であれば、武田の援軍であって武田の兵ではないという信玄の言葉の謎にも適う。それに、甲斐から越中へわざわざ攻め上るよりも、救援としてはよほど現実的だ。

「しかし、はたしてその程度のことで、あの輝虎に勝てるだろうか」

「やりようにもよる」

三枝は、再び視線を絵地図に移した。

「越中という国は、北が海に臨み、残る三方を全て険しき山々に囲まれておる。その山間の数少ない隙間が進軍路であるわけだが、上杉領の越後から通れる道はただ一つ、海べりの北国街道だけよ。……ところで聞いたことはないか。この道の途上には、難所があると」

「親不知子不知《おやしらずこしらず》か」

そういう名の、世に広く知られた危地がある。そびえ立つ断崖絶壁と海にはさまれた非常に狭隘《きょうあい》な悪路で、「通行の際には、親も子も互いを顧《かえり》みることが出来ない」と古くから恐れられてきたこの道を避けては、輝虎は越中へ入れない。

「ということは、三枝殿はまさか？」

「ああ。わしならば神保衆には、この断崖まで押し出させ、上杉を迎え撃たせる」

兵力差のある敵と戦う場合、狭所へ誘い込むのは兵法の定石である。輝虎がいかに戦玄人であろうと、このような難所では進退の自由が利かず、大軍の展開も不可能になる。

「上杉とて、いつまでも越中方面にばかり兵を向けてはおられまい。この難所で粘り続ければ、いずれ退かざるを得なくなる」

「背後の椎名家はどうする？」

「たわけ、そのための飛騨の援軍であろうが」

三枝は鼻で笑った。

「飛騨勢は一向門徒と共に、椎名を城から動かさぬための抑えに充てる。さらにその間、椎名領で火付けや刈り働きをやらせ、じわりじわりと追い詰めていく」

自領が荒らされ、消耗していく中で、もはや輝虎の援軍が望めないとなれば、椎名もいずれ耐え切れず降伏するだろう。そうなれば越中からは信玄の言葉通り、上杉方が駆逐されたことになる。

（こんな短い間に、ここまで練り込むとは……）

癪《しゃく》だが、やはりこの男は優秀だ。少なくとも、平八郎は今の段階では、これ以上の策など思いつかない。

三枝の小鼻が、得意げに膨らんでいる。

「さあ、なにか意見はあろうか」

「しからば、よいかな」

そう言ったのは、曽根内匠である。

「たしかによく練られている。才気走ったお主らしい、実に緻密な策だ。しかし惜しいかな、これは絵に描いた餅だ」

「なんですと？　拙者《せっしゃ》の策のどこが……」

「分からぬかね」

曽根は小さくため息をついた。

「越中で戦うのは、武田軍ではない。どこの馬の骨とも知れぬ、国侍や門徒どもの寄せ集めだ。そんな連中に、このような隙のなさすぎる策を、抜かりなく行えると思うておるのか」

（あ……）

平八郎も、ようやく失念に気づいた。

三枝の策は、現地の兵たちが対上杉の旗のもと、一丸となることが前提になっている。しかし実際のところ、彼らは曽根の指摘した通り、急ごしらえの烏合の衆に過ぎないのだ。

「これは断言してもいいが、神保家中の半数以上は、親不知子不知の断崖などに陣を張りたくないと反対するぞ。飛騨からの援軍も、脅すなり利で釣るなりして越中へけしかけたところで、少しでも旗色が悪くなれば、ことごとく本国へ逃げ帰るだろう」

その綻《ほころ》びは、上杉輝虎ほどの男を相手とするには、致命的と言っていい。

(参ったな)

武田の一員として戦うことに慣れ過ぎ、こんな当たり前のことを見過ごすとは。平八郎は己の油断を恥じた。三枝もまた、唇を強く嚙んで羞恥に耐えている。

兵法の知識や、頭脳の明敏さだけならば、三枝の方が上だろう。しかし、曽根には代わりに、経験に裏打ちされた思慮深さがある。

「では、曽根殿のご意見は?」

「そうさな。お屋形様の意図と同じかは分からぬが、わしならば……」

曽根は絵地図の上に指を伸ばし、

「攻めるのはこちらだ」

そう言って、とん、と突いてみせたのは、越中ではなく、上杉領の越後だった。

「直に、上杉を叩くと?」

「もちろん、武田の兵は使わぬがな」

「それは、つまり」

先ほどの策では越中へ兵を送るため、隣国の飛騨の領主たちを動かした。しかし、標的が越後だというのであれば、その近隣にいるのは米沢の伊達《だて》、会津の蘆名《あしな》といった、強力な奥羽（東北）地方の大名たちである。

「まさか、奥羽の大名を動かすと？」

「まあ、それが出来れば一番なのだろうが、さすがに難しかろうて。左様に、こちらの一声で諸国の大名が次々と上杉を攻め立ててくれるのであれば、川中島であのように苦労せずとも良かったのだが……」

「では、どうするのです」

「なに、複雑な話ではない。ただ、上杉の家臣に、謀叛《むほん》をそそのかすだけさ」

「えっ」

意外にも大胆な策に、平八郎は驚きの声を上げた。

「絵に描いた餅はどっちだか」

「そう拗《す》ねるな、宗四郎。とりあえず最後まで聞いておれ」

苦々しげにぼやく三枝をあしらいつつ、曽根は改めて説明を始めた。

「上杉家とて、一枚岩ではない。輝虎は家督を継いでからも、重臣の謀叛に幾度も悩まされてきた。叛《そむ》く理由は様々であろうが、なんといってもあの男には、ほかの大名にはない弱みがあるからのう」

「弱み……」

平八郎は、曽根の言わんとするところをすぐに察した。

上杉輝虎は、利害が支配する戦乱の中、

――依怙《えこ》によって弓矢は取らず（私欲によって戦は行わない）

という、不思議な信条を掲げた大名である。

このため、求められればどのような遠方の救援にも駆けつけたし、領地を奪われ、上杉を頼って亡命してきた領主には、元の土地を取り返してやることもあった。

しかし、その振る舞いが家臣にとっても美徳であったかと言えば、必ずしもそうとは言えまい。遠国まで駆け回り、命懸けで戦い、そうまでしてようやく切り取った領地が他家のものになるのであれば、不満を抱く者も少なからずいるであろう。

「調略は、お屋形様の得手のお一つだ。上杉の家臣を裏切らせ、輝虎を襲わしめるなどという離れ業も、あのお方の手にかかれば、決して成し得ぬことではない」

たしかにこれも、武田の援軍でありながら、武田の兵ではないと言える。あるいはこれが、信玄の狙った策そのものではないか。

平八郎がそう確信しかけたときだった。

「……あの、よろしいでしょうか」

それまで、議論に混ざるでもなく、ただ三人の様子を眺めていた武藤喜兵衛が、急に口を開いた。

「たしかに、越後で謀叛を起こさせるというのは良き案かと存じます。しかし、それで終わりなのでしょうか」

「どうした、喜兵衛」

いきなり口を挟んで来たこの最年少の同僚に、曽根は困惑した。だが、喜兵衛の方は平然としたもので、

「曽根殿こそ、どうなされたのです」

などと逆に訊き返してきた。

「まさか、もう忘れてしまわれたのですか」

「なんの話だ」

「決まっているでしょう。お屋形様が、越中より上杉方を駆逐すると仰せられたことです」

平八郎ははっとした。

たしかに、曽根の策にはその点が欠けている。輝虎が謀叛によって越後に拘束されれば、神保家は窮地を脱するが、それだけだ。越中にはまだ、上杉方の椎名家が残っているではないか。

「聞き間違いだろう」

三枝が腕を組み、憮然として言った。

「お主がまた、いつものようにぼんやりとしていて、お屋形様のお言葉を取り違えたのだ。そうに決まっている」

「私一人なら、左様なこともあるかもしれませんが」

喜兵衛はこちらに顔を向けた。

「如何《いかが》ですか、土屋殿」

「む……」

いきなり水を向けられ、平八郎は戸惑ったが、少なくとも自分は、信玄の口から「上杉方の駆逐」という言葉が出たのを覚えている。まさかあの場にいた二人が、そろって聞き間違うということはないだろう。

「喜兵衛の申す通りだ。たしかにお屋形様は、越中より上杉方を駆逐してみせると仰せられた」

「では、こういうことかもしれんな」

と、今度は曽根が反論する。

「上杉が越後にかかりきりになれば、越中の戦況は神保が有利になる。それよりのちは、神保家の独力で、上杉方の椎名を倒し、越中を平定してみせろ、と」

「ならば、そのように言うのでは？」

「……そうとは限らぬ」

曽根はなおも食い下がろうとしたが、その語調は明らかに萎《しぼ》みだしている。

「目の付け所は悪くないと思うのですよ。曽根殿の申された策により、上杉は越後に縛りつけられ、敵は椎名だけになった。その上で、なにかもう一手あれば……」

「いい加減にしろ、喜兵衛！」

三枝が声を荒らげた。

「小童《こわっぱ》が、偉そうに文句ばかり述べよって。言いたいことがあるのならば、策で示せ。それこそが、我ら奥近習の取るべき態度であろう」

「たしかに、道理ですな」

喜兵衛は逆らわずにうなずき、

「では、かような策はいかがでしょう。……椎名を、味方につけるのです」

「なにを戯《たわ》けたことを」

三枝はますます苛立った。

「その椎名を、いかに討つかという話をしているのだろうが。だいたい、そんな馬鹿なことが出来ると、本気で思っているのか」

「さあ、やってみなくては分かりませぬ。しかし、調略はお屋形様の得手ですからな。隙さえあれば、あるいは」

「隙だと？」

「つまりですな……」

そう言って、喜兵衛は絵地図に指を這わせながら、己の考えを説明し始めた。

いくら椎名を追い詰めても、上杉に戦況をひっくり返されてしまうと、神保家の使者は信玄に語った。だがそれは、椎名にとっても同じことが言える。せっかく上杉の力によって戦況を逆転しても、輝虎が帰国してしまえば、再び神保に追い詰められる。その繰り返しである。

二十年以上に渡る、徒労のような、終わりの見えない抗争をいつまで続けるのか。いっそのこと、仇敵である神保と和睦した方がましだとまったく思わなかったとは、椎名家の者たちも言い切れないのではないか。

そのわずかな揺らぎに、信玄ならば手が届く。

「椎名が寝返り、国内が武田方一色になれば、当家は約定《やくじょう》の通り、越中より上杉方を駆逐したと言えるのではないかと」

「ばかばかしい」

三枝が吐き捨てるように言った。平八郎も、同感だ。このように突飛で、人を食ったような策など、古今に例がないだろう。

（しかし）

策を語る喜兵衛の目つきは、どうしたわけか主君のそれと、奇妙なまでに似通っていた。

四

そして、三か月後――永禄十一（一五六八）年、三月。

はたして、それは現実になった。

始まりは、上杉家の重臣・本庄繁長《ほんじょうしげなが》の謀叛である。もともと、この本庄は上杉家の中でも独立領主としての意識が強い「揚北衆《あがきた》」の出身であり、かねてより野心があったうえ、恩賞について主君・輝虎と確執があった。

信玄は、この男の利欲と不満を巧みに刺激し、「もし上杉より独立したいのであれば、武田もそれを援《たす》けよう」と誘い、ついには謀叛へと踏み切らせることに成功した。

そしてこの謀叛によって、越中での旗色が悪くなることを見越した椎名氏は、こちらが誘うまでもなく、武田方へ密使を送り、寝返りの交渉を願い出てきた。

なにもかもが、信玄の狙い通りに進んでいる。このまま行けば、越中は本当に、武田方一色に染められるだろう。

平八郎は、主君の人間離れした知略に、息を吞むような思いがした。そしてまた、こんな策を見事に言い当ててみせた武藤喜兵衛の不思議な才智にも、ただ感嘆するよりほかなかった。

しかし、一つだけ気がかりなことがある。

「なあ、喜兵衛よ」

あるとき、平八郎は城中の奥近習の詰所で、この若者に尋ねた。

「いったい、この先はどうなるのだ?」

「はて、先とは」

「輝虎のことよ。全てが当方の狙い通りに運んだとすれば、あの男はどう動く」

「それはもちろん、いずれ越中へと攻め寄せ、神保も椎名もまとめて討伐しようとするでしょうな」

喜兵衛は文机《ふづくえ》で書類の整理を進めながら、素っ気なく答えた。

「やはり、そうなるか」

「そうなりましょう。上杉としても、裏切り者は見過ごせますまい」

「ふうむ」

正直なところ、平八郎には、もはやわけが分からない。

神保としては、長年の敵である椎名を討ち果たすために、武田に援軍を要請したのではなかったか。それがいつの間にか、その椎名と手を組んで、なぜか上杉との矢面《やおもて》に立たされている。

「これではまるで、神保自身が、武田の援軍として使われているような有様ではないか」

援軍を要請した方が、いつの間にか援軍にさせられている。こんな馬鹿な話があるだろうか。

「土屋殿は、それが気に食わないと?」

「そうではない。ただ、神保がこのまま収まっているかという話だ」

「はて、どういうことでしょう」

「ひょっとすると……」

平八郎は辺りをうかがい、ささやくように声を落とした。

「神保が上杉方に寝返るのではないか?」

「それこそ、わけが分かりませぬな」

「ああ。俺も言っていて、頭がねじ曲がりそうだ」

だが、本来の目的も果たせず、いつ上杉と戦うことになるとも知れない現状に、神保が満足しているとは思えない。

「少なくとも俺が輝虎ならば、神保の不満を見逃さぬ。可否は別にして、寝返りを誘うくらいのことはする」

「なるほど。たしかに、まるであり得ぬとも言えませんな」

もし神保までが旗色を変えるとすれば、ここから先の越中情勢は、混沌と化していくだろう。誰が敵で、誰が味方か。上杉方は疑心暗鬼になり、勢力の移り変わりに振り回されることになる。それでも上杉輝虎は、己の信念を貫くため、請われれば救援をしないわけにはいかない。

「あるいは」

喜兵衛は眉を寄せ、いつになく神妙な面持ちになった。

「この策には、さらに続きがあったのかもしれません」

「続き？」

「もし、お屋形様の狙いが、上杉を北陸の情勢で振り回し、攪乱《かくらん》することにあったのだとすれば……その絶好の機会を、当の武田が、なにもせずに見過ごす理由があるでしょうか」

「……まさか」

一拍遅れて、平八郎も気づいた。

全てが狙い通りに進んだとすれば、上杉方は越後・越中の戦況に追われ、兵力を各地に分散せざるを得なくなる。そんな状況にあって、自分があの主君ならばどうする。

……決まっている。その隙だらけの上杉領へ、武田の総兵力でもって、一気に攻め込む。そうなれば、川中島では果たせなかった決着を、今度こそつけることが出来る。

「では、お屋形様は初めから、そのつもりで」

「……いや」

喜兵衛は、首を左右に振った。

「さすがに、考えすぎたようです。きっと、私の思い過ごしでしょう」

それきりこの若者は沈黙し、これまでの話など忘れたかのように、再び職務に没頭し始めた。

もう一度、川中島の如き大戦を。……それが本当に、信玄の望みなのだろうか。

(いや、しかし)

もし戦えば、どうなる。

脳裏《のうり》に、あの日の記憶が過《よ》ぎる。信玄の傍らで目撃したその光景を、今日まで忘れたことはない。

霧に包まれた戦場。数万の人馬による、熾烈なせめぎ合い。鮮血が飛び散り、肉片と臓物がぶちまけられ、その臭気の中でなおも続く、敵味方の入り乱れた凄惨な戦闘。

その中心に、あの男――上杉輝虎はいた。

嵐のようだと、感じたのを覚えている。恐怖も躊躇《ちゅうちょ》もない、意思なく破壊だけを振りまく天災のように、輝虎はただひたすらに荒れ狂っては、立ちふさがる将兵をなぎ倒し、おびただしい屍《しかばね》の山を築いた。

開戦前、まさかあれほどの被害をこうむることになろうとは、誰一人として予測し得なかったはずだ。

それほど、上杉輝虎という男は計り知れない。武田信玄という英傑の知略をもってしても、あの男の戦ぶりを読みきることまではできなかった。

（……出兵など、思い過ごしであれば良いのだが）

そう願うことしか、平八郎には出来ない。


その後の戦況は、まるで筋書きがあるかのように進んで行った。

七月、椎名家が武田方への寝返りを確約し、旗色を明らかにした。ところがその直後、神保家の当主、神保長職《ながもと》が、突如として上杉方に与《くみ》すると表明した。

このにわかな方針変更に、神保家中では反対する者も少なからずおり、一時は当主と、武田家との同盟維持派（家老・寺島職定ら）との内紛にまで発展したが、間もなく鎮圧された。

こうして越中国内では、武田方の椎名家、上杉方の神保家という、旗色をそっくり入れ替えた二つの勢力によって、再び代理戦争が勃発した。

どうして、こんなことになってしまったのか。世間はおろか、当の神保家や椎名家にさえ、この不可解な事態を予測できた者はいなかっただろう。

だが平八郎は、誰がこの状況を仕組んだのか知っている。そしてどうやら、その筋書きの続きが、恐れていた方向へ向かいつつあることも。


同年十一月。

甲府盆地を囲む山々に、再び雪が積もり始めたころ、信玄は土屋平八郎ら奥近習の面々を、主殿の広間へ呼び寄せた。

「近く、兵を挙げる」

信玄は、いきなりそう言った。

「此度は、領国全土を挙げての大戦となる。兵糧《ひょうろう》に矢玉、武具などを、まずは集められるだけ集めよ」

「敵は、何方《いずかた》にございましょうか」

曽根内匠が、当然の質問をした。しかし、信玄は、

「まだ言えぬ」

と、にべもなく退けた。

「これは秘事だ。しばしの間、名は伏せねばならぬ。たとえ、側近のお主らであってもな」

曽根たちは、明らかに戸惑った反応をした。当然だ。戦備えを進めるというのに、敵が誰かも知らされないなど、かつてないことだった。

しかし、平八郎はその理由について、ひそかに思うところがあった。

やはり、敵は上杉なのだ。

信玄は情報を敵に悟らせず、稲妻の如く北上し、一気に上杉領に乱入したのち、その本拠春日山城《かすがやまじょう》を陥れるつもりでいるのだろう。

ついに、このときが来てしまった。

なればこそ、平八郎がすべきことは、ただ一つだけだった。

「お待ちください」

膝を進め、身を乗り出す。

もしこれを言えば、平八郎は奥近習を辞すことになるかもしれない。それどころか、主命に叛いた廉《かど》で、斬り捨てられてもおかしくはない。

だが、それでも武田家のため、言うべきことは言わねばならない。

「お屋形様、此度の合戦、なにとぞお考え直し下さいませ」

「なんだと？」

信玄の目が、鈍く底光る。

「お主には、わしの敵が分かると言うのか」

「……はい」

平八郎は語った。

あの神保家の使者の応対以来、奥近習の面々と共に、信玄の意図について考察したこと。武藤喜兵衛の知恵によって、椎名や神保の寝返りといった事態を予測できたこと。

そして、この策の真の狙いは、神保の救援などではなく、もっと大きな敵の攪乱《かくらん》にあったということを。

「この合戦の敵は、恐らく……」

「平八郎」

信玄は、低い声で押し留めた。

「名前は出すなと、申したはずだな」

「はっ」

平八郎は引き下がり、改めてひれ伏した。ここまで語れば、もはや名を出すまでもない。

「ご無礼のほど、なにとぞお許し下さい。全ては、武田家の行く末を思えばこそにございまする」

「分かっている」

信玄は、ふふ、と小さく笑いを漏らした。

「ただあれだけの言葉から、ここまで辿《たど》り着くとはな。以後も己が才智を磨き、身を賭して奉公に励め。我が目の如き者どもよ」

「は、ははっ……!」

ほかの面々も、一斉に頭を下げた。斬られることも覚悟していた平八郎の内心に、安堵《あんど》が込み上げてくる。……だがそれは、信玄が次の言葉を告げるまでの、ほんの束の間に過ぎなかった。

「平八郎、お主の考えは分かった。しかし、出陣は取り止めぬ」

というのである。

「お屋形様、されど」

「黙れ」

慌てて反論しようとする平八郎を、信玄は一睨みで抑えた。すでに、先ほどまでの上機嫌は嘘のように消え去り、寒々しいほどの殺意が立ち上っている。

「すでに決めたことだ。早う、役目に取りかかれ」

平八郎はなおも言葉を継ごうとしたが、隣にいた三枝宗四郎が、袖を引いて押し留めた。

――これ以上なにか言えば、本当に殺されるぞ。

三枝の目は、無言でそう語っていた。結局、朋輩たちに引きずられるようにして、平八郎はその場から退出した。

「……早く、海が見たいものよ」

去り際、信玄がそう呟《つぶや》くのが聞こえた。


広間を後にしたのち、平八郎たちは奥近習の詰所へ向かっていた。廊下の先を、曽根と三枝が進み、平八郎はそのやや後ろから、武藤喜兵衛と並んで歩いている。

「いったい、どうなるのだろうな」

「なるようになりましょう」

うつむく平八郎とは対照的に、喜兵衛は呑気《のんき》に答えた。

「我々はただ主命に従い、やるべきことをやるだけですよ」

「だが、喜兵衛よ、またあの男と戦うのは……」

「上杉ではありませんよ」

「……なんだと？」

思わず、平八郎は足を止めた。

「なにを言っているのだ。敵は上杉だと言い出したのは、お前ではないか」

「だからそれは、思い過ごしだと言ったでしょう。先ほども、お屋形様が仰せられたではないですか。『近く』、兵を挙げると」

「それが、なんだというのだ」

「もう十一月ですよ。甲斐の山ですら白く染まってきているのですから、さらに北の越中や越後への峠道など、とっくに雪で埋まっていますよ」

（あっ）

そう言えば、神保家の使者も、そんなことを言っていた。北陸の雪は深い。ひとたび積もってしまえば、軍勢などはとても通れないと。

ましてて、ここまで綿密な策を練り上げてきた信玄が、今の時期に出征を企図するなど、あまりに不自然である。

「いや、しかし」

まだ、平八郎は納得がいかない。

「そうだ、お屋形様は海が見たいと仰せられた。あれは、上杉領の越後を切り取らんとする表れではないのか」

「土屋殿」

喜兵衛は呆れ顔を隠そうともせず、深くため息をついた。

「海ならば、もっと近くにあるではないですか」

「なに?」

「よもや、忘れたわけではないでしょう? 我々が日ごろ口にする塩が、どこで作られているのかを」

「し、しかし、そちらは」

たしかに、海はある。

甲斐のすぐ南隣に、武田の同盟者・今川家の領する、駿河の海が。

「そちらは、味方ではないか」

「今のところは、その通りです。しかし、状況は刻一刻と変わるものですよ。越中で敵や味方が、二転も三転もひっくり返ったように」

喜兵衛が言ったように、近年、武田家と今川家の関係には、変化が起きつつある。

もともと、信玄は嫡男・武田義信《よしのぶ》の正室に今川氏の娘を迎えさせており、この縁戚関係によって同盟の堅固さが保たれていたのだが、数年前、どうしたわけか義信は、父・信玄に対する暗殺を企てた。

計画が事前に露見したため、信玄はこの息子を廃嫡し、幽閉した。その後、義信が前途に絶望して自害すると、その妻は実家の今川家へと送り返された。

この事件の影響によって、両家の同盟関係には、にわかに暗い影が差し始めている。

(では、お屋形様は)

この同盟者をひそかに裏切り、攻め込む準備を進めるために、敵の名を伏せていたというのか。

「幸い、攻め込むには良い時期です」

平八郎の考えを見透かしたように、喜兵衛はうそぶいた。

「なにしろ、厄介な上杉輝虎は、越中・越後の情勢にかかりきりですから、背後を突かれる心配はまずないでしょう。武田としては思う存分、領国を挙げて戦ができるというものです」

全身の力が、抜ける思いがする。それでは、全ての策は最初から、この駿河への侵攻のために仕組まれていたというのか。

（……俺は、なにも見えていなかったな）

考えてみれば、当たり前のことだ。自分にさえ分かるほどの、上杉輝虎と戦うことの危うさに、あの武田信玄が気づかぬはずはないではないか。

まして、もう一度、川中島での決着をつけるなどという小さな矜持に、固執するわけがない。つまるところ、あの主君と同じ景色が見えていたのは――「信玄の目」たりえたのは、この人質上がりの、うすぼんやりとした若者だけだったのだろう。

それからのち、武田信玄は駿河に攻め込んで今川家を滅ぼし、念願の海を手に入れた。

また、この侵攻戦では、武藤喜兵衛――のちの真田昌幸《まさゆき》も武功を挙げたと、『甲陽軍鑑』は記している。

以後、信玄と謙信（輝虎）という乱世の両雄は、二度と戦場で相見《まみ》えることはなかった。

一千石の刀

一

　山の向こうへ沈む夕日が、西の空を赤く染めている。真夏の遠慮ない輝きとは違う、漂う雲へ静かに染み出すようなその光は、良質な炭で焚《た》いた炎の色に似ていた。

　梅雨はうっとうしいが、この時期の夕焼けは好きだ。そんなことを思いながら、金子《かねこ》孫六《まごろく》は濡れ縁で、手元の琵琶《びわ》をかき鳴らした。近ごろ始めたにしては、我ながら悪くない。もともと、手先の器用さには自信がある。辺りの湿った空気を震わせながら、旋律は嫋々《じょうじょう》と響き渡る。

「いっそ、こちらに稼業替えするのも悪くないかもな」

　手を止めて、そう独りごちると、返事をするように、庭先の蛙たちが鳴き出した。己《おのれ》の年を考えろ、とでも言っているのだろうか。思い出したように、自分の顔に触れた。いくつもの皺が刻まれた皮膚、真っ白い髭《ひげ》。孫六は、すでに六十歳を過ぎていた。

「……まあ、そりゃそうか」

　今さら、新しい稼業もなにもない。もはや棺桶に片足を突っ込んだ己は、せいぜい余生を、なるべく苦なく、平穏に過ごすことだけを望むべきだろう。撥《ばち》を握り直し、孫六は再び、琵琶を奏《かな》で始めた。

　ところが、その直後、美しい音色をかきけすような騒音が耳を襲った。かん、きん、と絶え間なく響く、鉄と鉄とがぶつかり合う音。耳を聾《ろう》するようなやかましさに、孫六はたまらず琵

琶を放り出し、

「あの野郎」

怒りのまま、荒い足取りで、廊下を歩き出した。

踏み固められた三和土《たたき》の床、火床《ほど》（炉）でごうごうと燃え上がる、根元に青みを帯びた炎。戸も格子窓も開け放っているのに、その部屋は窯《かま》の中のような熱気と、炭の臭いに満ちていた。

室内には、三人の男がいる。一人は鉄床《かなどこ》の前に、片膝をついて座っており、残りの二人はその正面に、長い柄《え》のついた「向こう鎚《づち》」を手にして立っている。

鉄床の上には、赤く熱せられた鉄塊が据えられている。正面に座る男が、手鎚でこん、と鉄床を叩くと、残りの男たちはその合図に合わせて、まるで鼓《つづみ》でも打つように調子よく、次々と向こう鎚を打ちつけてゆく。

――積み沸《わ》かし
と呼ばれる工程だ。仕入れた玉鋼《たまはがね》（良質の鋼材）を細かい破片に砕き、テコ床と呼ばれる、長柄のついた鉄板に積み上げて、布を巻いて崩れないようにする。そののちは、火床で赤く熱しては、冷え切らないうちに鎚を入れるという作業を繰り返し、一つの四角い塊へとまとめていくのだ。

「おい、兼茂《かねしげ》」

室内に踏み込んだ孫六は、座っている中年の男に向かって怒鳴った。

「これはなんの真似だ。もう、今日の分の鍛刀は仕舞いだろう」

「ああ、すいません、先代」

男――金子兼茂は手鎚を置き、立ち上がって振り向いた。彼は孫六の実子であり、今年の頭に隠居した父に代わって、この鍛冶場《かじば》の頭領を務めている。

「実は、今しがた、急ぎの注文が入りまして。大塚屋さんが、買値に色をつけるから、追加で十振り、五日以内に欲しいと」

「また、数打ちか」

苦い顔で、孫六は鍛冶場の隅を見やった。そこには、納入前の数十本の刀が、安手の鞘《さや》に納められ、莚《むしろ》に巻かれた束のまま、乱雑に積み上げられている。一点物の「注文打ち」とは違う。一束いくらで売りさばかれるため、「数打ち」や「束刀《たばがたな》」などと呼称される、粗製濫造の量産品だ。

「そんな顔せんで下さいよ」

兼茂は、困ったように眉尻を下げた。

「数打ちだって刀は刀、鎌だの包丁だのよりは、ずっとまっとうな注文じゃありませんか」

「……」

孫六は無言のまま、数打ちの束の中から一振りを取り出して、無造作に鞘から抜いた。だが、一見しただけで、すぐに刀身を戻した。

鍛錬はいい加減、鋼材の吟味も不十分。戦場で振るったところで、たやすく折れ、曲がるのは明白で、切れ味もたかが知れている。

（こんな鉄屑が、刀であるものか）

そう叫べたのなら、どんなに楽だろう。そうして、手の中にあるものだけでなく、この鍛冶場にあるすべての数打ちを、粉々に叩き壊してしまいたかった。

しかし、孫六は知っている。いま、この鍛冶場への依頼の大半は――日本中のあらゆる刀鍛冶たちと同様に――数打ち仕事なのだ。請け負わなければ、鍛冶場を維持できない。かくいう孫六自身も、隠居をする前は、同じように一束いくらの手抜き刀を打って、糊口《ここう》を凌《しの》いできた。

「先代、その、もうよろしいでしょうか？」

向こう鎚を持った弟子の一人が、遠慮がちに声をかける。

「早く打ってしまわないと、間に合わなくなるもので」

「……ああ、邪魔したな」

刀を元の束へと戻し、孫六は鍛冶場を出た。背後からは、すぐにまた、鎚を打つ音が聞こえだす。

いまに始まったことではない。それでも、これで良かったのかと考えてしまう。自分は、あんな刀を息子や弟子に作らせるために、半生を鍛冶にささげて来たのかと。

「……お師匠、俺は正しかったのか」

足を止め、呟く。うつむいた己の老軀を、沈みゆくばかりの夕日が照らしている。

元亀《げんき》元（一五七〇）年、五月。金子孫六――刀工、関《せき》ノ孫六兼元《かねもと》が、己の名で刀を打ち始めてから、四十年以上の歳月が経っていた。

二

美濃国、関。孫六が鍛冶場を構えるこの町は、百五十軒以上の鍛冶屋が軒を連ねる、巨大な職人町だ。鍛刀に適した土が採れること、そしてなにより、飛騨、信濃、近江《おうみ》、伊勢《いせ》、尾張《おわり》などへの諸道が交わる、美濃でも有数の宿場町であったことから、材料の確保や商品の流通においても都合が良かったのだ。

だが、孫六が生まれたのは、この関ではなく、同じ国でもずいぶん西の赤坂《あかさか》という地だ。ここは「赤坂千手院派《せんじゆいん》」という刀工集団が古くから根を張る、歴史ある鍛冶の町だった。

男が一人、鍛冶場にいる。

髪を剃りこぼった入道頭の、四、五十代と思しき、筋骨たくましい巨漢。それが、むっつりと押し黙ったまま、柄《つか》も鍔《つば》も付いていない裸の刀身を、研《と》ぎ石に当てている。焼き上がった刀を、研ぎ師に回す前に、刀工が自ら研いで整える、「鍛冶研ぎ」という工程だ。

まだ十三歳だった孫六は、その日もまた、いつものように、こっそりと戸の陰にひそんで、中の様子を覗《のぞ》いていた。

昨日までの、鎚音であふれるような騒がしさとは違う。刀と砥石《といし》の擦《す》れる音だけが、静寂の中で響いている。薄暗い鍛冶場の中で、白い刃だけが鈍く輝き、その光は男の手の中で、ますます増してゆくようだった。

やがて、作業が終わったらしく、男は刀掛けに刀身を置き、

「おい」

低い声で、こちらに向かって呼びかけた。

「毎日毎日、なんのつもりだ、小僧」

「あ、いや……」

腰をかがめて、恐るおそる姿を見せる。いつから、いや何日前から気づかれていたのだろう。男は腕を組み、傲然《ごうぜん》とした様子で、

「面倒だから放っておいたが、いい加減しつこいぞ。よそ者の様子を探って来いとでも、誰かに命じられたか」

よそ者。そう自ら称するように、この刀工――清関《せいかん》はもともと、赤坂の鍛冶ではない。つい先月、どこからともなくやってきた流れ者で、たまたま、空き家になってそのままだった鍛冶屋跡に住み着き、刀を打ち始めた。

この奇妙な同業者について、赤坂の鍛冶たちは、

――どうも、関鍛冶らしい。

刀の作風から、そのように噂している。ただ、彼らの見立てが正しかったとしても、なぜ美濃鍛冶の中心たる関から、わざわざ赤坂へやって来たのか、その理由は分からない。清関は己

のことをほとんど語ろうとせず、連日、ただ黙々と刀を打ち続けている。

「す、すいませんでした」

孫六はその場で、手をついて詫びた。

「勝手に覗いたことは謝ります。ただ、私は……」

「ただ、なんだ」

「刀鍛冶になりたいのです、あなたのような」

その答えが意外だったのか、清関は訝《いぶか》しげに眉をひそめた。

「お前、鍛冶屋の子だろう。衣に染みついた鉄や炭の臭いは、多少洗ったぐらいでは落ちん。その着物、家族の誰かのお下がりか」

「はい。これは兄から……」

「ならば、鍛冶はその兄なり、親父なりから習えばよいではないか」

「いえ、それが」

ちらりと、孫六は上目づかいに清関の顔色をうかがいつつ、

「うちはもう、刀を打っていないのです。いや、うちだけでなく、いまはもう、赤坂の鍛冶は誰も彼も、ほとんど刀を打たなくなってしまって……」

関鍛冶の隆盛は、備前《びぜん》などに比べて後発だった美濃の刀剣製作を、一大産業にまで押し上げた。新興ゆえに無用の因習や固定概念にとらわれることなく、「実戦本位」を信条に掲げて追求した関刀の切れ味は、いまや諸国の武士の間で大変な評判だ。

しかし、その一方で、直江《なおえ》、志津《しづ》、清水《しみず》、そして赤坂といった、美濃国内における従来の刀剣生産地からは、関への刀工の流入が相次いだ。各地の鍛冶場は縮小の一途を辿り、現在、赤坂の鍛冶は関の十分の一以下、わずかに十数軒を残すのみである。そればかりか、彼らは、

——関鍛冶と刀で競っても、名の通りが違う。買い叩かれるばかりで、割に合わない。

などと言って、鍛刀自体から半ば手を引いてしまった。かつて、美濃鍛冶の代表的存在だった赤坂千手院派は、いまでは包丁、かみそり、鎌、鋏《はさみ》などの日用品ばかりを作っている。

「家は兄が継ぎます。次男の私はどうせなら、やりたいことで身を立てたい」

そう言って、孫六は再び頭を下げ、

「お願いします。どうか私を、清関殿の弟子にして下さい」

「……刀鍛冶など、そう良いものではないぞ」

目を伏せ、清関は苦々しげに言った。

「どれだけ丹精込めて打っても、一振りの値なぞ、たかが知れている。こだわって日数をかけたり、材料を吟味したところで、かえって損になるだけだ」

「でも、関鍛冶はあんなに盛んではないですか」

「盛んは盛んだがな、関でも包丁やかみそりは作る。刀だけを打って暮らせる者など、関鍛冶百五十軒の中でも数えるほどに過ぎず、そいつらでさえ仕事の大半は、安い鉄を使い、手数を端折《はしょ》った、数打ち刀の注文で回しているのが現状だ」

数百年前、いまよりも鉄が貴重で、戦の規模も小さかった時代ならば、刀工は一振り一振り

に己の一生を賭け、ただ純粋に、技術だけを究《きわ》めることが出来ただろう。

だが、相次ぐ戦乱や海外交易による莫大な需要、そして貨幣経済と流通の発達は、刀工の在り方を否応なく変えた。「作品」ではなく「商品」の生産者、それが戦国時代における刀工の実態だった。

「関の刀は、同じ数打ちでも、諸国のものより良く斬《き》れるという。だが、どれほど評判が上がったところで、それは作り手にとって渾身からは程遠い、恥ずべき手抜き仕事でしかない。……そんなひどい刀を打つことに、大半の時間《とき》を費やさねばならんのが、刀鍛冶という稼業だ」

一生を賭けるには、割に合わんとは思わんか。そう言って、清関は自嘲するように口元を歪《ゆが》めた。

たしかに、彼が語るそれは、紛《まご》うことなき刀工の現実なのだろう。いっそ、商品と割り切って、日用品だけを打っている方が、まだしも健全と言えるかもしれない。

「それでも」

孫六は顔を上げ、熱のこもった目で清関を見た。

「私は、刀が打ちたい」

「なんだって、そうこだわる」

「……上手くは言えませんが」

最初は興味本位で、清関の鍛冶場を覗いた。しかし、鋼が熱せられ、打たれ、折り重ねられ、刀が生まれてゆく様子を見続けるうちに、孫六は自身の中に、それまで感じたことのない興奮が沸き起こっていることに気づいた。視線が縫いつけられたように、赤く熱せられた刀から目が離せなかった。鍛冶場の熱気で汗をかくどころか、かえって寒気《さむけ》すら感じた。

「己でも、どうしてだか分かりません。ただ、初めて見た時からずっと、あなたの刀の姿が目に焼きついて、寝ても覚めても消えなくて……それで、その、打ちたくて仕方がないのです」

我ながら、たどたどしく、要領を得ない物言いではあったが、孫六は必死に己の思いを伝えた。清関はしばし黙したまま、じっとその話を聞いていたが、

「小僧」

おもむろに、口を開いた。

「お前、向こう鎚を打ったことはあるか」

「いえ……木の板を打って修業していますが、父や兄は、まだ鉄を打たせてくれません」

「ならば、いまの倍、修業をしろ。鎚が打てねば話にならぬ」

意図が分からず、困惑する孫六をよそに、清関はさらに言葉を継ぐ。

「わしは弟子を取らぬゆえ、近隣の鍛冶に、銭を払って人手を借りているが、いちいち面倒であるし、費《つい》えもかさむ。もしここに、ただで手伝う物好きでも居れば、鍛刀もずいぶんと楽になるのだがな。……どうする、小僧。わしに、こき使われてみるか」

あっ、と孫六は声を上げ、床に頭をこすりつけた。涙がぽたぽたと落ち、土色の三和土を黒く濡らした。

「ありがとうございます、お師匠」

「師匠などと呼ぶな。お前は弟子ではなく、ただの下働きなのだぞ」

にこりともせずそう言って、清関は砥石や桶を片づけ始めた。孫六は慌てて立ち上がり、その作業を手伝った。


これが、刀工としての歩みの始まりだった。以後、孫六は清関の下で鍛冶を学び、徐々に向こう鎚なども任されるようになり、三年後には自分で刀を打つまでになっていた。

「銘を切れ、孫六」

あるとき、研ぎ上がった刀を前に、清関は言った。

「まだまだ、わしには及ばぬが、悪くない出来だ。まったく、あの童《わっぱ》がたった三年で、末恐ろしいことよ」

「恐悦にございます。……しかし、銘など、まだ早いのではないでしょうか」

「早いも遅いもない。鍛冶は、出来た物が全てだ。お前はもう、己の名で、己の刀を世に問わなければならない」

「それなら、お師匠」

孫六は、清関の目を見た。

「あなたが捨てた名を、私に下さい」

「なに？」

清関の顔色が、変わった。怒り、後悔、そのどちらともつかない複雑な色が、厳《いか》つい相貌ににじんでいる。その感情が弟子の言葉に対してではなく、この師匠自身の過去へと向けられていることを、孫六は理解していた。

清関は、もともと、関でも名の知られた鍛冶だった。その腕前は、歴代の美濃鍛冶の中でも十指に入るとまで言われ、注文も、弟子入りを求める者も絶えたことがなかった。

しかし、人気の絶頂にありながら、彼には一つだけ、納得いかないことがあった。

――このわしの刀が、なぜ備前の連中の刀よりも安いのだ。

理由は明らかだった。美濃鍛冶は、歴史が浅い。中でも新興の印象が強い関鍛冶などは、平安の昔から鍛冶の大国であった備前とは、埋めがたい格式の差がある。このため、贈答品として用いられることも多く、ときには茶道具や書画並みの高値がつく備前刀に対し、関刀はそうした礼物の対象にさえならなかった。

切れ味なら、誰にもひけをとらない。そう自負する清関にとって、現状の扱いは受け入れがたいものだった。そして、ついに彼は、七頭――関の刀鍛冶を合議によって統括する、七流派の長《おさ》たち――の会合の場に怒鳴り込み、

――関鍛冶は、数打ち仕事を減らし、かみそり打ちも止めるべきだ。

と強く訴えかけた。

手を抜いた数打ち仕事や、かみそりなどの日用品に費やす暇と材料があるのなら、もっと必死に技術を研鑽し、一人一人の鍛冶が全霊を尽くして、さらに斬れる刀を目指すべきだ。さも

なくば、歴史と格式を背負う備前鍛冶には、いつまで経っても勝つことが出来ない。……それが、彼の主張だった。

——もし、この言が容《い》れられないのであれば、わしは今後一切、七頭の差配には従わぬ。たとえ、関鍛冶百五十軒がことごとく備前刀に屈しようと、この兼元だけは降《くだ》らぬぞ。

清関——六郎左衛門《ろくろうざえもん》兼元はそう言い捨てて、会合の場を後にした。七頭の面々は、はたして受け入れるだろうか。あるいは反発し、己を潰そうと妨害して来るだろうか。……どちらでも良かった。たとえ、なにが起こったとしても、我が兼元一門だけは、備前鍛冶に、そして世間に挑み続けると、すでに覚悟は決めていた。

ところが、そんな兼元の考えは、思わぬところから綻びを見せた。

この一件以来、鍛冶場から、弟子たちが次々と逃げ出したのである。彼らにしてみれば、七頭に喧嘩を売ったことも、主要な商品である数打ちやかみそりを減らすなどと言いだしたことも、およそ理解し難《がた》いことだったらしい。

隆盛を極めた兼元一門は、それから一月《ひとつき》を待たずに消失した。近隣の鍛冶たちも、累を恐れて兼元を避け、どれだけ頼み込んでも、向こう鎚のための人手を貸してくれなかった。

一人では、刀は打てない。失意のまま、兼元は関を離れ、赤坂へと居を移した。幸い、その腕を惜しんだ旧知の商人らが仕事を回してくれたため、なんとか刀を打ち続けることは出来たが、剃髪し、清関と法号を名乗るようになった彼が、己の刀に〝兼元〟という銘を刻むことは、二度となかった。

「物好きなやつだ。こんな負け犬の名が欲しいか」

「お師匠は、負けてなんかいません」

孫六の語気が、思わず強くなる。

名を捨て、故郷を捨ててもなお、清関は刀を打つことから逃げずに、挑戦を続けている。現状を変えようともせず、備前刀に戦わずして降った関鍛冶たちと、はたしてどちらを敗者と呼ぶべきだろう。

「私があなたの名前で、関も備前も、いや、日《ひ》ノ本中《もとじゆう》の刀鍛冶をひれ伏させます。誰にも、あなたを負け犬なんて呼ばせない」

「……分かった」巌《いわお》のような清関の顔が、かすかに緩んだ。「銘を切れ、孫六。今日からお前が、二代兼元だ」

三

「あれから、もう四十年以上も経つのか」

自室に戻った孫六は、再び濡れ縁で琵琶をつま弾いていた。すでに日は暮れ、青みがかった宵時の空に、白い半月が顔を見せている。

「お師匠」鋼のようなその月に、孫六は声をかける。「俺は、打ち続けたよ。こんな爺《じじい》になるまで、いい刀を打って、打って、打ちまくった。……けれど、もういいだろう。もう、やり尽くしたよ」

二代兼元を名乗ってから十年後、先代の清関が病没すると、孫六は遺品を整理して鍛冶場を引き払い、関へ居を移した。すでに、世間で初代以上の腕前と評されていた孫六は、その実力を存分に振るい、あっという間に、関でも一、二を争うほどの人気の刀工となった。

だが、現状は変わらなかった。

良い刀を作り続ければ、より技を磨き続ければ、いずれは評価を覆《くつがえ》せると信じていた。だからこそ、孫六は意地でもかみそりなどは打たず、斬れる刀を追求し続けたが、それでも備前の名工たちの刀の値を超えることはなかった。

そして、注文打ちの依頼は、いつでもあるものではない。鍛冶場を維持し、一門を守るためには、あれほど嫌った数打ち仕事を、どうしても受けざるを得なかった。

「…………」

無言のまま、胸中の虚しさを振り払うように、手元の琵琶を激しくかき鳴らす。音階も旋律も関係なく、叩きつけるように撥を振るう。

良いものは、必ず売れる。……その前提が間違っていたのだと、もっと早く気づくべきだった。結局のところ、世の人々が関刀に求めていたのは、安く、値段の割に斬れる、かみそりや鎌と同様の、手軽な実用品に過ぎなかった。

——一生を賭けるには、割に合わんとは思わんか。

遥か昔、清関が口にした言葉が、頭を過《よぎ》った。あるいはあの師匠も薄々、自分の挑戦が無駄だと気づいていたのかもしれない。

腕がだるくなり、琵琶を弾く手を止めた。これまで、昼夜を問わずに鎚を振るい続けてきた身体が、こんな軽い撥のために疲れきっているのが、我ながらおかしかった。

「すべては、徒労か」

いったい、自分の一生はなんのためにあったのか。かすれきった笑いが、薄闇の中に響いた。

もう、この老齢だ。己も遠からず、清関と同じ所へ行くだろう。いまさら上達する気もない琵琶を弄《もてあそ》びながら、ただ死ぬまでの暇を潰すようにして、孫六は日々を過ごしている。

そんなある日、珍しい客人が、孫六を訪ねて来た。

一目で戦場焼けと分かる肌をした、精悍《せいかん》な青年だった。凜々しく鋭い目元は、鷹を思わせる。しかし、それ以上に印象的なのは、襟元からのぞく鎖骨のあたり、それに眉間《みけん》と下顎に一か所ずつ刻まれた、生々しい刀傷だ。この若さで、いったいどれほどの剣林をくぐり抜けて来たのだろう。

「お前、本当に、青木《あおき》のとこの坊《ぼん》か」

「お久しゅうござる、孫六殿」

居室で対面した青年、青木一重《かずしげ》は、人懐っこい笑みを浮かべた。

「あの、ちび助が、こんなにでかくなっちまって、いや、恐ろしいもんだなあ」

「私ももう二十歳ですよ。あの頃に比べれば、背丈も伸びましょう」

「それが恐ろしいってんだよ」

時の流れの、なんと早いことだろう。初めて会ったときはまだ、元服前の少年だったというのに。

一重の父・青木加賀右衛門《かがえもん》は、かつて美濃国主・斎藤《さいとう》氏の家臣として武具の仕入れを任されており、数打ちの注文のため、孫六を訪ねることが多かった。一重は、その父に連れられて、よく鍛冶場に出入りしていた。

あの生意気で、落ち着きのなかった小童《こわっぱ》が、まるで別人だ。見違えるほどに大人びた一重の態度に、孫六はため息をつきたくなった。

「それで、父御は――加賀右衛門殿は達者かね」

三年前、青木家の主家であった斎藤氏は、尾張の織田信長《おだのぶなが》に攻め滅ぼされた。その際、青木加賀右衛門は早々に織田方へ降ったと聞いているが、もう仕入れの役目は解かれたのか、鍛冶場に顔を見せることもないので、消息が気になっていた。

ところが、父の名を出したとたん、一重はあからさまに顔を曇らせ、

「さあ、死んだという話も耳にしませぬので、達者なのではありませんか」

「妙な物言いをするなよ。お前の親父だろうが」

「それはそうですが、なにぶん、もう何年も会っておらぬゆえ」

「なに？」

驚く孫六に、一重はいささか気まずそうに、事情を語り出した。

彼によれば、父の加賀右衛門は現在、織田家の重臣である丹羽長秀《にわながひで》に仕え、二百石を食《は》んでいるという。斎藤家臣の頃から、加賀右衛門はなかなか優秀な文官だった。しかし、それ以上に茶道具の目利きに定評があり、

――青木の二百石は、加賀右衛門の両目についた値打ちよ。手足や胴は、そのついでであろう。

などと、世間では茶化す声もあったが、父は別段、こうした評価に恥じ入る様子もなく、むしろ嫡子《ちゃくし》の一重に対して、

――戦場《いくさば》で、わざわざ危険を冒して功を競うなど、愚か者のすることじゃ。それよりも、お主も目利きをしかと修練し、家芸として受け継ぐのだ。

などと言って、高名な茶人や歌詠みなどを師匠として招き、稽古をつけさせようとした。

しかし、一重は、そんな父に猛反発し、命じられた稽古をことごとくすっぽかした。そして、ついには家を飛び出してしまい、今日まで諸家を渡り歩き、幾多の戦場に身を投じて来たのだという。

「お前は、なんという……」

孫六は、開いた口がふさがらなかった。

「聞いたことがないぞ。左様なつまらぬ喧嘩で、武家の嫡男が出奔するなど。青木の家督はどうするのだ」

「たかが二百石の青木家など、弟のいずれかが継げばよいのです」

一重は開き直ってせせら笑い、

「こうして乱世に生を享《う》けた以上、私は己の力を試してみたい。戦場で武功を上げ、この手で禄を稼ぎ、末は一国一城の主にのし上がる……それこそ、武士の本懐ではござらんか」

だから、飛び出したのだという。まったく、青木家もとんだ嫡男を持ったものだ。

結局のところ、大人びたのは振る舞いだけで、やんちゃで血気盛んな一重の性根は、あの頃から変わっていないのだろう。孫六は呆れたが、しかし、今になってようやく、この対面に懐かしさを覚え始めていた。

「それで、いまはどこの家中にいる？」

「三河《みかわ》の徳川《とくがわ》家です」

「そうかい。それなら、まだ良かったな」

徳川家康《いえやす》は、織田の同盟者だ。織田の重臣・丹羽家に仕える青木加賀右衛門が、一重と親子同士で殺し合うことは、ひとまずなさそうである。

「しかし、徳川家ということは、近くまた、戦があるのではないか」

「よくご存じですな」

「ここも織田様の領内だ。そのぐらいのこと、鍛冶屋の爺の耳にだって入ってくるさ」

あれは先月——元亀元年、四月のことだ。

将軍・足利義昭《あしかがよしあき》を奉じ、畿内や東海を中心に勢力を広げる織田信長は、かねてより対立を深めていた越前《えちぜん》の大名・朝倉《あさくら》氏を討つべく、四月下旬、三万の大軍を率いて出陣した。

しかし、その陣中、信長のもとへ、驚くべき報せが届けられる。織田の同盟者である北近江の大名・浅井《あざい》長政《ながまさ》が裏切り、朝倉に呼応して挙兵したというのだ。

信長は即座に撤退を決断し、殿軍《しんがり》を務めた家臣らの奮戦もあって、辛くも窮地を脱した。

——長政の裏切り、許すわけにはいかぬ。総力を挙げ、必ずや彼《か》の者を誅伐《ちゅうばつ》せん。

岐阜へ帰還した信長はそう宣言し、六月下旬を出陣予定日として、家中および徳川家に戦仕度《いくさじたく》を命じた。

こうした情勢から、いま、関鍛冶たちには、刀槍や鏃《やじり》の注文が、ひっきりなしに舞い込んで来ている。

「まあ、商売としては有り難いが、こう連日騒がしいのには、さすがに参るな」

おちおち、琵琶を弾くことも出来ん。そう言って、白湯《さゆ》をすする孫六を、一重は思いつめたような目で見つめながら、

「実は、私が本日参ったのも、その浅井攻めのためなのです」

「ほう？　そりゃあ、いったい……」

「あなたに、刀を打って頂きたいのです。あの、真柄十郎左衛門《まがらじゅうろうざえもん》を討ち取るべき一振りを」

「ま、まがらだと」

手元の碗を、危うく取り落としそうになった。冗談ではないかと疑ったが、一重の顔つきは真剣そのものだ。

真柄十郎左衛門は、朝倉家随一の猛将である。

北陸無双の大力と称される、人間離れした怪力の持ち主で、彼が愛用する特注の大太刀は、刃長七尺三寸（約二二一センチ）、重さ二貫七百匁《もんめ》（約一〇キロ）という凄まじい代物《しろもの》だ。もはや刀の体《てい》をなしていない、二人挽《び》きの大鋸《おが》に斧の厚みを加えたかのようなこの巨大な刃を、真柄は戦場で軽々と振り回し、瞬《また》く間に人間を肉塊へと変えてしまう。

織田・徳川勢が浅井長政を攻めれば、当然ながら、朝倉氏は浅井の援軍に駆けつけるだろう。無論、その中には真柄の姿もあることだろうが、こんな化け物じみた男と好き好んで戦いたがるなど、武士ならぬ孫六には理解し難い。

しかし、一重の口ぶりは、片恋の相手について語るかのような興奮に満ちている。

「いかに乱世とはいえ、これほどの大戦《おおいくさ》には、そう巡り合えるものではございませぬ。ぜひとも、私はこの一戦で名を上げたい。なんとしても、真柄の首級《しるし》を挙げたいのです」

槍では、大太刀に弾かれただけで柄がひしゃげるだろう。かといって、弓や鉄炮では討ち取ったとしても手柄になるまい。

「討ち取って首級を挙げるには、捨て身で懐《ふところ》に踏み込むほかありませぬ。それには、よほど優れた刀が要ります。あの大太刀を相手にしても、たやすく折れず、曲がらず、確実に仕留められる切れ味を持った、そんな業物《わざもの》が」

「……事情は分かった」白湯をもうひとすすりして、碗を置く。「しかし、俺はとうに隠居の身だ。刀が欲しければ、せがれの兼茂か、ほかの関鍛冶にでも注文することだ」

「嫌です。私が欲しいのは、天下一の名工・孫六兼元の刀だ。あなたでなくては駄目なのです」

「小僧！」

かっとなり、手が出そうになった。湧き上がる怒りを抑えつつ、ぎょろりと一重を睨みつける。

「天下一などと、たとえ世辞でも、軽々しく口にするな」

自分が、そんなものであるはずがない。

すべての刀鍛冶をひれ伏させるなどと、大見得を切って名を貰《もら》いながら、なにひとつ変えられなかった。そのくせ、鎚を手放すことも出来ず、鍛冶場を守るため、弟子を食べさせるためと言い訳して、一束いくらの、鉄屑のような数打ち刀を打って、食い扶持《ぶち》を稼ぎ続けてきた。

「俺はただの負け犬だ」

「違う」一重は、首を振った。「私は、あなた以上の鍛冶は知らない。あなたの刀でなくては、きっと真柄は討ち取れない」

「おべんちゃらも大概にしろ！」

もはや、我慢ならなかった。考えるよりも先に、孫六は一重の襟首を引き寄せ、激情のまま叫んでいた。

「目利き一つ出来ねえ餓鬼《がき》に、刀のなにが分かる！　言ってみろ、お前に俺の、俺たちのなにが分かるんだ！」

「分かるとも」

苦しげに声を漏らし、一重は己の腰に手を伸ばした。斬るつもりかと思い、孫六は反射的に突き放したが、解放された一重は呼吸を整え、居住まいをただすと、己の脇差《わきざし》を帯から外し、ゆっくりと鞘から抜いて、床に置いた。

「あ……」

息を呑んだ。あらわになったその刀身に、見覚えがあったのだ。

身幅が広いわりに重ねの薄い、華奢《きやしや》にさえ思えるほどの肉づき。しかし、そこからは「わざわざ身を厚くせずとも、たやすく折れもしなければ曲がりもしない」という、作り手の技術への自信がみなぎっている。

「覚えているでしょう。昔、あなたが打ってくれた脇差だ」

その一言で堰《せき》を切ったように、孫六の脳裏に、かつての記憶があふれ出した。

四年前、十六歳になった一重は、元服の祝いに刀を打ってくれとせがんだ。しかし、孫六は、「前髪を落としただけの、ただの餓鬼に、兼元の太刀はもったいねえ。どうしても打って欲しけりゃ、せめて初陣《ういじん》を踏んで、きちんと武士になってから来ることだ」と言って、代わりに脇差を打ってやった。生きて帰って来いという思いを、言外に込めたつもりだったが、とうの一重はそんな心遣いに感じ入るどころか、「なんだか、薄いし軽いし、頼りないなあ。おっちゃん、手を抜いたんじゃないの?」などと不服を述べる始末だった。

かちんときた孫六は、一重の手から脇差を引ったくると、「見ていろ」と言うが早いか、鍛冶場の裏手の竹林に近づき、横薙《よこな》ぎに斬り払った。「あっ」と一重が声を上げたときには、四、五本の竹がぐらりと揺らぎ、空を掃きながら、どうと音を立てて倒れていた。

「分かったか」

不愛想に吐き捨てて、孫六は脇差を突き返す。

「折れず、曲がらず、よく斬れる、それがよい刀の条件だと世間では言うが、俺に言わせれば、まだ足りん。よい刀は、その三つを満たした上で、軽くあるべきだ。いくら頑丈だろうと、切れ味が良かろうと、少し振り回すだけで疲れ、行軍中に重みで歩けなくなるような代物は、刀の本質を極めたとは言えん」

驚嘆のあまり言葉を失い、一重は硬直している。その手に握られた脇差には、傷一つついていなかった。

「たしかに、俺は目利きなんて出来ない。でも、刀の良し悪しなら、戦場が教えてくれた」

いつの間にか、一重の言葉遣いが、少年の頃のそれに戻っている。そして、彼が指し示す脇差もまた、まるで打たれたときのままのように、折れもせず、曲がりもせず、刃こぼれすらなかった。

「関ノ孫六兼元は、天下一の刀鍛冶だ。俺が、それを戦で示してみせる。誰にも、あんたを負け犬なんて呼ばせたりしない。……だから、お願いします。どうか、俺に刀を打って下さい」

熱のこもった眼差しで、一重は孫六を真っ直ぐに見つめた。この若者は、孫六のことを信じている。すべてを諦め、師との誓いさえ投げ出した、己のような負け犬を、天下一の刀鍛冶だと本気で思っている。

かつては孫六も、こんな目をしていたのだろうか。恐れも諦めも知らず、ただ衝動に突き動かされるまま、必死で足掻《あが》き続けた、あのころの己であれば……。

「……仕方ねえな」

孫六は小さく息をつき、

「少し遅れたが、四年前の初陣祝いだ。約束通り打ってやる」

四

一重は、刀の代金として、枇杷《びわ》色をした唐物《からもの》茶碗と、山水画の掛け軸を置いていった。なんでも、家を飛び出す際に、父の秘蔵品の中から、目ぼしいものを適当に盗んで来たらしい。

「つくづく、加賀右衛門殿は災難ですな」

「ごちゃごちゃ喋《しゃべ》るな。始めるぞ」

無駄口を叩く弟子を一喝し、孫六は鉄床の前に座った。正面には、息子の兼茂を含めた三人が、向こう鎚を携《たずさ》えて立っている。

すでに「積み沸かし」は済み、鋼は四角い塊となっている。もともとの鋼材も、孫六が、自身の好む石見国出羽郷《いわみのくにいずわごう》産の玉鋼から、一日かけて厳選したものだ。

それに藁灰《わらばい》と泥水をかけ、炎の立ち上る火床へと入れ、炭をかぶせる。

熱気が、じりじりと肌を焼く。孫六は、箱鞴《はこふいご》で風を送り込んで火勢を調節しながら、赤く沸かされる（加熱される）鋼を、じっと見ている。

やがて、鋼が芯から沸いたと見るや、取り出して鉄床に移し、鎚を入れてゆく。そうして鋼を叩いて延ばし、鏨《たがね》で切り込みを入れて二つに折り重ね、また叩いて延ばし、沸かし……というのを繰り返すのだ。

鋼は、そのままでは硬すぎて折れやすい。それを熱し、叩くことで粘りが生じ、何度も折り返すことで強靱になってゆく。とはいえ、ただ数を重ねれば良いというものではなく、鋼の本来の質である硬さも保たれるよう、刀工は頃合いを見極めなければならない。

「………」

鎚を入れるたびに、火花が散る。炭のはじける音と、鉄が打ち合う音だけが響く。孫六は鋼に視線を注ぎながら、向こう鎚を振るう弟子たちの顔さえ見ず、ただ鉄床を叩いて合図を出しつつ、鍛錬を進めてゆく。

しかし、そんな中で、

（あっ）

火床から取り出した鋼に鎚を入れたとき、嫌な音がした。手を止め、表面をのぞきこむと、裂けたような傷が出来ていた。

鎚を入れた弟子は、青ざめている。

「す、すいません」

「いや、いまのは俺だ」

孫六は歯噛みした。沸かしの温度を見誤ったのだ。

沸かしの温度が高すぎれば、鋼は溶けて崩れてしまい、低すぎれば硬くて鎚を受けつけない。

しかし、手で触れて確かめることも出来ない以上、刀工は鋼の色で判断する。

赤く熱するとは言うが、真っ赤では低すぎるのだ。橙《だいだい》から黄色の中間、その微妙な色合いを、経験と勘によって見切らねばならなかった。

「くそっ」

床を殴りつけ、うなった。二代兼元ともあろうものが、なんという有様だ。隠居してたった半年、鍛冶から離れただけでここまで鈍ったのか、それとも、ただ老い衰えたのか。

いや、理由などはどうでもいい。顔を上げ、睨むように弟子たちを見た。

「最初からやり直すぞ」

「最初とは、まさか……」

「積み沸かしからに決まっているだろう」

弟子たちは困惑した様子で、互いに顔を見合わせている。彼らの思いを代弁するように、兼茂が口を開いた。

「いま、やり直しになっては、昨日からの作業が無駄になります。このぐらいの傷なら、なにもそこまでせずとも……」

「駄目だ」

にべもなく、孫六ははねつけた。鍛える段階で傷が入れば、その分だけ地鉄《じがね》は脆《もろ》くなる。

「このまま続けても、真柄の大太刀は受けきれん。それとも、あんな下品《げぼん》な鈍《なまく》らに、兼元一門が負けていいのか」

「そりゃあ……」

兼茂は口ごもった。この息子も、根は職人だ。なんのかんのと言いながらも、己の技術に誇りを持っている。そして、顔つきを見る限り、その思いはほかの弟子たちも同じようだった。

「さあ、やるぞ」

これが、生涯で最後の鍛刀になるだろう。悔いだけは、残したくなかった。

その後も、何度となく失敗を重ねながら、孫六は夢中で鎚を振るった。鍛え上げた外殻の「皮鉄《かわがね》」、あえて軟性を残した中心の「心鉄《しんがね》」、そして刃、棟に用いる鋼にもそれぞれ適した鍛錬を加え、これらを組み合わせて一つの地鉄にする。耐久性と生産効率を兼ね備える、孫六が創出した「四方詰《しほうづ》め」という技法だ。

こうして出来上がった地鉄を沸かし、四人がかりで棒状に伸ばし、その後は孫六が一人で鎚を入れ、刀の姿に形作ってゆく。

焼き戻しと研ぎを除けば、最後の工程にあたる「焼き入れ」に至ったのは、十五日目だった。

――刃文《はもん》は三本杉がいい。

依頼主である一重は、そこだけは妙にこだわった。三本杉とは、孫六が考案した刃文で、尖った山のような文様が、小・大・小と規則的に連なっており、その並びが、家紋の意匠の一つである「三本杉」のようだとして、そう通称されていた。

かつて、刃文というのは、直線の直刃《すぐは》しかなかった。ところが、いつしか世の鍛冶は、この文様を半円の連なりにしたり、波型にうねらせてみたりと工夫を凝らすようになり、買い手もその微妙な風合いに、茶道具のような趣《おもむき》を見出すようになった。

三本杉は、そんな風潮に対する、孫六なりの反発だった。小・大・小という規則的な並びには風合いもなにもあったものではなく、獣の牙にも似た武骨な見た目は、とても室内で愛玩する気など起こさせない。

——刀は、見て愛《め》でるものではない。使うものだ。

という反骨心のみなぎったこの刃文は、好事家《こうずか》たちには野暮だと蔑《さげす》まれたが、一重のように前線で刀を振るう武士たちからは、勇壮で頼もしいと喜ばれた。

「……………」

火床で、炎がごうごうと燃えている。孫六は、その中にゆっくりと、刀身を差し入れた。

焼き入れは、一瞬の勝負だ。刀を赤く熱し、頃合いを見切って取り出し、「舟」という長方形の水桶で一気に冷やす。これにより、地鉄がしっかりと固まり、反《そ》りがつき、刃文が浮かび上がるのだが、この最後の詰めを誤れば、全てが台無しになってしまう。

鞴《ふいご》を左手で操りつつ、火の中の刀身を見つめる。取り出すべき温度は、鍛錬のときより低く、刀鍛冶の間では熟した柿の色にたとえられる。

熱気で、額ににじわりと汗がにじんだが、孫六は拭わず、瞬きすらせず、徐々に赤さを増してゆく刀身の変化を、じっと注視し続けている。

そして、そのときがやって来た。孫六は素早く刀身を取り出すと、舟の中に入れた。じゅう、と水の煮える音がして、白い湯気が立ち上る。

「どうですか、先代」

弟子の一人が、不安そうに尋ねる。孫六は冷えた刀を取り出し、まじまじと眺めた。焼きが入り過ぎると、変に反りが強くなったりするが、問題はなさそうだ。

しかし、一点だけ、奇妙な箇所がある。

「なんだ、この刃文は……」

三本杉にしては、山の連なりが不規則で、やや丸みを帯びており、一見すると、半円の連なった「互《ぐ》の目乱れ」のようにも見える。言うなれば、「三本杉乱れ」とでも称すべき、見たことのない文様がそこにあった。

なぜ、こうなったのか、まるで分からない。刃文は、焼き入れの前に、土を塗った通りに仕上がるはずなのに、こんなことは初めてだった。

「いかがしましょう」

兼茂が、首をかしげた。

「これでは注文とは違いますが」

「いや、これでいい。刃文は、切れ味とは関係ないからな」

格子窓から差し込む陽光に、刀をかざす。刃長は、二尺三寸三分（約七〇・六センチ）。太刀としてはやや短めだが、中背の一重なら、このぐらいがもっとも手に馴染《なじ》むはずだ。身幅は広く、反りは浅い。やや黒ずんだ刀身は、優美とは言い難いものの、吸い込まれるような独特の凄みがある。そこに、この奇怪な刃文が加わると、不思議なほどにしっくりきた。

これまで、何百、何千と刀を打ってきた孫六は、手に取って眺めただけで、この刃の切れ味がどれほどのものか直感した。

（これなら、鬼でも斬れる）

不愛想な孫六の頬が、微笑に緩んだ。

五

同年、六月二十八日。

織田・徳川軍二万九千、浅井・朝倉軍一万三千。近江北部を流れる姉川《あねがわ》を挟んで布陣した両軍は、この日の早朝、ついに会戦に及んだ。世に言う「姉川の戦い」である。

戦況は、意外にも拮抗《きっこう》した。この一戦に存亡を賭ける浅井方の士気は凄まじく、兵力で遥かに優るはずの織田方の備えを度々突き崩し、一時は、信長の本陣間際にまで迫るほどの働きを見せた。両軍は押しつ返しつ入り乱れ、鎬《しのぎ》を削り、鍔を割り、土煙が立ち上るほどの激戦を繰り広げた。

しかし、その均衡も、崩れるときがやってきた。浅井方の拠点の包囲に当たっていた、氏家《うじいえ》卜全《ぼくぜん》ら織田方の別動隊が、援軍として姉川に駆けつけたのである。

この増援により、勇戦を続けてきた浅井方は揺らぎ、ついには総崩れとなった。

もはや、勝敗は決した。しかし、覆うべくもない敗勢の中で踏み止まり、奮戦する男がいた。朝倉家の侍大将、真柄十郎左衛門である。

その大太刀の一振りで、嵐のあとの稲のように、群がる雑兵《ぞうひょう》たちはたやすく薙ぎ払われた。真柄の恐ろしい怪力の前には、甲冑《かっちゅう》はなんの意味も持たず、あばらや背骨を折られるのは序の口で、ひどい者は下半身だけを残して腰から上を斬り飛ばされた。

武名に恥じぬその戦ぶりは、勝っているはずの織田・徳川勢の方が怯《おび》えたほどだが、そんな中、一人の若武者が、腰が引けた味方を押し分けるようにして前に出た。

「青木所右衛門《しょえもん》一重、参る」

大声で名乗りを上げ、一重は刀を掲げて駆ける。すると、それに遅れまいと思ったのか、徳川家臣の向坂式部《さぎさかしきぶ》、五郎次郎《ごろうじろう》、六郎五郎《ろくろうごろう》の三兄弟が、それぞれ名乗りを上げて飛び出した。

「志《こころざし》ある奴原《やつばら》かな」

真柄は歓喜の声を上げ、駆け寄って来る武者たちに向かって、大太刀を振るって襲い掛かった。

振り下ろされた一太刀で、まず向坂式部が兜《かぶと》の上から頭蓋を叩き割られ、真っ赤な血の中に沈んだ。続いて弟の五郎次郎が、痙攣《けいれん》する兄の屍《しかばね》を踏み越えて飛び掛かったが、真柄はあの重い大太刀を電光のように切り返し、五郎次郎の逆胴へと思いきり叩き込んだ。具足の上から背骨をへし折られ、あり得ぬ角度に曲がった五郎次郎の身体は、そのまま河原を転がり、二度と起きることはなかった。

「真柄殿、御首級《みしるし》頂戴」

血に染まった砂利《じゃり》を踏み、一重が豪胆に突っ込む。真柄も得たりとばかりに、大太刀を横払いに薙ぎ払う。これまで数多《あまた》の兵たちの命を奪ってきた、鉄塊の如き巨大な刃が、一重の胴を襲う。

だが、一重は倒れなかった。まるで普通の太刀を受けるように、手にした刀で大太刀を防いだのである。

さすがの真柄も、驚きのあまり動きが止まった。一重はその隙を見逃さず、一息に間合いを詰めると、大太刀を握る両手を斬り飛ばした。

手の中に、抵抗がほとんどない。まるで、水でも切ったようだ。そのまま、仰向けに倒れ込んだ真柄に組み付き、頸《くび》を掻き切った。血と脂に濡れた刀には、やはり刃こぼれ一つなかった。

六

「それで、どうしたわけだ」

戦からしばらくして、鍛冶場に顔を出した一重に、孫六は尋ねる。

「真柄を討ったはずのお前に、なぜ褒美ひとつないのだ」

「まあ、色々と事情があってね」

一重は、濡れ縁から庭へ下り、木から勝手に柿をもいで、皮も剝かずにかじりついた。

「世間では、お前が真柄を討ったともっぱらの噂だぞ。あれは、嘘なのか」

「いや、本当だ。ただ、徳川家としては、討ったのが俺ではまずかったのさ」

――六郎五郎が、哀れだとは思わぬか。

姉川での首実検の際、主君である徳川家康は一重を近くに招き寄せ、耳元でそうささやいた。六郎五郎は、向坂三兄弟の末弟である。兄二人を真柄に討たれ、なんとか仇を討とうと前へ出たが、惜しくも一重に先を越されてしまい、首級を挙げることは出来なかった。

――それだけでも哀れじゃが、問題は向坂家の家督のことよ。

と、家康は己の意図を説明する。曰く、長兄で当主の向坂式部が、跡継ぎもないまま討たれたため、家督と所領は生き残った六郎五郎が継ぐべきだ。しかし、兄に死に後《おく》れ、仇も討てなかった不覚者とあっては、家臣も親類も納得しないであろう、と。

――一重よ、どうじゃな。お主ほどの勇者であれば、武士の情けというものを、分かってくれることと思うが。

あくまでも穏やかに、微笑を崩さずそう語る家康に、一重は反吐《へど》が出る思いがした。要するに、この主君は、真柄を討った武功を、向坂六郎五郎に譲れと言っているのだ。

もっとも、武士の情け云々《うんぬん》というのは、あくまで表向きのことだろう。

「つまるところ、徳川様が気にしたのは、織田様への、そして世間への体面さ」

ぷっ、と柿の種を吐き捨て、一重は苦々しげに言った。

「せっかく死力を尽くして朝倉勢と戦ったのに、肝心の第一功が、俺のような新参で他国者の、牢人《ろうにん》上がりに取られては、勇猛で鳴らした徳川家臣団の体裁にも関わるし、織田様の覚えも宜《よろ》しからず、とでも考えたんだろう」

いかにふざけた内容とはいえ、家中に後ろ盾を持たない新参の分際で、主命には逆らえない。一重は、渋々ながら家康の要求を受け入れたが、やがて馬鹿らしくなって出奔し、旧主の丹羽家に帰参したのだと言う。

「ほう、丹羽家」

孫六は眉を上げ、

「よく帰参が許されたものだな。あのように、手前勝手に出奔しておきながら……」

「運が良かったんだよ」

一重が言うには、姉川の戦いの際、丹羽隊にいた太田牛一《おおたぎゅういち》という男が、たまたま真柄が討たれる瞬間を目にしていたため、その事実が丹羽長秀の耳にも届いていた。

無論、徳川家中の論功に口を挟むわけにはいかないが、長秀は、

――それほどの勇士ならば、ぜひ当家に迎えたい。無論、父御とは別に禄を与えよう。

と出奔のことは問わず、帰参を認めてくれた。

「それで、禄はいかほど貰えたんだ？」

「……一千石」

「なんだと？」

耳を疑った。父の青木加賀右衛門ですら、二百石そこそこだ。一重は新知でいきなり、その五倍の石高を得たという。

「まさか、あり得ねえ」

「そう思うのも無理はないが、この話には、一つ裏があるのさ」

帰参に際して、一重はある提案をした。

――自分が死ねば、この刀を丹羽様に献上する。その代わり、一千石が欲しい。

その愛刀の切れ味がどれほど凄まじいかは、一重の働きぶりと共に、世間に流布《るふ》している。その噂が真実であることを知っていた長秀は、この申し出に興味を示し、条件を受け入れた。

「刀一振りで、一千石……」

どんな名工でも、あり得ない値である。まして数打ちなら、百束二百束打っても半値にすら届かない。孫六ははじめ呆然としたが、やがて弾けるように笑い出した。

「そうだな。お前が真柄に勝ったように、俺の刀も、奴の化け物大太刀に勝ったんだ。なら、それぐらいの値がつかなきゃおかしいわな」

「なに言ってんだよ、おっちゃん」

一重がにやりと口の端を吊り上げる。

「俺は、一千石なんかじゃ終わらねえよ。こいつは元手だ。これからは、俺一人の武働きじゃなくて、家来を召し抱えて、そいつらと一緒に戦って、もっと大きな功を上げるんだ。……だからさ、俺の従える兵のためにも、これからもいっぱい、いい刀を打ってくれよ。俺には出来る限り、格安でさ」

「馬鹿、そこで格安ってことはねえだろう」

二人は、顔を見合わせて大笑した。


ずっと、己の技術を磨き続けてきた。それが、天下一の鍛冶への道筋だと信じ、突き進み、壁にぶつかり、そして諦めた。

しかし、刀は使うものだ。使う人間がいるものだ。ならば、己が打った刀が、使い手と出会うことで変わる、そんな見方も出来るのではないか。

考えてみれば、使い手に限らず、鍛冶は一人では自由にならないことだらけだ。鎚入れにはどうしても他者の手が要《い》るし、同じ鉄も、同じ炭も、同じ炎も一つとしてない。

なにひとつ、完全には支配出来ない。だからこそ、果てがないのだろう。あの三本杉乱れのような刃文が、偶然、生じてしまったように。

「そうだな」

しわばんだ手を見つめながら、ぽつりと呟く。

「また、始めるか」

顔を上げると、秋晴れの空を、雁の群れが横切っていた。すっかり熟した庭の柿は、火床の中の刀身の色をしている。

この年で、この身体で、いつまで打ち続けられるかは分からない。しかし、それで構わない。孫六はまだ、なにもやり尽くしていないのだから。

すでに美濃鍛冶の中では随一だった孫六の名は、姉川の戦い以降、ますます高まり続け、備前鍛冶に負けず劣らず珍重されるようになってゆく。

——関ノ孫六、三本杉
と言えば、いつしか利剣の代名詞となり、江戸期にまとめられた『懐宝剣尺』においては、古今あらゆる刀剣の中で最も優れた等級である、「最上大業物」十二工に数えられた。

また、青木一重は、こののちも戦場で数え切れぬほどの武功を重ね、最終的には一万二千石の大名となり、摂津《せっつ》麻田《あさだ》藩の祖となった。

彼の死後、その愛刀は遺言通り、丹羽家へと譲られた。孫六兼元の最高傑作と名高いその名刀は、通称を「青木兼元」、またの名を「真柄切《まがらぎり》」という。

宇都宮の尼将軍

一

傾いた午後の日差しに、軒下の影が濃さを増す。秋虫たちは宵を待ちきれなかったのか、どこからか、気の早い鳴き声を聞かせている。

天正《てんしょう》五（一五七七）年、八月。

若色弥九郎《わかいろやくろう》は、濡れ縁に腰かけたまま、手にした柄鏡《えかがみ》と睨み合っていた。髭の剃り残しはないか、うっかり鼻毛など伸びていないだろうか……どれほど確認しても、なにかを見落としているように思えて、銅張りの鏡面から、なかなか目が離せない。

「そう何度も覗き込んだところで、顔の作りまでは変わらんぞ」

庭先から、間延びした声がした。顔を上げると、父の佐太夫《さだゆう》が、鉢木《はちのき》（盆栽）の世話をしているところだった。棚台の上にずらりと並んだ、梅や松、楓《かえで》、赤四手《あかしで》などの鉢に、父は柄杓《ひしゃく》で水をやったり、鋏《はさみ》で枝葉を剪《つ》んだりしつつ、

「どこの遊女《あそびめ》に入れ込んでいるのかは知らんが、外見《そとみ》ばかりにこだわっても、女子《おなご》の気は引けぬぞ。肝要なのは、花を育《はぐく》み、慈しむが如き、手間を惜しまぬ心尽くしじゃ」

（なにを言っているのやら）

軽口ではなく、父は本気で忠告しているつもりらしかった。その、およそ武士らしくない、間の抜けた物言いに、弥九郎はため息をつきたくなった。瘦《や》せがちな体軀をかがめるようにし

て、樹木の相手をしている丸い背中は、百姓にしか見えなかった。

下野《しもつけ》中部の戦国大名、宇都宮《うつのみや》家。弥九郎たちが仕えるこの主家は、実に五百年来の歴史を持つ名門だ。

その発祥は、平安の昔、関白・藤原道兼《ふじわらのみちかね》の曾孫が東国へ下向し、下野一之宮《いちのみや》である宇都宮明神（二荒山《ふたあらやま》神社）の座主となり、土着したことに始まると伝わる。以来、同氏は神職と武門を兼ね、関東でも屈指の有力大名として威を誇り、繁栄を謳歌《おうか》してきた。

父は、その宇都宮家の門松《かどまつ》奉行だった。

儀礼や供応《きようおう》の際に、飾りの樹木を用意する役目で、それなりに知識や経験も必要ではあるが、とても顕職《けんしよく》とは言い難い。戦場で槍を振るうでもなく、財務や内政に奔走するでもなく、ただただ鉢木の相手をしている父を見ていると、弥九郎はやりきれない気持ちになる。いずれ己《おのれ》も、こんな下らぬ仕事を継がねばならぬのか、と。

「あいにくと、女子などのためではありませぬ」

あえて突き放すように、弥九郎は冷ややかに言った。

「宗家の高継《たかつぐ》様より、お呼び出しがあったのです」

「ほう、ご家老様が？」

鋏を持つ手が止まった。振り返った父は目を丸くしている。

芳賀《はが》高継は、宇都宮家の筆頭家老だ。若色家は、その芳賀氏の分家の一つだが、親類と言っても家格が違い過ぎる。本来であれば、弥九郎などが口を利《き》ける相手ではないし、父も、せいぜい年頭の祝いや歳暮で、挨拶《あいさつ》をした程度であろう。

「珍しいこともあるものよな。いったい、なんの御用じゃ」

「分かりませぬ。ただ、使いの方は、大事《だいじ》であるとしか」

「大事、のう……」

父は訝しげに、息子の顔をまじまじと見た。不審がるのも無理はない。数にも入らぬような末端の分家の、二十歳にも満たない小せがれを、わざわざ召し出すような大事など、弥九郎自身にもまるで想像がつかなかった。

「まあ、なにはともあれ、目をかけて頂いたことは誉れじゃな」

推測するのを諦めたのか、父は一人でそう結論づけると、

「せっかくじゃ、これを、ご家老様にお贈りしてはどうかの」

そう言って、棚台の上から、一つの鉢木を取り上げた。茎《くき》のように細いいくつもの枝が、青々とした葉と赤紫色の花をまとい、素焼きの瓦器《がき》の上で放射状に広がっている。

「萩、ですか」

「おお、なかなか面白いじゃろう」

父は得意げに言ったが、弥九郎は戸惑うばかりだった。萩は秋の風物詩として、古《いにしえ》より歌にも詠まれてきたし、庭木にも好まれるが、それは言わば野の美しさであって、仰々しく鉢に飾りつけるような花ではない。

そんな困惑をよそに、こちらが尋ねてもいないのに、父は早口で語り出す。

「こうして鉢に植えてやると、野や山に広がっている姿とは、また違った味わいがあろう。きっとご家老様は、松や楓などのありふれた鉢木など、あちこちから贈られて見飽きておられるだろうし、斯様《かよう》に珍しき趣向の方が、かえって喜ばれると思うのじゃが……」

「お言葉ながら」

弥九郎は、もはや遠慮せずに、深いため息をついた。一人勝手に盛り上がり、嬉しそうに樹木のことなどを語る父が、腹立たしくもあり、情けなくもあった。

「どれほど趣向を凝らした花や木も、戦場で命を惜しまず働く、武士《もののふ》の心構えに優るものではありますまい。……まして、只今のような情勢の最中《さなか》、父上のように呑気なことを言っていては、ご家老様にも呆れられましょう」

「む……」

衣に泥でもかかったかのように、父は不快げに顔をしかめた。なにか言いたげに口をもごもごとさせていたが、やがて鉢を戻し、再び水をやりだした。

「わしはこれでも、宇都宮家のために、必死に尽くしておるわい」

顔を背け、ぼやくように、聞き取りづらい声で父は言った。

「刀や槍を振り回すだけが、戦ではあるまい。お主には分かるまいが、この庭先こそが、わしの戦場なのだ」

（ならば、その御自慢の鉢木が）

兵の代わりに戦い、主家を救ってくれるとでも言うのか。そう怒鳴りつけてやろうかと思ったが、力なく肩を落とした父の、あまりに弱々しい後ろ姿に、その気も失せた。

（俺は、こうはならない）

そう己に言い聞かせつつ、弥九郎は濡れ縁の上に立った。

屋敷の外に視線を向けると、遠くに宇都宮城本丸の、物見《ものみ》矢《や》倉《ぐら》が見える。たかが矢倉でも屋根を板晒《いたざら》しにせず、わざわざ茅葺《かやぶき》を用いている辺り、いかにも名家らしく立派だが、長い間、茅を葺き替えていないためか、その色は妙にくすんで見えた。

関東屈指の名流、宇都宮家。東国一円に威を誇る、武門の雄。……その繁栄も、もはや遠き昔のことだ。上方《かみがた》の「応仁《おうにん》の乱」、東国の「享徳《きょうとく》の乱」に端を発する、旧体制の崩壊と戦乱の慢性化――いわゆる「戦国時代」の到来に伴い、宇都宮家は見る影もなく没落した。このかつての名門は、度重なる家中の内訌《ないこう》と、近隣諸国からの圧迫によって衰退の一途を辿り、幾度となく窮地に追い込まれながら、辛うじて家名を保っている。

そして前年、ついに恐れていたことが起こった。

かねてより、病弱で寝込みがちだった、当主・宇都宮広綱《ひろつな》が、三十二歳の若さで没したのである。しかも、跡目を継いだ嫡子・国綱《くにつな》は、この時わずか九歳の幼君だった。

宇都宮家は、いよいよ滅亡の危機を迎えつつある。

「……こんなときに、なにが花だ」

吐き捨てるように呟き、弥九郎は歩き出す。一瞬、父の背が微かに震えたようだったが、息子の暴言を咎《とが》めるどころか、こちらを見ようともせず、ただ縮こまって聞こえないふりをするばかりだった。

芳賀高継の屋敷は、城中の二の丸にある。さすがに、筆頭家老の住まいだけあって、弥九郎の家などは三つか四つは入りそうなほどに広い。門をくぐり、家来の案内に従い、ひどく長い廊下を心細く進む。やがて邸内の一室に通された弥九郎は、久方ぶりに、この宗家の当主と顔を合わせた。

恰幅《かっぷく》のよい身体つきをした、四十絡みの壮年の男だ。鷹揚で上品な居住いは、白綾《しらあや》の高級な衣と共に、いかにも貴種らしい印象を与える。

「お召しに従い、参上仕《つかまつ》り申した。若色佐太夫が息《そく》、弥九郎にございまする」

針金を折り曲げるように、恐るおそる、強張《こわば》った身体をひれ伏させる。そうしている間も、弥九郎の頭の中では、様々な不安が渦巻いていた。……はたして、己は、なんのために呼び出されたのか。そもそも、一門とはいえ、高継は弥九郎如きを、本当に覚えているのか。誰か、別人と取り違えているということもあるのではないか。

ところが、高継は意外にも、

「よくぞ参った、達者であったか」

などと、ろくに言葉も交わしたことのない弥九郎へ、驚くほど気さくに声を掛けてきた。思いもよらない態度に、こちらが唖然としていると、高継は肩でも抱かんばかりに身を寄せ、

「近ごろ、槍の方はどうだ。なかなか、熱心に励んでおるそうじゃが、腕は上がったか」

（あっ……）

そんなことまで、知ってくれているのか。

弥九郎は、まだ初陣を踏んでいない。しかし、いずれ来たるべき戦場に備え、柳田監物《やなぎたけんもつ》という槍仕《やりし》に弟子入りし、同門の誰よりも必死に修練を続けている。

「まだまだ未熟ゆえ、お恥ずかしゅうございまする。されど、いつかは己が槍働きにて、宇都宮に若色弥九郎のあることを、天下に示しとうござる」

「勇ましきことよ。若い者は、そうでなくてはならぬ」

高継は、優しく微笑《ほほえ》んだ。雲の上の存在と言うべき筆頭家老が、自分のような若造のことを気にかけてくれている。弥九郎は、緩みそうになる頬を、引き締めるので精いっぱいだった。

「さて、弥九郎よ、実はな、お主に頼みがあるのじゃ」

「いかなる御用にございましょうか」

「ふむ。それがな……」

高継は目を細めた。声色が、わずかに翳《かげ》りを帯びる。

「南呂院《なんりょいん》様に、関わることでな」

「ほう？」

亡き先代当主・宇都宮広綱の正室のことだ。夫の死に伴って落飾《らくしょく》し、南呂院と号したこの未亡人は、武家の慣例に従って、我が子である幼君・国綱の後見役——実質的な当主代行——を務めている。

「お主も、話には聞いておるであろう。件《くだん》の評定《ひょうじょう》での、南呂院様のお振舞いを」

「は……」

彼女に関する評判は、必ずしも芳《かんば》しいものではない。南呂院にまつわる種々の噂は、弥九郎のような一家臣の耳にも届いていたし、なにより、彼女の名を口にする高継の顔つきが、その複雑な心境を物語っていた。

「知っての通り、あれは先月のことだ」

そうして、高継は改めて確認すべく、「南呂院様の一件」について話し始めた。

二

一月前――天正五年、閏《うるう》七月。

本丸の大広間では、重臣たちが集い、評定が行われていた。芳賀高継を筆頭に、横田出羽《よこたでわ》、今泉但馬《いまいずみたじま》ら宿老衆、それに岡本筑後《おかもとちくご》ら奉行衆を加えた十数名が、意見を交わし合っている。

だが、彼らの口ぶりは一様に重く、広間に満ちた空気は、沼底にいるかのように淀《よど》んでいた。

「なにか、手立てはないのか、芳賀殿」

勇猛で鳴らした君島備中《きみじまびっちゅう》が、別人のように不安げに言った。

「このままでは、関東は北条《ほうじょう》の意のままになるぞ」

「ふむ……」

北条家。

相模小田原城《さがみおだわらじょう》を本拠とするこの大名は、およそ八十年前に、京の室町《むろまち》幕府の高級官僚であった北条早雲《そううん》（伊勢宗瑞《いせそうずい》）が、一代で打ち立てた新興勢力である。同家は、家祖・早雲から、現当主・氏政《うじまさ》までの四代に渡り、戦乱に乗じて版図を拡大し続け、いまや本国の相模に加え、伊豆《いず》、武蔵《むさし》、下総《しもうさ》を領国化し、さらには上野《こうずけ》、下野、上総《かずさ》、常陸《ひたち》にまで勢力を広げる、関東最大の大名として君臨している。

しかし、宇都宮家を始めとする、古くから関東に根を張って来た大名・領主たちにとって、この京からやって来た新興勢力は、

――東国に縁《ゆかり》なき、他国の凶徒（侵略者）

に外《ほか》ならず、勇猛を誇ってきた坂東武者の末裔として、決して屈することの出来ない仇敵だった。

このため、関東の諸将は、激しい抵抗を続けて来たが、時流に乗る北条の勢いは凄まじく、千葉《ちば》氏や小山《おやま》氏など、平安以来の名門でさえも屈服や失墜を余儀なくされ、そのほか数え切れぬほどの領主たちが、ある者は降り、ある者は滅んだ。

そして、その勢力はいまや、宇都宮家の領国をも脅かしている。

「なに、まだ我らには、上杉がついている」

今泉但馬が、声を励まして言った。

越後国主・上杉謙信は、「軍神」の異名を取る名将であり、「義」や「筋目」を重んじる、乱世には珍しい信条を持った大名だった。そんな謙信にとって、力によって東国にのさばる北条家は、世の秩序と静謐《せいひつ》を乱す、許しがたき存在であり、これまでも幾度となく、越後国境の三国峠《みくにとうげ》を越えて関東へ出兵し、北条の圧迫に苦しむ諸将を救援してきた。

「謙信公にかかれば、北条など虎の前のねずみも同然。いつぞやのように、あの小田原の凶徒どもを、たやすく蹴散らしてくれようぞ」

「援軍の要請に、応じてくれればの話だがな」

多功石見《たこういわみ》という男が、揶揄《やゆ》するように口元を歪めた。

「近ごろの謙信公は、越中《えっちゅう》だの能登《のと》だの、北国筋にばかりご執心の様子ではないか。女子なら、つれない相手を口説《くど》くのも味があるが、男に振られ続けるのは虚しいばかりよ」

彼の言う通り、昨今の謙信には、関東について、かつてほどの積極性は見られない。

北条の討伐を公言してはばからず、毎年のように関東へ乗り込み、ときには小田原城にまで攻め上った「越後の軍神」も、いまでは峠を越えても深入りはせぬまま、大した戦果もなく領国へ戻っていくのが常となっていた。

――謙信公は、内心、すでに北条討伐を諦め、我らを見捨てるつもりなのではないか。

上杉への不信感は、関東諸将の隅々にまで広がりつつある。

「どうやら、彼《か》の軍神殿は合戦の将才のみならず、商《あきな》いの方の商才にも恵まれておられるようだ。わざわざ峠を越えてまで、困難ばかりの関東に出張るよりも、北国で領主の争いに介入しつつ、湊《みなと》の権益でも分捕《ぶんど》る方が、よほど旨味があるのだろうさ」

「石州《せきしゅう》、口を慎まぬか」

一座の年長者である横田出羽が険しい顔つきで、多功の皮肉をたしなめた。

「仮にも、我ら上杉方の盟主に対して、よくも左様《さよう》な悪口《あっこう》を」

「口先ばかりの盟主なぞ、崇《あが》めたところでなんの益がある」

多功はせせら笑い、

「結局、当家にとって味方と呼べるのは、佐竹《さたけ》と結城《ゆうき》ぐらいのものだ」

「……佐竹はともかく、結城はいかがなものか」

そう述べたのは、筆頭家老の高継だ。

常陸の佐竹氏、下総の結城氏は、宇都宮氏と同じく「関東八屋形《はちやかた》」に数えられる名門である。かねてより三家は上杉方として、北条の侵攻に対抗してきたものの、その足並みは揃っているとは言い難い。

「味方と呼ぶには、結城はあまりにも腰が据《す》わらぬ。共に北条に抗《あらが》おうと誓ったというに、敵方の攻勢に屈して寝返ったかと思えば、いまは再び、上杉方に戻ってきている。斯様な相手を、どこまで当てに出来るのか」

佐竹、宇都宮、結城……個々の国力では、あの強大な北条にはかなわない。しかし、盟主たる上杉家の姿勢が曖昧《あいまい》である以上、とても強固な結束などは期待できない。

「ではどうすれば良いのだ」

「もはや我らは、上杉の援軍到来を祈ることしか出来ぬのか」

重臣たちは、口々に悲痛な声を上げた。高継も、彼らに対し、もはや掛ける言葉がなかった。

ところが、そんな中、

「いや、家を守るための手立てならある」

それまで、一言も発することなく、評定の行く末を見守っていた、ある人物が声を上げた。

上段に座す、尼僧《にそう》姿の女——当主後見役・南呂院は、家臣らの視線が己に集まったことを確かめると、ゆっくりと、その驚くべき宣言を一同に伝えた。

「……北条方に、寝返ればよいのじゃ」

その一言は、家臣らに言葉を失わせるには十分だった。愕然とする面々の中で、高継だけが辛うじて声を上げた。

「なにを、馬鹿な」

あり得ることではなかった。北条家が、関東諸将にとっての仇敵というだけではない。

「あなた様は、佐竹家のお生まれではありませぬか」

そう高継が指摘するように、彼女は佐竹家当主・義重《よししげ》の実妹だった。北条への寝返りは、南呂院にとって、実家と実兄への裏切りにほかならない。

しかし、この尼僧姿の後見役は、微塵《みじん》も動じた様子を見せず、

「嫁いだその日から、わらわは宇都宮の女である。家を守るため、手立てを問うつもりはない。それが宇都宮のためであれば、喜んで生家を敵に回し、兄と殺し合ってやろうではないか」

冷淡な、しかし刃でも突きつけるかのような、鋭さを持った語調だった。その意気に家臣たちはたじろいだが、高継はなおも口をつぐまず、

「されど、誇りはどうなるのです。今日まで貫いてきた、我ら坂東武者の意地は……」

「その意地や誇りで、家が保てるのか」

氷を思わせるような瞳で、南呂院は高継を見据えた。

「わらわは、なんとしても守りぬく。広綱様が遺された、この家を」

評定を終えたのちは、ひどい騒ぎだった。尼姿の後見役が去った広間で、重臣たちは半ば罵声を上げるように、「いったい、いかなるおつもりだ」「よもや、小田原の凶徒に与《くみ》するなど、あれでも佐竹の娘か」と、各々の不満や戸惑いをぶつけあっていた。

「まるで、鎌倉の尼将軍（北条政子《まさこ》）じゃな」

皮肉屋の多功石見が、うんざりしたように口を開いた。北条政子は鎌倉幕府を開いた源頼朝《みなもとのよりとも》の正室であり、夫や息子の死後、幼き将軍の後見を務め、幕府を主導したことから、「尼将軍」の異名で知られている。

「南呂院様も、姫御前《ひめごぜ》のころより気の強いお人ではあったが、兄を殺すなどと平然と言えるほど、酷薄ではなかったはずじゃ。どうも、広綱公が身罷《みまか》られて以来、人変わりされたと見えるのう」

「悠長なことを言うておる場合か！」

犬の尾のような髭を震わせ、戸祭《とまつり》下総という宿老が怒声を上げた。

「事は意地の問題だけではない。もし我らが屈したとすれば、北条は、自家の一門を宇都宮に送り込み、新たな当主として養子入りさせ、御家を乗っ取ろうとするやもしれぬ」

戸祭が語るような政略は、大大名の勢力拡大における、常套手段と言っていい。まして、宇都宮家の場合は、当主の国綱が幼少であるため、

――国綱殿が長じられるまでの間、仮の当主として中継ぎを務める。

などと称すれば、養子を送り込む格好の名目になる。無論、成長するまでというのは建前で、一度、養子入りを許してしまえば、あとで適当な理由を構えて、名実ともに家督を奪ってしまうだろう。危機感を抱くのは、当然だった。

「しかし、南呂院様の申されることも、一理ある」

顔をうつむかせ、高継が口を開く。

「いまの窮地に、家を保とうと思えば、北条に与《くみ》するほどの決断も必要かもしれぬ」

「高継殿、なにを申される」

「宇都宮の筆頭家老ともあろうお方が、なんと情けなき言葉か」

「……静まられよ！」

らしくもなく大声を張り上げ、高継は朋輩たちを一喝した。端正な顔立ちは苦渋に歪み、目元には涙さえ浮かんでいる。

「わしとて、皆と気持ちは同じだ。だが、家のため、ここは耐えねばならぬ」

高継は言う。一時《いっとき》、北条に与するのは、情勢から見てやむを得ない。だが、この先ずっと、あの「他国の凶徒」の好きにさせていては、皆が申す通り、坂東一円は彼奴《きゃつ》らに呑み込まれ、宇都宮も乗っ取られることになるであろう、と。

「状況を変えるには、上杉の力を借りるしかない。……南呂院様とて、仇敵たる北条に、好き好んで与すると仰せられたのではあるまいよ。越後からの援軍さえ実現すれば、再び上杉方に味方するよう、説得も叶うであろう」

「されど、上杉は本当に、援軍を送ってくれるだろうか」

「送らせるのだ」

訝しげな声を上げる多功石見に、高継は頑として言った。

「この芳賀高継が、たとえ謙信公と刺し違えてでも、上杉の援軍を実現させて見せる。だから、皆もどうか、わしと共に耐えてくれ」

その後、高継は反発を抱く家臣らを根強く説得して回り、北条方への鞍替えという一大転換について、なんとか家中の方針をまとめ上げた。

とはいえ、それで家臣らの不服が消え去ったわけではなく、北条への、そして南呂院へのわだかまりは、宇都宮家中に澱《おり》の如く溜まり続けている。

三

「……弥九郎よ」

説明を終えた高継が、改めてこちらに向き直る。

「お主には、南呂院様の警固番《けいごばん》に加わって欲しい」

「私に……？」

「これほど張り詰めた情勢だ。後見役たる南呂院様に、なにかあっては一大事ゆえ、増員の人選を進めているところなのだが、信頼出来る者となると、なかなか難しゅうてな。どうだ、宇都宮のため、命を懸けられるか？」

「問われるまでもございませぬ」

日々、修練に励んでいる弥九郎の武芸を、そして主家への忠誠心を、高継は買ってくれているのだ。宇都宮家臣として、これほどの栄誉はない。

「未だ戦場を知らぬ若輩なれど、武士《もののふ》の心は知っております。南呂院様の御身《おんみ》は、我が一命に替えてもお守りいたしまする」

逸る心を抑えきれず、鼻息荒く弥九郎は応じた。ところが、その返答を聞いた途端、高継は小さくため息をつき、

「そうではない。わしは、南呂院様ではなく、宇都宮のために、命を懸けられるかと問うたのだ」

「は……？」

この筆頭家老は、なにを言っているのだろう。戸惑う弥九郎に向けて、高継はさらに言う。

「わしには、あのお方のなさりようが、どうにも解《げ》しかねるのよ。この期《ご》に及んで、北条に与するなど、な」

「されど、それは情勢から見て、やむを得ぬことと……」

「領外の情勢だけを鑑《かんが》みれば、その通りだ。だが、問題はむしろ、家中の方にある」

高継は言う。当主と宿老の方針が、真っ向から対立した挙句、家中が割れ、内乱を引き起こし、国が疲弊し、家が傾く……そのような愚挙を幾度も繰り返したために、宇都宮家は現在のような窮地にあるのだと。

「なんとか、執り成すことが出来たから良かったものの、一つ間違えば、今度こそ家が滅びる恐れさえあった。南呂院様とて、己が評定で申したことに、そのような危険があることも、分かっておられたはずだ」

「ならば、あのお方の真意はどこに……」

「ふむ」

高継は顎に手をやり、しばし考え込むような仕草をした。主筋のことだけに、頭の中で慎重に、言葉を選んでいるのかもしれない。

「……わしは、こう思うのだ。南呂院様は、どちらでも良かったのではないかと」

「どちらでも?」

「我らが北条に与し、やがては屈して傘下となろうと、あるいは、家中が二派に割れることで、北条家がその調停を名目に兵を発し、宇都宮を制圧しようと……いずれにしても末路は同じだ。

しかし、それが狙いだとすれば？」

「ば、馬鹿な」

声が、思わず裏返る。とても、信じられることではない。もし、高継の見解が正しいとすれば、南呂院はあろうことか、宇都宮家を北条に、売り渡そうとしていることになるではないか。

視線を床へ落とし、うつむきがちに高継は語る。その語調は、唇が鉛になったかのように重たげだ。

「家中の実権と引き換えに、幼き国綱公の命と、宇都宮の家名を守る……もし、南呂院様が、左様に考えられたのであれば、実家の佐竹を敵に回すことさえ、厭わぬやもしれぬ」

「そんな……」

弥九郎は、愕然とした。そして同時に、あることに思い至った。

「まさか、警固番というのは……」

黙したまま、高継は静かにうなずいた。その態度で、弥九郎も己の真の役目を察した。……南呂院を、監視しろ。この筆頭家老は、そう命じているのだ。

「もちろん、わしの杞憂《きゆう》であればそれに越したことはない。むしろ、お主の働きは、あのお方の潔白を証《あか》すことになるやもしれぬ……どうじゃ、出来るか、弥九郎」

「………」

話を聞いただけでも、困難な役目であることは分かる。しかし、今の弥九郎の胸中を占めていたのは、躊躇や怖気《おじけ》を塗りつぶすほどの、言葉にならない興奮だった。

「御家のため、粉骨砕身いたしまする」

信頼されている。自分のような分家筋の、なんの実績もない若輩者が。しかも、己の働きは、家中の危機を救うかもしれないのだ。

四

数日後、本丸曲輪《くるわ》の内、北の離れにある南呂院の居所へ、弥九郎は出仕した。

大名の奥方の住まいにしては、室内はまるで飾り気がなく、掛け軸や屏風すらない。そのひどく質朴《しつぼく》な一間の、固く冷たい板敷の上で、弥九郎は南呂院に拝謁《はいえつ》を果たした。

（このお方が……）

何度か、遠くから見かけたことはあった。しかし、こうして正面から顔を合わせるのは、初めてだった。

年の頃は、二十七、八。私室であるためか頭巾や法衣はまとわず、髪は肩の辺りで「かむろ（尼削ぎ）」に切りそろえられ、落ち着いた浅紫色の打掛に身を包んでいる。

まるで唐物の、白磁のような肌。しかし、その端正な印象とは対照的なのが、彼女の瞳の異様な鋭さだ。鈴を張ったが如き、などという生温《なまぬる》い眼光ではない。南呂院のそれは、研ぎ終えたばかりの刃物のように、冷ややかで、恐ろしく、しかし魅入られるほどに美しかった。

「物好きなことよな」かむろ髪の後見役は、にこりともせずに言った。「尼将軍だの、人の心がないだのと、家中で散々に言われている女の護衛に、わざわざ加わりたいとは、よほどの変わり者じゃな」

「恐れ入りまする」

つい身を強張らせながらも、弥九郎は応じる。

「されど、国綱君《ぎみ》が長じられるまでの間は、後見役たる南呂院様こそが、当家の屋形（当主）に等しきお立場なれば、御身をお守りすることは、宇都宮を守るも同じ。これに優る、光栄な役目はございませぬ」

「滑らかに喋ることよ」

切っ先を突きつけるかのように、彼女の視線が、こちらの両目を捉えた。

「まるで、紙に書いて来たようじゃ」

「なにを仰《おつしや》います、拙者は……」

「まあ、良い」

慌てて弁明しようとする弥九郎を、南呂院はすげなく遮り、

「警固の人数に、多すぎるということはない。そちの申す通り、わらわがかような立場である以上、命を狙う者はいくらでもおるじゃろう。……あるいは、この城の中にもな」

「は……」

返答すべき言葉が思いつかず、弥九郎は口ごもった。「左様な不届き者はおりませぬ。家臣らは一丸となって、あなた様に忠誠を誓っております」などと取り繕《つくろ》うのは、いかにも追従《ついしょう》が

見え透いているし、かといって「仰せの通りにござる」などと答えるのもどうだろう。

「あの、ところで」

気まずい沈黙に耐え切れず、強引に話題を逸《そ》らそうとした。

「なんだ」

「いえ、その、南呂院様は、樹木などをお好みになられると伺い申した。ちょうど、拙者の父が、門松奉行を務めておりまして……」

背筋が凍るほどに冷淡な、切れ長の眼差しに睨まれながらも、弥九郎は必死で言葉を継ぎつつ、傍らにあった包みを解き、南呂院に向けて差し出した。

それは、鮮やかな青葉を茂らせた、松の鉢木だった。

「勝手ながら、斯様なものを持参仕りました。ぜひとも、南呂院様に進上いたしたく存じまする」

「ほう、松か」

それまで、氷のようであった南呂院の顔つきが、わずかに緩んだ。彼女は鉢を取り上げると、ためつすがめつ、興味深そうに眺めた。

「よい枝ぶりじゃな。そちの父が育てたのか？」

「ははっ」

弥九郎は即座にうなずいた。……しかし、実のところ、これは父が育てたものではなかった。

——南呂院様は、樹木や草花の類《たぐい》を好まれる。しからば、お主は鉢木を進物として持参し、取り入るための一助とせよ。

高継はあらかじめ、弥九郎にそのように言い含めた。まさか、進物一つで心を開くようなことはあるまいが、少しでも信用を得るためには、使えるものはなんでも使うべきだ、と。

ただし、肝心の鉢木について、弥九郎の父・佐太夫が育てたものではなく、こちらで用意したものを持っていくようにと、あの筆頭家老は付け加えた。南呂院の好みについては、身分の低い佐太夫よりも、高継の方が詳しいということ、また、彼女の監視は秘事であるため、関わる者をなるべく少なくしたいというのが、その理由であった。

「いかがでございましょうか。もし、南呂院様がお望みなら、父に掛け合い、ほかにもよき鉢木をご用意いたしまするが……」

「それは願ってもない」

南呂院はうなずいたが、

「されど、弥九郎よ、献上は無用である」

「はて、なぜでございましょう」

「見るがいい、この根張りの力強さを。一尺に満たぬ松が、山中に大木を見るが如き景色を感じさせる。これだけでも、そちの父がいかに労を惜しまず、この鉢の世話を続けてきたかが分かる」

（それほどの物なのか）

家職に反発してきた弥九郎には、いま一つ、その良し悪しが分からなかったが、南呂院は感

じ入った様子で、

「かようなものは、持ち主の手元で育てられるべきじゃ。わらわは、眺めるだけで十分に満ち足りる。よき父を持ったな、弥九郎」

「恐れ入りまする」

かしこまって、頭を下げる。尼将軍と恐れられるお方にも、意外な弱みがあったものだ。

「進物」の想像以上の効果に驚きつつも、その反応に弥九郎は安堵した。


こうして、弥九郎の警固番衆としての——そして、ひそやかな監視役としての日々が始まった。

といって、なにも南呂院の一挙手一投足を見張るというわけではなく、彼女の側近くに侍《はべ》りながら、外部との連絡を警戒し、人の出入りはどうだったか、怪しいそぶりはなかったかなどを、高継に報告するのが主な役目だった。

(とは言うものの……)

日を経ていくうちに、弥九郎の困惑は深まっていった。外部との連絡もなにも、そもそも南呂院自身が、誰かとひそかに会うような隙をつくろうとしないのだ。

公務に関わる報告を受ける際も、重臣たちとの評定の際も、あるいは厠《かわや》や湯殿に至るまで、彼女の周囲には常に、警固番衆や侍女らが付き従っている。起床から就寝までを通じて、一人になるということがほとんどなく、密書や密談どころか、無駄話さえろくにしない。

また、その暮らしぶりも、名流の未亡人といった印象からはほど遠い。

たとえば、公務についても、彼女はすべてを家老任せにして報告を待つのではなく、村落などで起こった訴訟、家中財政の使途などについて、自ら記録を確認し、ときには重臣たちを伴《ともな》って、領内の検分さえも行った。その一方で、武芸の修練についても熱心であり、警固番衆を相手に、刀槍や薙刀《なぎなた》の稽古を頻繁に行った。

その太刀行きの迅《はや》さは、女人のものとは思えなかった。警固番衆は、ろくに近づくことも出来ぬまま、たんぽ槍や袋竹刀《しない》で、一方的に叩き伏せられるばかりだった。

この日もまた、弥九郎たちは、足が立たなくなるほどに、厳しくしごき抜かれた。

「どうした、もうへばったか」

庭先に横たわり、痛みにうめく警固番たちを尻目に、南呂院は一人、涼しげな顔で立っている。頬がわずかに上気している以外には、いつものように眉一つ動かさず、冷淡にこちらを見下している。

「身が持たぬというのであれば、いつでも役を辞すがよい。この程度で音を上げる者など、幾人並べたところで、警固の用を成すまい」

「なんの……」

起きようとすると、腿《もも》の辺りが千切れるほどに痛む。それでも、弥九郎はなんとか立ち上がったが、ふらつく膝は、いまにも崩れそうだ。荒い息をつきながら、声を絞り出す。

「御身をお守りすることこそ、我らが務めにございまする」

「その有様で、よく申すものよ」

彼女は、わずかに目を細め、

「だが、立ち上がったことは褒めてやる。……おい、稽古は終わりじゃ。水桶と手ぬぐいを持て」

命じられた侍女が、慌ただしく駆け出していく。終わりという言葉を聞いて、ほかの警固番衆も息を吹き返したのか、よろよろと立ち上がりはじめた。

（鎌倉の尼将軍でさえ、ここまで峻烈ではなかっただろう）

だからこそ、余計に分からなかった。その南呂院が、仮に我が子のためだとしても、仇敵である北条家に、たやすく屈するだろうか。

（あるいは、なにかもっと、別の真意があるのか）

しかし、考えを巡らそうにも、いまの弥九郎は、ただ倒れずにいることだけで精いっぱいだった。

五

はじめに持って行った松のあとも、弥九郎は毎朝、鉢木を携《たずさ》えて出仕した。

ただし、南呂院の意向により、これは献上ではなく、貸与の品として扱われた。杉、槙《まき》、橘《たちばな》、南天など、その日ごとに違った鉢を差し出すと、彼女はそれを私室に飾り、一晩だけ楽しみ、翌朝、新しいものと交換する。

(なにやら、回りくどいことだ)

そう思わないではなかったが、毎朝、鉢木を披露するときだけは、あの南呂院も、

――今日のものは、一段と素晴らしい。吹き流された枝の向こうに、海が見えるようだ。

などと言って、常に張り詰めた態度を、ほんの一瞬、緩ませる。たかが草木とはいえ、信用を得るためには重要だった。


そんな日々が、半月ほども続いた、あるとき、

「お勤めは、どのような具合じゃ」

屋敷へ戻った弥九郎へ、父が、そのようなことを問うてきた。こんな夜更けに、わざわざ部屋まで訪ねて来るなど珍しい。

「なにやら、近ごろのお主は、生傷が絶えぬではないか。さぞ、苦労しておるのだろう?」

勇猛果敢で鳴らした坂東武者の末裔が、つまらぬことを気にかけるものだ。軽蔑のにじみきった声で、弥九郎は応じる。

「少々の怪我など、警固番ならば、いえ、武士ならば当然のこと。私は、いまのお役目に、なんの不満も悩みもございませせぬ」

「そうか、いや、それならば良いが……では、八重《やえ》様のご様子は、いかがであろうか」

「八重様?」

それが、南呂院の俗名だと気づくまで、少し時間がかかった。父にとっては、彼女が昨年より称するようになった法号より、昔からの名乗りの方が馴染み深いのだろう。

「なんでも、尼になられてから、お人が変わられたようじゃと聞くが、まことであろうか」

「そう言われましても……」

ついこの間まで、南呂院と言葉を交わしたこともなかったのだ。まして、彼女が以前と比べてどうかなど、分かるはずがないではないか。

（いや、しかし）

良い機会かも知れない、と弥九郎は思い直した。もしかすると、かつての彼女を知ることで、その真意について、思わぬ手掛かりが得られるかもしれない。

「以前の南呂院様、いや、八重様とは、どのようなお方だったのです」

「そうさなあ」

父は少し考え込み、

「ううむ、難しいのう。ときに野茨《のいばら》のようでもあるが、芯は堅木のように強い。しかし、楢《なら》や椈《ぶな》では質朴に過ぎるし……」

「父上」

内心、弥九郎は苛立《いらだ》ったが、出来る限り温和な顔を作り、

「なにも無理やり、花や木にたとえずとも宜しゅうございます」

「うん？　あ、ああ、そうじゃな」

気まずさを誤魔化《ごまか》すように、父は頭を掻いた。そして、彼女の過去について、おもむろに語り始めた。

同盟関係の強化のため、佐竹家の娘である南呂院――八重姫が、宇都宮家へ嫁いできたのは、いまから十五年前のことだ。

当時、宇都宮広綱は十八歳、八重姫に至っては、まだ十二歳であった。

「嫁いできたばかりの八重様は、言うなれば、腕白な男童《おのわらわ》のようなお方でな」

父が語るところによれば、八重姫は和歌や琴などの稽古は嫌がり、童女の身ながら、武芸に強い興味を示した。長じてからもそれは変わらず、護身の心得である薙刀はもちろんのこと、弓に刀槍、乗馬や狩猟にまで、のめり込むように熱中した。

「あるときなど、家老衆にも知らせず、勝手に城を抜け出して、狩りに出かけてしまわれてな。当然ながら、城中は大騒ぎとなり、探し出すために、わしのような端役の者まで駆り出されたものじゃ」

もっとも、八重姫は、追っ手に連れ戻されるまでもなく、しばらくすると、自ら城へ戻って来た。馬に跨《また》がり、堂々と大手門より入城する彼女の傍らでは、供回りの者たちが、立派な猪を四人がかりで担いでおり、

――許せ。三蔵山《みくらやま》（八幡山）の辺りで、大猪を見かけたと聞きつけてな、居ても立ってもいられなかったのじゃ。

駆け寄る重臣たちに対して、からからと快活に笑いながら、彼女は言った。その少しも悪びれない態度に、重臣たちも毒気を抜かれたのか、それ以上はなにも言えなかったのだという。

「本当に、いつまで経っても、悪童のようなお方であったよ」

苦笑交じりに、父はそう語る。しかし、その話を聞けば聞くほど、弥九郎の頭の内では、混乱ばかりが大きくなっていく。

己の知る、あの冷徹で苛烈な南呂院と、父の語る八重姫が、まるで重ならない。まして、彼女が声を立てて笑うなど、想像すらできなかった。

「しかしながら、ああ見えて、お優しいところもある」

息子の戸惑いにはまるで気づかず、父は呑気に思い出話を続ける。

「実は、八重様が急に狩りへ出られたのには、理由《わけ》があったのよ。あのお方は、他ならぬ広綱公のために、猪を狩ろうと思い至られたのだ」

亡き先代当主、宇都宮広綱。その気性は、妻である八重姫とは、まるで正反対であったという。穏やかで、物静かで、詩歌や書画を愛した彼は、生まれつき、身体があまり壮健ではなく、病で寝込むことも少なくなかった。

「猪の胆嚢《たんのう》は、万病に効くという。あの頃、広綱公は風邪を患われ、なかなか完治せずに長引いておられた。……その苦しまれるお姿を見かねたゆえに、八重様は大猪の噂を聞きつけるなり、城から飛び出されたようじゃ」

「左様なことが……」

「なにやら、後見役となって以来、色々と家中で言われておるようじゃが」

痩せた背を丸め、父はうつむいた。まるで、実の娘を哀れむかのように、悲しげな顔をしている。

「気が強いばかりのように見えて、心根は情け深きお方よ。それはきっと、今でも変わらぬはずじゃ」

（……どうなのだろうか）

ここまで話を聞いても、弥九郎は容易には受け入れられなかった。なるほど、父が語るように、かつての南呂院には、明るさも、情けもあったのかもしれない。しかし、実家である佐竹家を平然と敵と呼び、「常陸との国境を固め、戦に備えよ」とさえ命じる彼女からは、往時の名残など微塵も見出すことは出来ない。

とはいえ、ここで父を相手に、そのようなことを論じても仕方がない。

「たしかに、花を愛おしまれるところなど、お優しき心映《こころば》えの現れやもしれませぬな」

当たり障《さわ》りのない、取り繕いのつもりで、そんな言葉を吐いた。

ところが、それを聞いた途端に、

「……なんのことぞ？」

うつむいていた顔を上げ、父は怪訝《けげん》そうに眉をひそめた。

「ですから、南呂院様のことです。あのように、草木や花をひどく好まれて……」

「まさか、まさか」

父はぷっと噴き出し、年甲斐もなく、声を上げて大笑した。

「あり得ぬわ。あの八重様が、よりにもよって花など」

「えっ……」

弥九郎は、己が耳を疑った。

「そんなことはありませぬ。南呂院様は、ご自身でも仰せられました」

「ほう?」

ようやく笑いのおさまった父は、こちらの真剣な口ぶりを受けてか、急に神妙な表情になった。

「だとすれば、いまの八重様は、家中の噂で聞くように、よほどお人が変わられたようじゃな」

「ひょっとすると」弥九郎はわずかに身を乗り出す。「広綱公を喪《うしな》われたことで、か弱き草花の命に、なにか思うところでもあられたのでは?」

「かもしれぬ」

父はうなずき、瞼《まぶた》を閉じた。そして、聞き取れないほどの声で、こう独り言《ご》ちた。

「ならば、あの鉢はいっそ、八重様に……」


翌日。

空の色が黒から群青《ぐんじょう》、そして青へと移り変わる早朝、弥九郎は身支度をはじめる。南呂院が起床する卯刻《うのこく》(午前六時頃)までには、本丸に出仕していなければならない。

顔を洗う手桶の水が、数日前より、少し冷たくなった気がする。秋はいよいよ深くなり、冬の足音さえ聞こえてくるようだ。

無論、そうして歳月が流れる間に、関東の情勢も動いている。

宇都宮が、北条方として睨みを利かせていることで、佐竹、結城ら上杉方の北関東諸将は、容易に兵を動かせない。このため北条家は、それまで、北方へ割いていた兵力を房総方面へ回し、大規模な攻勢を繰り返している。

このままでは、房総一円は遠くないうちに、北条方によって平らげられることだろう。一方、上杉方の盟主である上杉謙信は、相変わらず動きが鈍く、もはや北条との対決など、諦めたかのようにさえ見えた。

（関東の行く末は、どうなるのだろうか）

顔を洗い、髭や髪を整え、衣服を着替えていくうちに、外から聞こえる鵯《ひよどり》のさえずりに、烏《からす》や鳩のそれが混ざり始める。

やがて、仕度を終えた弥九郎は、あらかじめ高継より受け取っていた、鉢木の包みを携え、出立しようとした。

そのときだった。

結びが甘かったのか、鉢木を包んでいる袱紗《ふくさ》が、急に緩んだ。そう思った次の瞬間には、鉢木は弥九郎の手の中から滑り落ちていた。

受け止めようと、咄嗟《とっさ》に出した足にぶつかり、鉢木は床に転がった。

血の気が引き、背筋が凍りついた。弥九郎は、恐るおそる布をつまみ上げ、中身を確認した。器の方は、大きなひびが入っていたが、割れてはいない。だが、肝心の梛《なぎ》の木は、暴風にでも遭ったかのように、太い枝がぽっきりと折れ、痛々しい断面を晒していた。

どうする、どうすればいい。焦燥で弥九郎は目が眩《くら》みそうになったが、ややあって、自分の家には、代わりの鉢木などいくらでもあると気づいた。

庭へと駆け込み、棚台の上に並ぶ鉢木を見回した。しかし、こんなときに限って、梛の鉢木は一つもなかった。

時間がない。こうなれば、もうどれでもいい。弥九郎は棚台の上から、ひったくる様に一つの鉢木を取り上げると、大急ぎで袱紗に包み、屋敷を発った。


本丸に着いたころには、すっかり辺りは明るくなっていた。

「今日は、なにを持ってきたのじゃ」

出仕してきた弥九郎に、南呂院はいつものように尋ねる。動揺を悟られないように、弥九郎は顔つきを引き締めつつ、

「こちらにございまする」

そう言って、包みを解き、鉢を差し出した。

放射状に広がる枝葉と、咲きこぼれる、小さな赤紫色の花々。それは、萩の鉢木だった。

「たまには、このように風変わりな鉢も面白いと思い、お持ちいたしました。楓や櫨《はぜ》の紅葉の

ように、鮮烈な赤みではありませぬが、その分、萩の花色には、嫌味や煩《うるさ》さがなく、しみじみと秋の趣《おもむき》が味わえようかと」

言い訳がましく、つい多弁になる。はたして、彼女の好みに合っているのか。せめて、もっと無難な鉢を選べば良かったのではないか。不安に苛《さいな》まれながら、弥九郎はそっと、南呂院の顔色をうかがった。

彼女は、泣いていた。

珠のような涙が、はらはらと流れて落ちる。そこにいたのは、北条政子の再来でも、血の冷え切った鬼でもない。抑えきれない感情に目元を腫らす一人の女が、己の前にいた。

「……弥九郎」

南呂院は立ち上がり、踵《きびす》を返して背を向けた。

「もう下がってよい」

「は、されど……」

「下がれと言うておるのじゃ！」

それまでの冷淡さとは違う、強い感情が込められた怒声に、弥九郎はたじろいだ。こう言われては、もはや己ごときに、抗弁する術《すべ》はなかった。

「いったい、なにをやっているのだ！」

報《しら》せを受けた高継は、落雷のような怒声を上げた。膝上で固く握った拳が、わなわなと震えている。

「申し訳ございませぬ」

床に額をこすりつけ、弥九郎はひたすらに陳謝した。

「まさか、かようなことになろうとは思いもせず……」

なぜ、こんなことになったのか、まるで分からない。萩が、好みではなかったのか。しかし、あの涙を見る限り、そのような単純な理由とも思えなかった。

「本来、持って行くはずだった鉢は、まだあるのか」

「は、はい。私の屋敷に……」

「ならば、今からそれを持っていけ」

弥九郎は、目を丸くした。この筆頭家老は、なにを言っているのか。

「枝が折れておりまするが」

「構わぬ。鉢は割れたか」

「ひびが入っております」

「それでいい。下手に移し替えては、根が傷《いた》むやもしれぬゆえ、縄でしばり上げておくがよい。……よいか弥九郎、今後、二度と同じようなことがあってみろ。枝や器などではなく、お主は己が首を損なうことになるぞ」

その言葉が脅しなどではないことは、こちらを睨《ね》めつける眼光からも明らかだった。

「心得たか。ならば、早う行け」

「ははっ」

弥九郎は頭を下げ、慌ただしく退出した。

自らの屋敷に戻り、割れた鉢をかかえて、弥九郎は再び南呂院のもとを訪ねた。先刻の有様からして、容易《たやす》く屋敷に上げてはもらえないだろうと覚悟したが、意外にも、門前払いを受けるようなことはなく、拍子抜けするほどすんなりと、対面を許された。

彼女は、すでに泣いてはいなかった。尼僧姿の後見役は、いつものように冷ややかに、こちらを睥睨《へいげい》するかのように座している。

「先刻は、大変なご無礼を仕りました。なにとぞ、ご寛恕《かんじょ》願いたく……」

「もうよい」

必死に詫びる弥九郎に対して、南呂院は静かに首を振った。

「元から、怒ってなどおらぬ。ただ、驚いただけだ。まさか、萩などを鉢に植えて持ってくるとは、思いもよらなんだゆえな」

そう言って、今朝、弥九郎が差し出してそのままになっていた、萩の鉢を取り上げた。胸の前に抱えた、赤紫色の花を、愛おしむように眺める。

「広綱様は、この花がお好きであった」

「萩を、でございますか」

「ああ。まるで、宇都宮家のようだと、そう仰っていた。……そちも門松奉行の子だ。萩が、どのように育つかぐらいは知っておろう？」

さて、どうだっただろうか。昔、父から聞かされたような気もする。おぼろげな記憶を辿るうちに、ややあって、弥九郎はそのことを思い出した。

萩は、秋に花を咲かせ、冬には枯れる。そして、庭木として育てる場合、花の季節を過ぎれば、新芽の成長を妨げぬように、古い枝は刈り取らなければならないのだ。

たとえ刈らずとも、いずれは勝手に枯れ落ちる、二度と花をつけない、古き枝。たしかに、その儚《はかな》さは——あるいは、それゆえの美しさは、古き名流である宇都宮家が、新たに台頭した北条家に、呑み込まれようとしている様に似ていなくもない。

「……という、意味でしょうか？」

おずおずと、弥九郎が己の存念を語ると、

「かもしれぬ」

うなずきつつ、彼女は鉢を置いた。

「しかし、あるいは、別の意味であったかもしれない」

「とは？」

「たとえ花が散り、枝が枯れ落ちようとも、根は残り、新たな枝を芽吹かせる。萩という木の姿は、そのように見ることも出来よう」

「……つまり、広綱様は」

己が死んだのちも、宇都宮家は再び、花を咲かせる。そう言いたかったというのだろうか。

「今となっては、どちらの意味かなど、分かりようもないがな」

その言葉とは裏腹に、南呂院の口ぶりには、どこか確信めいた響きがあった。

冷ややかな風が、庭から吹き込んできた。鉢の上の萩が揺れ、赤紫色の花が、いくつかこぼれた。南呂院は、赤子を抱きかかえるように鉢を取り上げ、風の届かぬ床《とこ》へ、そっと置いた。

六

やがて野に咲く萩は散り、紅葉の季節も終わってしまった。関東に、冬がやってきた。

北西の日光連山から、地元で「二荒颪《ふたあらおろし》」と呼ばれる厳しい寒風が、宇都宮城下へと吹き降ろされる。身を切るほどに冷たい風が、うなるように吹き荒《すさ》ぶ。

しかし、この日の城中では、そんな寒ささえも忘れるほどの驚きがもたらされていた。

評定の場で、南呂院が、

「これより、当家は北条方と手切れしたいと思う」

いきなり、そう述べたのである。

あまりに唐突なその宣言に、居並ぶ家臣たちは、誰もが虚を衝かれたように固まっていた。

無論、警固番衆として広間の隅に控えていた、弥九郎もその一人である。

そんな家臣らの驚愕など意にも介さぬように、澄ました顔で南呂院は語る。

「かねてより、佐竹と結城の両家からは、北条方から脱するよう、強い求めがあった。今こそ、その声に応じるべきであると、わらわは考えておる」

「さ、されど」

祖母井《うばがい》信濃《しなの》という大柄な男が、戦場嗄《が》れした喉から、うわずった声を上げた。

「北条に味方すると申してから、まだ半年と経っておりませぬぞ」

「いかにも。しかし、事情が変わった」

南呂院はうろたえず、あくまでも淡々と応じる。

「無論、各々らは存じておろう。結城家が、我が宇都宮家より、養子を迎えたいと申し入れてきていることを」

北条方より離脱せよとの呼びかけに、宇都宮家が――より具体的には、当主後見の南呂院が、まるで応じる気配を見せない現状に、結城家当主・結城晴朝《はるとも》はよほど焦ったのだろう。窮した晴朝は、最後の手段として、宇都宮国綱の弟・七郎を養子に迎え、男児のない己の後継にしたいと提案してきた。

武家にとって、跡継ぎほど重いものはない。それは、これまで北条・上杉の両勢力間で、腰の定まらなかった結城家が、二度と旗色を変えることはないという、なによりの証《あかし》だった。

「この養子入りが成り立てば、宇都宮、佐竹、結城の繋がりは確固たるものとなる。ただ北条方を脱するだけでは、当家に利はないが、三家一体となり北条へ抗うとなれば、話はまったく違ってこよう」

「しかしながら、南呂院様」

苦い笑みを浮かべながら、多功石見がすかさず口を挟む。この、家中きっての切れ者は、油断なく目を光らせつつ、

「佐竹や結城はそれでよいとしても、斯様にころころと旗色を変えて、盟主たる謙信公は、納得して下さるでしょうか」

と、彼女の提案の弱点を、鋭く指摘してみせた。家臣らのざわめきが、多功に同調するように大きくなる。しかし、南呂院はこの反論にも、眉一つ動かさずに、

「石州よ、上杉の意向など、もはや関係がないのだ」

「なんですと……?」

「わざわざ上杉を敵に回すつもりはないが、さりとて、もはや盟主とは思わぬ。坂東武者の意地の通し方は、我ら自身が決すればよい」

他国の凶徒たる北条に、好き好んで屈したい者など、四、五百年来、関東に根を張ってきた武門の中に、ただの一家もいるはずはない。中核となる三家の結束さえ確かであれば、それら大小の領主層を引き込むことで、たとえ上杉家の傘に隠れずとも、抗戦は出来るはずだ。……そのような意味のことを、南呂院はよどみなく、家臣たちに説いた。

それは、上杉方でも北条方でもない、第三勢力としての、坂東武者の独立宣言だった。

「よくぞ申された」

彼女が話を終えたのと、ほとんど同時に声を上げた者がいる。筆頭家老・芳賀高継であった。

「まさしく、願ってもなきこと。北条に屈するのは無論のこと、上杉の気まぐれに振り回され

るのも、いい加減、嫌気が差していたところでござった」

そう言って、高継は立ち上がると、

「各々方、いかがか」

朋輩たちに向き直って、声を上げた。線の細い相貌が、興奮に赤みを帯びている。

「今こそ、坂東武者が一丸となって、共に戦うときぞ。我らの意地と武勇がいかなるものか、北条に、上杉に、そして天下へと知らしめてやろうではないか」

家臣たちのざわめきが、さらに大きくなる。しかし、それは先ほどまでの、不審や困惑まじりのものとは違う。ささやき合う声は、波が返すように大きくなり、ついには強大な熱気の渦となって、広間の中で反響した。

「やりましょうぞ」

「北条めが、なにするものぞ」

家臣らは口々に、そうした声を上げた。もはや、異論を挟むものは、誰一人としていなかった。

かくして、宇都宮の方針は、佐竹、結城との反北条同盟への参画と決した。関東の情勢は、いま再び、大きく変容しようとしていた。

まったく、わけが分からない。あれほど、北条との同盟を主張しておきながら、あっさりと手の平を返した南呂院も、その南呂院に強い疑いを抱きながら、即座に賛同した芳賀高継も。

しかし、それ以上に、弥九郎が解せなかったのは、評定を終えたのち、南呂院が己の屋敷に戻らず、なんと、高継の屋敷を訪ねたことであった。

邸内の一室で、高継は彼女を出迎えた。どうしたわけか、南呂院はほかの侍女や警固番衆らを別室で待たせ、弥九郎だけを同席させた。

「お待ちしておりました」

高継は深々と頭を下げた。

「おかげさまで、此度の一件、なにもかも上手く行き申した」

「うむ」

南呂院はうなずき、

「そちこそ、大儀であったぞ、高継」

そう言って、彼女は——あの、氷から削り出したような表情をした後見役は、あろうことか、声を上げて笑い出したのだ。

顔つきが、まるで変わっている。悪童のように無邪気で、快活な笑みを浮かべる、見たことのない女がそこにいた。

「なんじゃ、まだ分からぬのか。鈍い奴じゃのう」

未亡人ゆえ、鉄漿《かね》をつけていない白い歯を、にやりとのぞかせる。

「初めから、我らは通じておった。ただ、目的のために、対立したように見せかけただけのこと。……此度の同盟を、成し遂げるためにな」

「まさか」

「まさかも、なにもあるか。そうでなくては、三家の同盟など、そうそう纏《まと》まるものではないわ」

そもそも、此度の一件は、結城家の肚《はら》を決めさせるために、仕組まれたことだ。……呆然とする弥九郎に、南呂院はそのように語る。

すなわち、謙信の関東出兵が活発で、上杉と北条の勢力が拮抗していたころであれば、その間を立ち回る結城家の動きは、ある意味では理に適《かな》っていた。

しかし、今は情勢が違う。出兵に消極的な上杉方と、それに乗じて拡大を続ける北条方により、関東における両陣営の天秤《てんびん》は、大きく傾いた。こうなった以上、独立を保とうと思えば、北条と対決するしかない。

「その覚悟を決めさせるために、隣国の宇都宮が寝返るという危機を、結城に強《し》いた。そうして、折りを見て、佐竹家から『宇都宮家に、養子を迎えたいと伝えればどうか』と申し入れるよう、あらかじめ取り決めてあったというわけだ」

「なんと……」

弥九郎は驚嘆の声を漏らした。まさか、そのような計画が進行していようなどとは、想像すらしなかった。

「敵を騙すには、まず味方からとも言うだろう」

目元に微笑を浮かべつつ、高継も口を開く。

「北条に与するなどと言えば、まず反発は避けられない。事によっては、家中の内訌すら招きかねなかった。……しかし、人というのは不思議なものでな。はっきりと、敵と味方を分けてやると、その仲間内では、存外、よくまとまるものだ」

「では、高継様は、あえて……?」

「ああ。冷徹な尼将軍、それに反対する筆頭家老、そうした分かりやすい絵図を用意すれば、家臣の大半は、わしのことを身内と思い、執り成しやすくなる」

そうして、家臣らの意識が南呂院に向く間に、高継は佐竹家などとひそかに連携し、今回の同盟締結を取りつけたのだという。

「いや、しかし」

弥九郎には、まだ納得がいかない。

「左様に、対立する振りを続けていては、お二人は互いにやりとりは出来なかったはず」

この計画は、決して確実なものではない。結城家はもちろんのこと、上杉、北条、佐竹ら、諸勢力の動きと情勢にも左右され、期間もどれほどかかるか分からない。当然ながら、南呂院と高継の間では、綿密な連携が必要だったはずである。

そうした疑問を、弥九郎がぶつけると、

「やりとりなら、頻繁にしていた。お主が、これを毎日、律儀に届けてくれたからな」

言うなり、高継は床《とこ》に飾ってあった梅の鉢木に、無造作に手を突っ込んだ。そうして、しばらく土の中を探るうちに、なにか白いものを取り出した。

小さく折りたたまれた、一枚の紙。……それを目にしたとき、ようやく弥九郎は、すべてを理解した。

「それでは、私の役割とは……」

「済まなかったな。警固番も見張り役も、方便じゃ。お主の本当の役目は、鉢木の底に埋《うず》めた密書の、運び役であったのだ」

敵を騙すには、まず味方からと申すゆえな。手ぬぐいで土を落としながら、高継はもう一度、澄ました顔でそう言った。

七

すべての始まりは、宇都宮広綱の遺言であったのだと、南呂院は語る。

昨年、病没したこの先代当主は、若すぎる晩年のほとんどを、寝所に臥《ふ》せって過ごしていた。

そんな彼が、あるとき、南呂院——当時はまだ、八重と名乗っていた妻と、腹心の高継を枕《ちん》頭《とう》に招き、「宇都宮、佐竹、結城による反北条同盟」という計画を語った。

「いったい、いつの間にこのような……」

あまりに壮大な案に、高継が目を丸くしていると、

「考える時間だけは、いくらでもあったからな」

広綱は布団の中に臥せったまま、やつれた頬で、はにかむように笑ってみせた。

「自分では、なかなかに妙案だと思うのだが、どうだ高継、知恵者のそちから見て、この策は」

「見事なものかと存じまするが……」

高継は少し考え込み、

「しかしながら、我らの寝返りにより、結城家が抵抗を諦め、北条への臣従を選んだとすれば、いかになさるのです」

「そのときは、それまでのことだ。結城家の意地がその程度ならば、どのみち、三家の同盟などは成り立たず、我らの独立も立ち行かぬ。……されど、なにもせぬまま滅ぶくらいなら、彼《か》の家が、いや坂東武者が背負う歴史と矜持《きょうじ》に、賭けてみたいとは思わぬか」

声はかすれ、力はない。しかし、その瞳の奥には、病人とは思えないほどの強い意志が輝いていた。

これが、彼にとっての戦なのだと、枕頭に控える八重は理解した。もはや、戦場で北条と相まみえることなど叶わぬ広綱にとって、残る命のすべてを尽くして策を練ることだけが、唯一の戦い方であり、坂東武者としての、意地の通し方であるのだ。

しかし、八重には一つだけ納得しかねることがあった。

「なぜ、国綱殿の後見役が、わらわではないのです」

広綱の語る計画によれば、その死後、遺児・国綱の後見役は、芳賀高継が担うことになっている。練り込まれた策の中で、その一点だけが、武家の慣習から外《はず》れており、いかにも不自然だった。

「……家中の内訌を防ぐには、二人、意見の違う者を用意すればよい」

天井を見つめながら、広綱はぽつぽつと語った。

「羽州《うしゅう》（横田出羽）か石州であれば、きっと宇都宮のため、憎まれ役を引き受けてくれるだろう。なにも、女子《おなご》のお主が、矢面に立つ必要などはない」

「下らぬことを申されるものよ」

柳眉《りゅうび》を逆立て、八重は広綱を睨んだ。

「わらわがその辺りの、殿中育ちの姫御前と同じだとでも？」

「そう怒るな」広綱は眉を開き、困ったように言う。「分かっている、お主は強い。きっと、男に生まれておれば、佐竹家で一廉《ひとかど》の武将になっておったであろうな」

「一廉どころか」

八重は語気を強め、

「わらわが女子でなければ、今ごろは兄から、力ずくで家督を奪っております。そののちは、惰弱《だじゃく》な宇都宮と、腰の据わらぬ結城を攻め潰し、北関東の兵を統御して、北条と覇を競っていたことでしょう」

広綱は、笑いはしなかった。八重が、本気でそう言っていることも、どれだけ己の生まれを恨めしく思っていたかも、この夫は、十分すぎるほど知っているはずだった。

「口惜しきことに、わらわは女子に生まれつきました。……されど、妻としてあなたに出会うたことは、男に生まれて、戦場で矛を交えるよりも、良き巡り合わせであったと思うております」

そう言って、八重は広綱の耳元に顔を近づけ、ささやくように言った。

「遠慮はいりませぬ。存分に、我が力を頼られませ」

「……ああ」

穏やかに微笑み、広綱はうなずく。そして、上体をよろよろと起こすと、もたれかかるようにして、八重の身体を抱きしめた。

やつれて軽くなった身体、ほとんど力のこもらない腕、それでも懐かしい匂いが、幾度も重ねた肌の熱が、広綱から伝わってくる。

「頼りにしておるぞ、八重」

うなずく代わりに、夫の背に手を回す。薄い胸元へ顔を押しつけ、鼓動に耳を澄ます。いずれ失われてしまうものだとしても、いま、二人は確かに、互いの生命に触れ合っている。その手触りを忘れないように、そして忘れさせないように、八重は強く抱き返した。

八

「ひょっとして、あの鉢も……」

全てを聞き終えたあとで、弥九郎はぽつりと呟いた。

「なんのことじゃ」

南呂院が尋ね返す。

「分かった気がするのです。なぜ、あのとき己が萩の鉢などを、選んでしまったのか」

持って行くはずの鉢木を折ってしまったあの日、ほかに、もっと無難な鉢はいくらでもあった。だというのに、よりにもよって、萩などという風変わりな鉢を、つい手に取ってしまった。

「あれはきっと、父が広綱様のために、育てていたのだと思います」

「ほう、なぜじゃ」

「寝床に臥せったままでも、間近で観て楽しめるよう、あえて庭木ではなく、鉢に押し込めたのではないでしょうか」

しかし、それは口で言うほど、簡単なことではなかっただろう。ただ植えるだけならともかく、狭い鉢の中で、野山や庭に劣らぬ美しさを感じさせなければならない。しかし、葉を整え、枝を剪定し、技巧を尽くせば尽くすほど、かえって自然な味わいから遠ざかり過ぎ、つまらなく見えてしまうかもしれない。

だが、鉢を届ける前に、広綱は病没した。

それゆえ父は、献上の叶わなかったあの鉢を、捨てることも出来ずに持て余したまま、手入れを止められずにいるのではないか。

「私は、父のことが、あまり好きではありません。……されど、悔しきことですが、あのとき、私は己でも気づかぬままに、魅せられていたのだと思います。父が、足掻き、もがきながら形作った、あの萩の鉢に」

「……そうか」

南呂院は静かに微笑み、立ち上がって庭へと降りた。そうして頭上を仰ぎ、虚空になにかを思い描くかのように、目を細める。

「ならば、やはり萩は、宇都宮家と似ているのかもしれぬな」

「……はい」

時代は、北条家を選ぶのかもしれない。無謀な抵抗など、すべきではないのかもしれない。しかしそれでも、足掻き、挑まずにはいられないのだ。

寒々しい冬の空には、よどんだ鈍色《にびいろ》の雲がかかっている。その曇天を、目の覚めるように真っ白な二羽の鷺が、寄り添い合いながら横切っていった。

この翌年――天正六(一五七八)年三月、越後の軍神と呼ばれた上杉謙信が急逝した。これを好機と見た北条家が、北関東への侵攻を強めると、宇都宮、佐竹、結城らも、防衛のために出陣した。両軍は、常陸小川台《おがわだい》の地で睨み合ったが、どちらも容易には動かず、やがて双方が撤退した(小川台合戦)。
この結果は、東国諸侯らに驚愕をもたらした。なにしろ、あの強大な北条家に対し、互角の兵力を揃え、隙なく防備を固め、膠着《こうちゃく》状態に持ち込むことに成功したのだ。それは、上杉の援助がなければ、北条に対抗しえないと信じていた領主たちにとって、天地が覆るほどの衝撃であっただろう。

以後、三家を中核とした北関東領主連合（東方之衆《とうほう》）は、那須《なす》や大掾《だいじょう》といった諸家を糾合しつつ、十二年後――天正十八（一五九〇）年に北条家が滅亡するまで、家と戦線を維持し続けた。

――広綱ノ後室・南呂院、女性ノ身ナガラ甲斐々々《かいがい》シキ操有《みさおあり》テ（中略）異国ノ則天皇后《そくてんこうごう》、吾朝《わがちょう》ノ尼将軍・平《たいらの》政子ノ例ナルベシト、宮ノ者共（宇都宮家中）ハ評シアヘリ。（『関八州古戦録』）

南呂院はこの一戦ののちも、十数年に渡って、宇都宮家の政《まつりごと》を後見したという。

戦国砂糖合戦

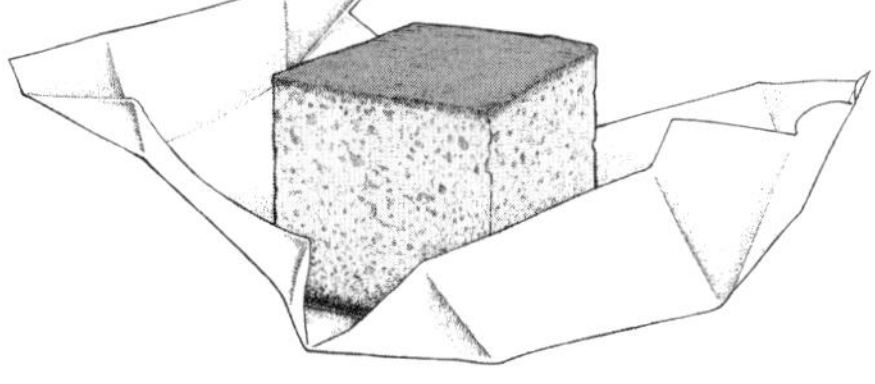

一

目の前に運ばれてきた料理の豪勢さに、蜷川道標《にながわどうひょう》は、思わず息を呑んだ。本膳は鯛の焼物に飯、菜汁、二の膳は鴨焼きや鶴汁などの鳥料理、三の膳は鯉、鮑《あわび》などの魚介といった具合に、山海の珍味をあふれんばかりに取りそろえた膳部が、実に七つも並べられている。

（ずいぶんと露骨に、権威を見せつけるものだ）

まるで、公卿や大名でも迎えるような仰々しさである。とはいえ、これだけの品々を、惜しげもなく揃えてみせる財力――いや、国力は、決して虚勢などではあるまい。

「いかがなされた、道標殿」

屋敷の主――織田《おだ》家臣・明智光秀《あけちみつひで》が、声をかけてきた。歳は、四十八の道標よりもやや上で、たしか五十三と言っていたか。よほど苦労の多い半生を送ってきたのか、髪はほとんど総白で、月代《さかやき》も赤禿《あかは》げたように広く、実の齢よりも老け込んで見える。

道標は、やや大げさに、驚いた体《てい》を作りつつ、

「いやはや、恥ずかしながら、つい、呆《ほう》けてしまい申した。拙僧如《ごと》きには、過ぎたるほどの馳《ち》走《そう》なれば、見入ってしまうやら、圧倒されるやらで」

「どうぞ、遠慮のう、召しあがって下され。この光秀の、心ばかりのもてなしにござる」

「は、しからば」

箸を伸ばし、鯛の身を口に運ぶ。淡白な、京風の味つけだ。織田家の家臣など、大半が田舎育ちの成り上がり者で、味噌と塩さえ利《き》いていれば美味だと思い込んでいる輩《やから》ばかりだと聞くが、この光秀は例外的に、上方流の慣習・礼法や食文化にも造詣が深い。

「贈答の品、拝見させて頂きました」

穏やかに微笑《ほほえ》みつつ、光秀は言う。

「実に見事な鶴です。あれならば、端午《たんご》の祝いに相応《ふさわ》しい。明日の対面、信長様《うえ》がお慶《よろこ》びになる様子が、目に浮かぶようです」

「恐悦にございます」

剃り上げた坊主頭を、道標は深々と下げた。

「なにぶん、土佐の如き僻陬《へきすう》にあっては、上方の流行《はや》りも事情も、まるで分かり申さぬゆえ、明智殿のそのお言葉ほど、頼もしきものはござらぬ」

「これはこれは、代々、京において、幕政の中枢を担ってきたお方の言葉とは思えませぬぞ。貴殿の目利きに、間違いなどあり得ましょうか。道標殿……いや、蜷川新右衛門《しんえもん》殿」

「……昔の話でございます」

知った風な口をきくな、成り上がり者め。張りついたような笑みの裏で、声には出さず毒づく。懐紙で拭う振りをして、わずかに強張る口元を隠した。

光秀の言う通り、蜷川氏と言えば、かつては室町幕府において指折りの官吏であり、代々、「政所代《まんどころだい》」という重役を務め、幕府の財政や諸事務を切り回してきた。

しかし、十五年前——永禄八（一五六五）年、当時、幕府の重鎮であった三好《みよし》家が、突如として謀叛を起こし、ときの将軍・足利義輝《あしかがよしてる》を殺害する事件が起こった（永禄の変）。

道標こと蜷川新右衛門は、反乱軍のひしめく京より命からがら逃れ、四国は土佐へと落ち延びた。同国の大名・長宗我部《ちょうそかべ》家に、縁戚（幕臣・石谷《いしがい》氏）の娘が嫁いでいたため、その伝手《つて》を頼ったのだった。

以後、剃髪し、道標と号した新右衛門は、長宗我部家の政治顧問・外交僧として、家中の法制の整備や、他国との交渉を務めてきた。

（……あの頃は、信長《のぶなが》など、何者でもなかった）

道標が京を追われたとき、信長は未だ尾張一国を支配するだけの、ありふれた新興勢力の一つでしかなく、光秀に至っては、氏素性も定かではない——名門・土岐氏の一族であると自称しているが、多分に疑わしい——諸国をさすらう痩《や》せ牢人《ろうにん》であったという。

しかし、あれから十五年を経た現在——天正八（一五八〇）年五月。

信長は今や、畿内を中心に広大な勢力圏を築き上げ、中央政権の主宰者——すなわち、天下人として君臨し、光秀もまたその宿老として重きを成している。

（蜷川新右衛門も、落ちぶれたものよ）

かつて、幕政で重責を担ってきた己が、織田家の膝元である近江安土の城下で、牢人上がりの光秀にへりくだり、顔色をうかがっている。そのことに、思うところがないわけではなかったが、光秀が織田家における、長宗我部家との取次役《とりつぎ》（外交担当）である以上、道標は外交僧として、たとえ足を舐《な》めてでもその機嫌を取り結ばねばならなかった。

「蜷川の家名も、政所代の肩書も、所詮は父祖から受け継いだだけのもの。自らの実力でもって地位を築かれた、明智殿のご栄達とは比ぶべくもありませぬ」

屈辱を押し殺し、道標は愛想よく、上辺だけの言葉をすらすらと並べる。

「もはや、足利の世は過ぎ去り申した。いまはただ、信長様の天下のもと、長宗我部家の一員として、己が為すべきことを為す。拙僧が考えているのは、それだけでございます」

「為すべきこと、か」

不意に、光秀は声を落とし、

「さすれば、道標殿、例の一件だが……」

「抜かりはございませぬ」

意味ありげなその言葉に、道標も得たりと応じる。

「かの贈答品、長宗我部家を挙げて買い集めておりまするが、まずまず、滞りのう進んでおり申す。遅くとも月が替わるまでには、お望みの量が揃おうかと」

「かたじけなし」

深々と、光秀は頭を下げた。その物腰も、顔つきも、牢人上がりとは思えぬほどに上品で柔和だ。だが、道標は見逃さなかった。ほんの一瞬、抑え込んでいた野心が漏れ出たかのように、この重臣の口元が、不気味な歪みを見せたことを。

「道標殿、全ては織田と長宗我部、両家の繁栄がためにござる。……砂糖の用意、なにとぞお頼み申し上げる」

二

土佐という国は、遥か昔から、有名な流刑地の一つだった。面積の八割を占める、広大な四国山脈によって外界から隔絶されたこの国は、上方から見ればまさしく異郷の僻地であり、東国の安房《あわ》や伊豆、離島である佐渡や隠岐《おき》と同様の「遠国」として定められていたほどである。

その山深き国に、道標は戻ってきた。主君である長宗我部元親《もとちか》に報告をするためだ。長宗我部家の本拠・岡豊《おこう》城は、土佐でも有数の穀倉地帯である、香長《かちょう》平野の丘陵（岡豊山）上に築かれている。

（日差しが、強いな）

城下に照りつける南国の陽光はいよいよ激しく、周囲に広がる水田の青稲が白んで見えるほどだ。蟬《せみ》の声すら、上方のそれより騒がしく聞こえるのは、気のせいだろうか。

（我ながら、未練がましいことだ）

自嘲じみた苦笑が、口元からこぼれる。つくづく、己はこの国に馴染まないらしい。なにしろ、もう十年以上も暮らしているというのに、ただの一度も、「帰ってきた」などと思えたことがないのだから。

休む間もなく、道標は本丸で主君に対面した。上段に座る元親は、己より年下の四十二歳。

六尺近い長軀の持ち主であったが、堂々たる偉丈夫と称するには、いささか痩せがちで、色も白い。幼少の頃は、自室に一人で籠りきり、あまり外に出たがらなかったことから、荒っぽい土佐侍たちに、

——姫若子《ひめわこ》

と、からかわれたらしい。

「いかがであった、織田殿の様子は」

前置きもなにもなく、元親は聞きたいことを問う。挨拶一つにも仕来たりのうるさい上方の礼法からすれば、別世界のような粗雑さだが、道標も慣れている。

「信長公におかれましては、ご機嫌斜めならず。当家の祝賀の品々を、大層、お慶び下さいました」

「そうか。やはり、お主に目利きを任せてよかった。しかしながら、織田家の勢いは、いよいよ盛んじゃな」

元親がそう言うように、いまの信長の勢力は、飛ぶ鳥を落とすかの如き絶頂にあった。なにしろ、東方の強敵であった甲斐の武田信玄、越後の上杉謙信は、いずれもすでに没し、両家にはもはや往年ほどの力はない。また、西にあっては、長年にわたって織田家と激戦を繰り広げてきた石山本願寺が、二月前に屈服し、ついに抗争に終止符が打たれた。

こうした情勢の中で、信長は宿老らに大軍を預け、各地へ派遣し、侵攻を進めさせている。現在の織田家にとって、もはや手に余る敵と言えば、中国地方において十か国もの版図《はんと》を支配

する大大名・毛利家ぐらいのものだろう。

「近ごろはあの毛利でさえ、織田軍の侵攻に耐えかねていると聞く。……大した男のようだな、件《くだん》の、筑前守というのは」

「は……」

筑前守、羽柴秀吉《はしばひでよし》。その織田家臣については、道標も色々と耳にしている。

風聞によれば、もともとは、信長の草履取りに過ぎなかったというが、立身に次ぐ立身の末に、いまでは織田家の宿老に名を連ね、数万からなる軍勢を預かり、毛利攻めの総大将という大役を務めている。

秀吉は現在、両勢力の境界であった播磨《はりま》一国をほぼ平定し、その勢いで但馬《たじま》、因幡《いなば》、備前、美作《みまさか》など近隣の毛利領へ、急速に拡大を進めている。

「明智殿は、面白くあるまい」

顎髭《あごひげ》を撫でながら、元親は言う。

光秀は、本拠の近江坂本に加え、丹波一国、山城半国を任され、権力の根源地たる京の周辺を固める、織田家でも一、二を争う重臣である。いかに下克上の乱世とはいえ、素牢人同然の身上から、ここまで登りつめた者など、そう多くはあるまい。

だが、その地位も、決して安泰とは言えない。この先、秀吉が西国で、さらに武功を挙げ続ければ、いずれは光秀を追い落とし、宿老筆頭の座に躍り出るかもしれなかった。

「五十過ぎになるまで必死に功を立て、ついに国持ちにまでなったというに、隠居して骨を休めるどころか、まだ朋輩と競い合わねばならぬとはな。なんとも気苦労の絶えぬお方よ」

「他人事《ひとごと》のように仰せられるが」

道標は眉をひそめ、

「取次役たる明智殿は、長宗我部と織田を繋げる命綱にござる。もし、彼《か》の人が信長公より見限られ、失脚するようなことがあらば、御家の浮沈にも関わりまする」

「いかにも。我らのためにも、あの男の力は必要だ。……今はまだ、な」

含むようにそう言って、元親は薄く笑った。


その後、元親の計らいで、労《ねぎら》いの料理が出されたが、運ばれてきた膳を見て、道標は噴き出しそうになった。

そこには、飯と汁、香の物と共に、漬物石のように大きな、塩漬けの鯨肉が載っていた。安土での、あの光秀の絢爛《けんらん》なもてなしと比べれば、まるで山賊の宴のようだ。

「どうした。遠慮せずに、食うがよい」

声をかけられ、顔を上げる。上段に座す主君は、こちらが必死に笑いをこらえ、強張っている様を眺めながら、嬉しそうに盃をすすっている。そこでようやく、道標は己が、からかわれていると気づいた。

「……お人が悪うござるぞ」

「いかにも。その人の悪さから湧く知恵で、わしは敵を欺き、謀《はか》り、陥れ、今日まで版図を広げてきた」

悪びれもせず、元親はうなずく。

「しかし、臣下の労に対しては、これまでも、これからも、惜しまず報いていくつもりだ。……どうだ、道標。明智殿のもてなしと、わしの膳、どちらが美味《うま》い？」

「……………」

黙したまま、道標は鯨肉を口に運んだ。歯ごたえのある肉を噛みしめると、薬味の生姜ぐらいでは消しきれない、独特の臭みがある。野趣あふれると言えば聞こえはいいが、なんとも田舎じみた大味である。

だが、鯨は、土佐においては鯛以上の縁起物であり、捕獲自体が命がけの貴重な食材だ。つまり元親は、他国者の落人《おちうど》に過ぎぬ自分のことを、譜代の土佐侍たちと、同じようにもてなそうとしているのだ。

「あまり美味くはござらぬ」

正直に、道標は答えた。

「されど、人を圧するためだけに作られた膳など、いかに豪勢で、味がよかろうと、なかなか喉を通り申さぬ。それよりは、この田舎飯の方が、拙僧には好ましゅうござる」

「田舎飯ときたか」

元親はますます愉快そうに、

「お主も、ずいぶんな物言いをするようになったな。初めて会うたときは、雛鳥《ひなどり》の如く大人しかったというに」

「仕方のうございます。京に居たころは土佐など、人の装いを真似た、鬼が棲《す》む国と聞いておりましたゆえ」

「下手に本心など述べて、怒らせれば、食い殺されるとでも思ったか」

元親は冗談めかして言ったが、京を追われ、藁にもすがる思いで落ち延びて来た当時の道標にとっては、笑いごとではなかった。鬼というのは言い過ぎにしても、土佐の如く山深い、見知らぬ異郷に割拠する領主など、野盗の親玉と大差はあるまいと、あのときは本気で思っていた。

だからこそ、初めて対面を果たしたとき、元親の意外な優男《やさおとこ》ぶりには安堵したが、一方で、

――はたして、この男に我が身を託してよかったのか。

などと、心細くなったりもした。

それから十年あまり。

数千貫の小領主に過ぎなかった長宗我部家は、元親一代の働きで、なんと土佐一国を平定してしまった。さらには、元親はその勢いのまま、隣国の阿波や伊予にまで侵攻を進め、いまでは四国を席巻するほどの勢いを見せている。

その驚くべき飛躍を、道標は間近で見続けてきた。

「御屋形様」

箸を置き、道標は主君に向き直る。

「以前、拙僧に明かして下さった、あの望み……今でも、変わりませぬか」

「なぜ、そんなことを聞く？」

「今ならば、まだ引き返せまする。御屋形様は、余人には成し得ぬことを、十分に成し遂げられ申した。されど、その間にも信長は、さらに強大になってしまった。それでも、まだ、あの大それた望みを貫くおつもりですか」

「当たり前だろう」

微塵も躊躇することなく、元親は不敵に笑ってみせた。

「わしは、必ず成し遂げる。たとえ、信長を殺してでもな」


道標が、元親から「大望」を明かされたのは、五年前――土佐を統一した直後のことだ。その日、元親はひそかに、道標を居室に招いた。自分のような他国者に、なんの用だろうと訝しんでいると、この主君は、

「どうも、困ったことになった」

と、苦笑しつつ言った。

「わしは、こんなつもりではなかった」

「と、申されますと？」

「土佐を平定しようなど、思いもよらぬことであったというのよ」

「は……？」

言葉を失う道標を前に、元親は語る。もともと、己に野心などなかった。それどころか、出来うることなら家督も継ぎたくなかったし、父が元親に失望し、弟のいずれかに後継を替えぬものかと、夢想したことさえあった。

だが、父は病没し、元親は二十二歳で家を継いだ。それでもなお、内心では、自信がなかったのだという。

「我が父・国親《くにちか》公は、まさしく名将であった。戦場では誰よりも勇ましく、度量も人望もあり、その一声で、家臣たちは喜んで命を擲《なげう》った。……己は、とても、父のようにはなれない。童《わらべ》の時分などは、そう思いつめるあまり、ついには、人に会うのも嫌になり、部屋に閉じこもったことさえあった」

しかし、そんな元親も、滅びたくはなかった。だからこそ、当主となったのちは、知恵をこらし、敵を陥れるための策謀や、臣下と領民を養うための富国の術《すべ》を、必死に考え抜いて戦ううちに、意外にも将才を発揮した。そうして、ついには土佐を平らげ、国主にまで成り上がってしまった。

武勇で鳴らした先代・長宗我部国親ですら、己が生涯を注ぎ込んでも、ついに数千貫の領主でしかなかったことを思えば、元親の天稟《てんぴん》はまさしく稀代の、英雄と称すべきものであったと言える。

「では、御屋形様には、なんの望みもお持ちでないと？」

「さて、そこだ。……実は、あるのだ。土佐を得て以来、柄にもなくわしは、大それた望みを抱いてしまった」

「それは、いかなる……」

「なんだと思う？」

意味ありげに、元親は問い返す。道標は少し考え込み、

「京を、目指すおつもりでしょうか」

「ほう」

元親は目を見開いた。本当に驚いているのか、それとも戯れているのか、どうもこの主君は、本心が分かりにくい。

「京ということは、つまり、この長宗我部元親が、あの織田信長と、天下の実権を争うと申すか」

「左様《さよう》」

信長は強大とはいえ、四方に強敵を抱えている。彼らと同盟し、上手く利用することが出来れば、いかに遠国の長宗我部家とはいえ、時運次第で、京を制することも不可能ではない。

「なるほど、面白い」

元親は膝を打ち、童のように目を輝かせた。

「実に気宇壮大だ。わしには、とても思いつかぬところじゃな」

「天下の権を望むおつもりはないと？」

「そもそも、よく分からぬのよ。いったい、なぜ、誰も彼もが血眼《ちまなこ》になり、そんなものを奪い

合うのか」

「なんと……？」

「上方に生まれたお主には、分からぬやもしれぬがのう」

思わぬ返答に戸惑う道標へ、元親はゆるゆるとその考えを説き始める。すなわち、己がこれまで欲し、攻め取ってきたものは、田畑であったり、湊《みなと》であったり、城であったりと、みな、目に見え、手を伸ばせば、触れることが出来るようなものばかりであったと。

「されど、天下の権なるものは、わしのような田舎者には、色も形も見えぬ、まことに得体が知れぬ代物よ。ましてや、諸国の大名を敵に回し、彼らと鎬《しのぎ》を削ってまで、そんなものを手に入れたいとは、どうしても思えぬのだ」

「では、御屋形様の大望とは……」

「ふむ」

元親は、自身の懐を探り、一枚の紙を取り出した。床に広げてみせたそれは、日ノ本六十余州、各国のおおよその位置が記された、ありふれた絵地図であった。

「これが、なにか？」

「まあ、見てくれ」

言うなり、元親は矢立を取り出し、一本の線を引いた。

「見ての通り、これが瀬戸内の海路だ。この海運を通じて、同じ四国でも、阿波、讃岐《さぬき》、伊予の三国は、山脈によって孤立した土佐などとは違い、古くより上方や諸国との交流は盛んであった」

しかし、土佐にも海路はある。そう言って、元親は再び、地図上に筆を走らせる。九州は薩《さつ》摩《ま》の坊津《ぼうのつ》、種子島《たねがしま》、土佐の浦戸、下田、そして上方へ。この主君が書き込んでみせた筋道は、「南海路」と呼ばれる外洋航路である。内海で安定した瀬戸内海ほどではないが、長宗我部家にとっては鉄炮や火薬などの外来品を輸入し、材木などの輸出品を他国へ送り出す、重要な海路だった。

「上方には、明《みん》や朝鮮、琉球のみならず、南蛮からも多くの商人がやってくるというが、彼らの船も、商品も、京や堺に降って湧くのではない。いずれも、九州の博多や平戸、長崎などに入港し、そこから、大半は瀬戸内海を、そうでないものは南海路を通ってゆく。もちろん、異国だけでなく、西国各地の品々も、すべて、いずれかの海路を通る。……つまり、こういうことだ」

元親は筆を走らせ、二つの海路を線で結んだ。それはちょうど、四国を取り囲む、輪のような形になった。

そこで、ようやく道標は、この主君が言わんとしていることに気づいた。

「ま、まさか……」

「ああ。四国全土を平定すれば、この二つの海路をどちらも押さえることになる。それはすなわち、日ノ本の流通の大半を、一手に握るも同然ではないか」

京を制することなどとは比べ物にならぬ、あまりに壮大な方策だった。元親にとっては、京など人の数が多く、物がよく売れるだけの一消費地に過ぎず、山脈によって他国より隔てられ、孤立しているはずの土佐の方が、広々と外海に開かれた玄関口であるかのようだ。

「ただし、これほどの商《あきな》いを捌《さば》くとなると、わしの手には余る。誰か、知恵のある者が必要だ。……幕府の政所代として、財政を切り回してきた、お主のような知恵者がな」

「あ……」

だから、他国者の己などに明かしたのか。いや、あるいは、道標の存在があればこそ、元親はこの方策に思い至ったのだろうか。

(なんというお方だ)

夢想の如き、大それた理想。それでいて、己の夢の甘さには決して酔わず、冷徹に精査し、妥協なく現実に落とし込む。その視線は、正面にいる道標へ向けられながらも、さらに遠くのなにかを見据えているかのようだった。

あれが、もう五年も前のことか。遠い昔のことのようでもあり、つい昨日のことのようでもある。

素知らぬ顔で、元親は食事を進めている。線の細い外見に似合わず、非常な健啖家であるこの主君は、顎が疲れるほどに分厚い鯨肉を、見る見るうちに平らげていく。

「世の人々は、思いもよらぬであろうな」

飯をかき込みつつ、元親は言った。

「これまで、ひたすら織田家にへりくだってきた長宗我部元親が、かように大それたことを企《くわだ》てていようとは」

そう自ら語るように、長宗我部家の姿勢は、あくまでも従順なものだった。これまでも、数え切れぬほどの贈答品や祝賀の文を信長に送り、まるで下人が平伏《ひれふ》すように阿《おもね》ってきた。

土佐平定後、他国への侵攻を開始するときでさえ、

――なにとぞ、信長公より、お許しを賜《たまわ》りとうございまする。

などと、その必要もないのに、わざわざ願い入れたほどだ。こうまで重んじられて、信長も悪い気はしなかったのか、あるいは、どうせ大したことは出来ないと侮《あなど》っていたのか、

――四国のことは、長宗我部家の切り取り次第とする。

と、自らの名で朱印状をしたため、元親の領地拡大を公認した。

「されど、その朱印状も、いざとなれば紙切れに変じよう」

元親はうつむき、ため息をついた。

「世評を聞く限り、信長とはそういう男らしい。わしが真に、四国を平定するほどに大きくなれば、きっと前言を翻《ひるがえ》し、天下人として己が発した文書さえ、なかったことにしてしまうだろうさ」

とはいえ、かつてなく強大な存在となった織田家と、正面から争い、打ち破るほどの国力など、長宗我部家にあろうはずもない。

「結局、わしが選べる道は、二つしかないのだ。一つは、すべての野心を捨て去り、早々に織

田家へ降ること」

「もう一つは？」

「決まっているだろう」

おもむろに、元親は箸を振り上げると、皿へ向かって勢いよく突き立てた。横たわる鯨肉の切れ端を、箸の先端が貫いている。

「あの男の信用を勝ち取り、懐に潜り込んだのち、折りを見て殺すしかない」

（信用、か）

たしかに、元親が四国平定の野望を貫くのなら、ほかに手立てはないだろう。だが、執拗で腹黒く、蛇蝎《だかつ》の如く疑り深いと言われる、信長からの信用を得ることは、容易なことではあるまい。

「されば、やはり件の砂糖が肝要ですな」

「ああ」

箸に刺さった鯨肉を、元親は口の中へ放り込んだ。

「近く、お主には再び安土へ上り、信長に献上してもらう。当家が用意する、三千斤の砂糖をな」

上方で、砂糖が高騰しつつある。

光秀から長宗我部家へ、そのような報せがもたらされたのは先月、すなわち四月のはじめのことだった。

砂糖は、未だ日本国内では生産が確立されておらず、明《みん》（中国）をはじめとする、海外からの輸入に頼っている。当然ながら、大半の庶民は、生涯その味を知ることもないほどの貴重品だが、京などの大都市においては、近年の海外交易の隆盛もあって相応に流通しており、諸大名や豪商、寺社、公家らの膳に上ってきた。

その砂糖の量が、減っている。日本一の貿易港、堺において。

すでに収穫期は過ぎているため、この時期、市場に出回りにくくなるのは普通のことだが、それにしても、例年に比べて明らかに流通量が少なく、かといって不作という話も聞かない。

「いったい、なぜ、そのようなことが」

先月、役目により上京していた道標は、光秀にそう尋ねた。しかし、この織田家の宿老にも、原因は分かっていないのだという。

「織田家中では、毛利の策謀ではないかと言う者もおります」

「毛利の？」

「織田への、威嚇《いかく》だというのです。その気になれば、毛利家では瀬戸内の物資を堰《せ》き止められる。砂糖だけでなく、たとえば鉄炮や火薬も……という、警告のつもりではないか、と」

「ううむ」

たしかに、筋は通る。これほど明らかな形で、毛利と争うことの無益さを、織田方に知らしめれば、有利な講和を引き出すことも可能だろう。

ただ、国内一の海路である、瀬戸内海の物資封鎖は、毛利にとっても危うい策だ。損を被った商人や、流入する物資で暮らす領民、漁民、あるいは傘下の領主や海賊たちなど、領内に住まうあらゆる者たちから、不興を買い、人心を失いかねない。そうした、支配体制を揺るがすかもしれない危険を、わざわざ冒すだろうか。

「もう一つ、困ったことに」光秀の眉間に、深い皺が浮かぶ。「此度の高騰を受けて、堺の商人どもが欲を出し、手持ちの砂糖も抱え込んでしまっているようでしてな。おかげで、ますます外には出回らず、値も上がり続けている有様にて」

「それでは、例の御馬揃《おうまぞろ》えは、いかがなさるおつもりか」

来年、織田家は京において、天皇の御前での大規模な馬揃え（観兵式）を企画している。織田家の武威を、天下に誇示するこの一大事業において、天皇と公家たちをもてなす料理や菓子に、まさか砂糖が足りぬとあっては、信長の名声は地に落ち、朝廷との関係にも亀裂が生じよう。いまのような市況がなおも続けば、その最悪の予測は、現実になりかねなかった。

「実は、そのことで」

光秀は、声を低くした。

「道標殿に、いや長宗我部家に、折り入って、お頼みしたいことがござる」

「いったい、なにを」

「用意して欲しいのだ。あなた方の手で、大量の砂糖を」

その言葉で、道標も意図に気づいた。

万が一、瀬戸内海の物資が堰き止められているのだとしても、土佐を経由する南海路であれば、砂糖を入手できるかもしれないというのだろう。

「なにとぞ、お頼み申し上げる。かほどに貴重な砂糖を、見事に用意することが出来れば、信《う》長様も大層お慶《え》びになり、織田と長宗我部の関係は、ますます強固なものとなりましょう」

「それが、両家のためだと？」

「ひいては、日ノ本の行く末がため、天下万民のためです」

（そして、己のためか）

深々と、いかにも誠実に頭を下げる光秀が、あえて口にしなかった本心を、道標は敏感に察した。浮《うわ》ついた建前を平然と述べるこの男の胸中には、砂糖で信長の歓心を買い、秀吉をはじめとする朋輩たちを出し抜こうとする、黒い野心が渦巻いているに相違なかった。

（主家の窮地を、己の好機と見なすか）

成り上がり者の卑しさよと、軽蔑の念が胸をかすめた。だが、だからこそ、この男とは組む価値があるのだということも、あるいは、この「卑しさ」こそが、戦乱で没落した己と、逆に立身を果たした光秀との差であるということも、道標は腹立たしいほどに理解していた。

光秀から要請された、砂糖の量は三千斤。

平時の相場なら、千五百貫ほどの価格になるだろう。小城の一つや二つなら、ゆうに買えるほどの大金であり、市場などでの高騰を考えれば、おそらく仕入れ値はその倍にも上る。

だが、元親はこの申し出を、一も二もなく了承した。そして、いまやその大量の砂糖を、ほとんど揃えつつある。

「以前、お主は申していたな、道標。社交はときに、戦《いくさ》にも等しき重みを持つと」

「は……」

贈答、接待、賄賂《まいない》……そうした積み重ねが、宮廷政治において、武功以上の意味を持つことを、幕府の中枢にいた道標は熟知している。

「言うなれば、社交はもう一つの戦場にございまする」

「であれば、さしずめ、此度の砂糖は弾丸か。……戦は、勝たねば意味がない。成し遂げようぞ、道標」

「御意」

道標は、うやうやしく頭を下げた。

土佐には、未だに馴染むことは出来ない。険しく立ち塞がる山脈も、激しく波打つ黒潮の海も、血の気の多い家中の侍たちも、きっと己は、死ぬまで好きにはなれぬだろう。

だが、遠国の片隅で、ただ生にしがみつき、無為に朽ちていくほかなかった道標は、元親と出会った。その覇道を支える中で、躯《むくろ》のように冷えきった心に、血が通っていくのが分かった。

(このお方なら、あるいは)

成し遂げられるかもしれない。四国を制し、西国の海路を一手に握る、そんな大それた夢さえも。そう思いたくなるなにかが、元親という男にはあった。

三

翌月――六月下旬。

ついに集められた三千斤の砂糖と共に、道標は安土へ向けて出立した。土佐は浦戸の湊から同国甲浦《かんのうら》、紀州和歌浦《わかのうら》を経て上方へ向かう。幸い、波が荒れるようなこともなく、三日で堺に入った。

俵で包まれた砂糖は、漆地《うるしじ》に金や螺鈿《らでん》で彩られた、特注の長持《ながもち》に仕舞われている。それらが次々と船から積み下ろされ、従者に担がれて長大な列をなし、屈強な土佐侍たちに守られながら大路を進む様は、いかにも壮観だった。

一行はそのまま京へ入り、一泊した。寄宿先は、道標と旧知の、山岡八郎左衛門《やまおかはちろうざえもん》（景友《かげとも》）の屋敷だ。山岡は、もとは三井寺《みいでら》の学僧であったのが、学識と吏才を買われて幕府に登用された男で、いまは織田家に仕えている。

「まあ、くつろいでったらええわ」

慣れた手つきで茶筅《ちゃせん》を使いながら、山岡は言った。大柄でよく肥えた、力士の如き巨漢だが、そんな彼が、身を縮こまらせながら茶を点《た》てている様は、なんとも言えない愛嬌があった。

やがて、己の前に置かれた茶碗を、道標は口元に運んだ。器は唐物、醬手《ひしおで》と呼ばれる褐色のもので、茶の青さがよく映《は》える。その色合いも、味も、上方で腕利きの茶師に育てられた、最上級の茶でなければ出せないものだ。

「栂尾《とがのお》とは、おごったな」

「ほう、分かったか」

茶の産地を言い当てられ、山岡は嬉しそうに笑った。

「私如きに出すには、贅《ぜい》に過ぎるのではないか」

「物を惜しまず、心を尽くすのが、茶人の意気いうもんや。まして、遠国からはるばる上ってきた、旧知をもてなすためとあってはの」

「……かたじけない」

旧友の心遣いに、張り詰めていた心が、ほぐれるような思いがした。つい自分たちが、いまは別々の家に仕えていることを忘れそうになる。

「しかし、お前も忙《せわ》しない奴やなあ、新右衛門。つい先月も、安土へ参ったばかりやないか。こう頻繁に、土佐と上方を行き来しとったら、骨を休める暇もないやろ」

「なんの、世間では遠国などと言うが、船での往還なら、土佐も上方もそう変わらぬさ。むしろ、お主の方が、気苦労は多かったのではないか」

山岡は、つい数か月前まで、織田家の宿老・佐久間《さくま》信盛《のぶもり》の与力として、石山本願寺の攻略に従事していた。信仰心を拠り所とする、一向宗・本願寺門徒の抵抗はいかなる武家よりも根強く、降伏させるまでに、実に五年近い歳月を費やした。

「さぞ、難儀しただろう」

「たしかに、門徒どもは手強かったが」

山岡は、揶揄するように口元を歪め、

「本当に苦労させられたのは、お味方の方や。……佐久間の老いぼれめ、ろくな働きもせんくせに、余計な手間ばかりこさえおって。上役がああも阿呆で、戦が出来るかい」

「お、おい……」

驚いた道標は、思わず辺りを見回したあとで、この場に自分たちしか居ないことに気づいた。とはいえ、酒が入っているわけでもないのに、なんとも大胆なことである。よほど、鬱憤が溜まっていたのだろうか。

「他家のお前ならば、陰口が佐久間の耳まで届くこともないやろ。万が一、漏れたとて、出所がお前なら、わしも白《しら》を切れる」

「私が漏らすと思うか」

「それもそうやな。いや、結構結構」

山岡は足を崩し、先ほどまでの品の良い茶人ぶりとはうって変わって、上役への悪口を述べ始めた。

「お前も知っとるやろうが、佐久間いう男は、織田家中でも一、二の古株や。信長様にとっては、かれこれ三十年来の御家来衆よ」

まさしく、草創以来の老臣である。佐久間信盛は今日まで、織田家の主要な合戦には常に参陣し、槍先をすり減らしてきた。だが、そうした経歴のためか、

――織田家を今日まで支えてきたのは、このわしだ。

という尊大な自負が、常に態度ににじみ出ており、山岡のような新参者を見下すばかりか、労いの言葉すら、ろくにかけようともしないのだという。

「それだけなら、まだええ」

忌々《いまいま》しげに、山岡はぼやいた。

「驕《おご》ろうが偉ぶろうが、大将としての責をしかと果たしてくれるのなら、こちらも耐えられる。が、あの老いぼれは、それすら下役に押しつけよった」

佐久間は、織田家でも指折りの大身でありながら、ひどく吝嗇《りんしょく》で、配下の武功を讃《たた》えるよりも、つぎ込んだ矢玉の多さばかりを気にかけ、死傷者の補充に兵を雇い入れるよりも、人が減って浮いた費用を、喜々として懐にため込むような男だった。

そのくせ、戦費の管理や運用はお粗末なもので、なにか問題が起きるたびに、吏才に長《た》けた山岡は対処を押しつけられた。

「鉄炮一つとっても、過不足なく揃えて、前線に送り続けるんは、そう容易《たやす》いことやない。玉薬や鉛の相場を、常に知っとかなあかんし、堺で商人らと懇《ねんご》ろに交わり、連中の事情に通じとくのも肝要や」

堺商人と言っても、なにも一枚岩ではない。近年、もっとも有力なのは、新興の商人ながら、早くから信長に通じ、その信用を背景に台頭した今井宗久《いまいそうきゅう》だが、当然ながら、そうした今井に反発する者もいるし、そもそも、織田家の天下自体に、好意的な者ばかりではない。対応を誤れば、彼らはひそかに、敵方への支援にさえ動きかねなかった。

「本願寺の戦も、ようやく決着がついた。次はせめて、わしの骨折りの値打ちが分かる上役の下につきたいもんや。武具や食物を片時も絶やさず、大軍を養い続けることがどれほど難儀だったか……」

(食物、か)

自分が運んできた献上物のことが、道標の脳裏をかすめた。

「八郎左よ、あの噂はどう思う?」

「なんや」

「瀬戸内の砂糖を、毛利が堰き止めているという……」

「ああ、あれか」

山岡は、さしたる興味もなさそうな様子で、

「そない大きい動きを毛利方が見せれば、対峙しとる羽柴軍が、気ぃつかんはずない。なんも報せがないなら、なんもなかったんやろ」

「そうだろうか……」

うつむき、道標は考え込む。

一理はあるが、実際に砂糖は不足しているのだ。それも、南海路なら問題なく手に入るのに、瀬戸内の海路の流通だけが減っている。はたして、偶然と見てよいものだろうか。

そのとき、不意に、亭主口の襖《ふすま》が開いた。入って来たのは、山岡家の家臣らしいが、その顔

つきには明らかに、困惑の色が浮かんでいた。

「なんや、どないした」

「実は、つい先ほど、堺の小西隆佐《こにしりゅうさ》殿がお見えになられ……」

（小西？）

その名は、道標も知っている。麝香《じゃこう》、犀角《さいかく》、高麗人参などの薬種を中心に、海外からの輸入品を手広く扱っている豪商で、今井宗久の台頭以前は、押しも押されもせぬ、堺商人の筆頭格だった。

思わぬ来訪に、山岡は怪訝な顔をした。

「先客がおると、伝えんかったんか」

「いえ、それが」

家臣が言うには、山岡邸に道標の一行が泊まっていることを、小西はすでに知っており、むしろ、道標と同席したいがために、訪ねて来たとのことだという。

「身勝手な」

吐き捨てるように、山岡は言った。それでも、「すぐに追い返せ」と言い切れないのは、小西の機嫌を損ねることを恐れているからだろう。むっつりと黙りこむ彼の顔は、豊かな肉づきに似合わず、すっかり血の気が引いてしまっている。

「私なら構わぬぞ」

苦悩する旧友に、道標は声をかけてやった。

「私としても、堺の豪商と顔を繋いでおくことは、損ではない。せっかくだ、ここに呼んでくれないか」

「……すまん、新右衛門」

心底から申し訳なさそうに、山岡は頭を下げた。

「客に気を使わせるなんぞ、茶人の恥や。詫びにもならんやろが、あとで、金平糖《こんぺいとう》を馳走しよう。いま、砂糖や菓子は貴重やが、まだ少しだけ、うちに残っとったはずや」

「気にせずともよい」

砂糖なら、いくらでも手元にある。その一言を伏せたまま、道標は旧友の肩をそっと撫でた。


茶室に入って来た小西隆佐は、思いのほか貧相な風貌をしていた。まるで、鼠か鼬《いたち》に服を着せたような、小柄で冴えない初老の男。ただ、その装いは、堺きっての豪商に相応《ふさわ》しい華やかなもので、黒絹の小袖の上から、天竺《てんじく》渡りの真っ赤な更紗《サラサ》を纏《まと》い、胸元には金の十字架を下げている。

「ご両所様、どうか、この隆佐めの無礼をお許しください」

床に額をこすりつけるほどに、小西は深く平伏した。

「かねてより、私は、蜷川様のお目にかかりたいと思うておりました。かつての幕府の政所代、そして土佐に下ったのちもその智計によって、無名の一領主を大名にまで押し上げた名臣とは、果たしてどのようなお方かと思うと、もう居ても立ってもおられず……」

「いささか、買いかぶっておられるようだ」

熱っぽく思いを語る小西に対し、道標は口ぶりだけは慇懃《いんぎん》に、淡々と応じる。

「長宗我部家の飛躍は、すべて元親様のご器量と、麾下《きか》の諸将の武勇あってのこと。拙僧など、なにほどのこともしておらぬ」

「ご謙遜を」

「とんでもない。土佐へ下り、元親様にお会いすれば、誰でも分かることだ。もし、小西殿がお望みならば、拙僧が拝謁の手配をしてもよろしいが？」

「ほほ……」

曖昧な微笑で、小西は返答を濁した。誰が、そんな遠国へなど行くものか。わしはただ、珍奇な見世物を見物に来ただけじゃ。……柔和な表情の裏に、そんな傲岸《ごうがん》さが滲《にじ》んでいるような気がした。

話題を変えようと思ったのか、小西は傍らの荷を解き、油紙に包まれた、握りこぶしほどの四角い塊を、道標と山岡へ一つずつ差し出した。

「つまらぬものですが、菓子を持参いたしました。よろしければ、お召し上がりください」

「これは、もしや」

油紙を解くと、得も言われぬ芳香が立ち上った。そこにあったのは、黄金色の綿を固めたような、珍妙な菓子だった。

「ご存知でしょうか、カステイラでございます」

値の張る南蛮菓子の中でも、卵と砂糖をふんだんに使った、きわめて高級なものだ。道標も、名前や形状ぐらいは聞いていたが、実物を見るのは初めてだった。まして、砂糖が高騰している現在、どれほどの価値になるのか、見当もつかない。

「どのように、食すのだろうか」

「南蛮人は、手づかみで食べておりましたな」

「饅頭《まんじゅう》のようなものか」

指で端をつまみ取り、道標は口へと運んだ。そうして、舌が触れた瞬間、痺れるような甘さが、全身を貫いた。

材料である砂糖そのものより、甘く感じるのはどうしたわけだろう。豆腐とも饅頭とも違う、雲のように柔らかく、軽やかな舌触りはどうだ。たった一かけらの菓子がもたらした衝撃に、道標はしばし、息をするのも忘れた。

(恐ろしい菓子もあったものだ)

食物のために、こんな気持ちになったのは、初めてのことだった。傍らの山岡もよほど驚きが大きかったのか、

「……新しい茶を挽《ひ》いてくる」

ひどく思いつめた様子で、呟いた。

「近ごろ、宇治で名を上げてきた、上林《かんばやし》いう茶師が育てたものがある。味もええが、特に香りにかけては、栂尾よりも上かもしれん」

「しかし、わざわざ、挽き直さずとも……」

「さっきと同じ茶やったら、カステイラの強さに塗りつぶされてまう。菓子のあとの濃茶《こいちゃ》が、それではあかん」

そう言って、山岡は制止も聞かず出て行ってしまった。茶室には、道標と小西だけが残された。

「お喜び頂けたようで、なにより」

この豪商は、澄ました顔で言った。大名家の重臣たちが、未知の味に狼狽《ろうばい》している様を、楽しんでいるかのようだ。

「しかしながら、時代は変わるものですなあ。宇治の、新参の茶師の手による茶が、日ノ本第一の格式を誇る、栂尾の産よりも味がいいなどとは。……この分では、格式や値の上でも、宇治が栂尾に取って代わる日も、遠くはないのかもしれませぬ」

小西は胸元で、十字を切るような仕草をした。

「天上の神は不変なれど、人の世に変わらぬものなどない。商人として、日々、物の値などを追いかけていると、つくづくそう思いまする」

「菓子の次は説法か？」

道標は苦笑し、

「まさか、ここへ訪ねて来られたのも、入信を誘うためかね」

「そうではありませぬが……いや、当たらずとも遠からず、といったところでしょうか。実は私は、あるお方の使いとして参りました」

「使い……？」

「……」

小西は黙りこみ、耳を澄ました。そうして山岡が戻って来ないことを確かめると、この豪商はひそひそと、ささやくように言葉を継いだ。

「羽柴様に、仕えるおつもりはございませぬか」

「なんだと！」

思わぬ言葉に、つい声が荒くなったが、小西は柔和な微笑を崩さず、

「羽柴様は、あなたのご器量を、大変に買うておられます。その才覚を、四国の片隅などではなく、天下のために使うてみる気はないか、と」

長宗我部家の飛躍を、早くから予見した炯眼《けいがん》、織田家との関係を築いた外交手腕、いずれも尋常なものではない。ぜひとも、力を貸して欲しい。……そのような、秀吉からの言伝《ことづて》を、目の前の商人は淀みなく述べる。

「いかがでしょう」

ずい、と小西は膝をすすめた。

「蜷川様とて、なにも好んで、土佐などに留まっているわけではございますまい。羽柴家に参られれば、京に戻れるばかりか、只今、長宗我部家より与えられている分とは、比べ物にならぬほどの所領も……」

「もったいなきお言葉だが」

なおも語ろうとする小西の言葉を、道標は強引に遮り、

「拙僧は、元親様の家来だ。ほかの誰にも、仕えるつもりはない。話がそれだけならば、まことに失礼ながら、お引き取り願いとうござる」

「されど、蜷川様」

「羽柴様に、よろしくお伝えくだされ」食い下がろうとする小西を、道標は冷ややかに睨み据えた。「いかに厚遇で誘われたとて、出世争いの道具にされることを、喜ぶ者ばかりではないと」

図星を指されたのか、小西の頬が引きつった。はじめから、分かりきっていたことだ。秀吉が、自分のような零落した旧幕臣を、わざわざ引き抜こうとする理由など、それによって明智と長宗我部を分断し、蹴落とすための切っ掛けにしたいだけだろう。

小西は、なにか弁明を考えている様子だったが、やがて諦めたのか、渋々ながら、引き下がるそぶりを見せた。

「……値打ちは変わりますぞ。いつまでも、同じままと思わぬ方がよろしい」

去り際、この豪商は捨て台詞《ぜりふ》のように、そんなことを呟いた。いまは、織田家中の地位は明智が優勢だが、いずれは秀吉が、引っくり返すと言いたいのだろう。

「ああ、覚えておこう」

道標は、静かにうなずいた。

お前たちにこそ、思い知らせてやる。田舎大名と侮っている、長宗我部家の真の値打ちを。自分たちが用意した、砂糖という武器で。

二日後、道標らは一行を率いて安土に登城し、信長への拝謁を果たした。

漆や金銀、藍や朱で彩られた五層もの天主は、外から仰ぎ見るだけでも豪壮な代物であったが、その内装もまた絢爛であり、襖や天井に張り巡らされた金地の障壁画、釘隠しや縁飾りなどに彫り込まれた、毛先の一本に至るまで精巧な獅子の意匠など、言葉では表せぬほどの見事さだった。

この安土に比べれば、長宗我部家の岡豊城など、山賊の寝ぐらのようなものだろう。従者のうち、初めて土佐から出て来た者などは、広間に通されただけで、すっかり青ざめていた。

上段にいる信長へ向けて、道標は次のような意味の口上を述べた。……今月の初旬、播州における最後の抵抗勢力であった宇野氏が攻め滅ぼされ、羽柴軍が同国の平定を果たした。その戦勝祝いとして、鷹十六羽、砂糖三千斤を持参したので、ぜひお納め頂きたい、と。

「ほう、土佐から砂糖か」

それまで、寡黙で恐ろしげに見えた信長の顔つきが、好奇にほころんだ。

「いかにして手に入れた」

「博多や長崎、平戸などで買いつけ、薩摩坊津、種子島を経て、南海路より運んで参りました」

「南海渡りの砂糖とは、面白い。土佐守（元親）殿も、なかなかに味なことをする。……あとで家臣らと共に、味わうこととしよう」

（なに？）

聞き間違いか、と我が耳を疑った。信長は、来たる馬揃えのために、砂糖を欲しているのではなかったのか。

ぬるんだ脂汗が、額ににじむ。困惑と不安が、胸中で激しく渦巻く。

しかし、己の身分では、それ以上、疑問を呈するような真似は許されない。道標は狼狽のまま、ただ引き下がるほかなかった。

――長宗我部土佐守、維（惟）任日向守執奏に而、為御音信御鷹十六聯、幷砂糖三千斤進上、則御馬廻衆へ砂糖被下候（『信長公記』）
（長宗我部元親から、明智光秀の取次で、鷹十六羽ならびに砂糖三千斤が献上された。信長公は、この砂糖を馬廻衆に下された）

呆然と、ふらつくような足取りで、道標は天主を後にした。老人が孫に手を引かれるように、従者の導きで城下を歩き、宿所へ向かう。

いったい、どうなっているのだ。

重苦しい頭の中で、疑問だけが巡り続けている。どこかで、なにかを誤ったのか。それとも、まだ見逃していることがあるのか。

そのとき、道標のことを呼ぶ声がした。振り向くと、一人の男が、息を切らせてこちらへ駆けて来ている。

「ここにおられたか、道標殿」

見覚えのある顔だ。たしか、荒木なにがしという、光秀の近臣だったか。

「いかがなされた、左様に慌てて」

「い、一大事にござる」

そして、荒木は嗄《か》れた喉から絞り出すように、ある事実を告げた。

四

「秀吉から、砂糖の献上が？」

岡豊で報告を受けた元親は、怪訝な顔つきで問い返した。

「間違いないのか」

「はい」

苦渋に顔を歪め、道標はうなずいた。

明智家から知らされたところによれば、道標らが安土へ参上する数日前、羽柴家の使者が、信長へ次のように報じたのだという。

――小西隆佐が、切支丹の伝手によって、大量の砂糖を格安で仕入れた。

――ぜひとも、織田家のために役立てたいと思い、秀吉の一存でこれを買い上げた。
――品は、小西のもとに置いてあるゆえ、のちほど奉行を派遣して、中身を検分したのち、織田家の蔵に移して欲しい。

つまり、道標が小西に会っていたとき、すでに帳簿の上では、織田家は大量の砂糖を手に入れていた。長宗我部家から献上された砂糖を、信長がさして重く受け止めなかったのは、当然だった。

「こんな偶然が、あり得るのでしょうか。いかに切支丹宗門の繋がりがあろうと、この機に大量の砂糖が、あつらえたように手に入るなど……」

「まるで、神の御業《みわざ》だな。……しかし、そうではあるまい」

元親は、小さく息をついた。

「秀吉は、読んでいたのだろう。馬揃えを来年に控えながら、砂糖が減れば、市場がどうなり、明智やわしがどう動くか、すべて分かった上で、あやつは此度の件を仕組んだ。そうとしか、考えられぬ」

「……仕組んだ？」

「砂糖の流れを滞らせたのは、毛利ではなく秀吉だ。恐らくは、小西隆佐に命じて、買える限り買い漁らせたのだ。瀬戸内に面した、播州の湊でな」

まさか、あり得ない。そう言いかけて、思い返す。……では、ほかに、小西と秀吉が、ああも都合よく、大量の砂糖を手に入れる方法があるだろうか。

（もし、すべてが仕組まれていたとすれば）

どのように計画が実行されたのか、道標は思索する。

小西隆佐が、この謀《はかりごと》に加担する動機があるとすれば、同じく堺商人である今井宗久への対抗から、信長の歓心を得ようとしたのかもしれない。

といって、あの豪商は、なにも己の看板を晒したまま、堂々と買い漁ったわけではないだろう。人手を雇い、自身は裏に隠れ、少しずつ、何十人にも分散させて、市場から砂糖を抜いていったに相違ない。

無論、その程度の隠蔽など、すぐに領主に感知されるだろうが、播州の湊では、本来、独占や不正を取り締まるべき秀吉が、とうの小西と結託しているのだ。まず、表に出ることはあるまい。

「つまり秀吉は、自ら砂糖の値を吊り上げたと？」

「そういうことになる。あやつは、世間も、我らも、そして主君の信長すらをも謀《たばか》り、ただの砂糖を、希少な献上品に変えてしまった」

なんということだろう。

出し抜いたつもりが、出し抜かれていた。いや、ここまで大掛かりな策を用いる者がいるなど、考えもしなかった。

社交が戦だとすれば、長宗我部家は完敗した。その原因を作ったのは、ほかならぬ道標だった。

「……面目次第もございませぬ」

「そう暗い顔をするな」

目を伏せ、うつむく道標に、元親は明るく笑いかけた。

「たしかに我らは敗れたが、兵が損なわれたわけでも、城や領地が奪われたわけでもない。なにより、秀吉という男の恐ろしさを、身をもって知ることが出来た」

わしはまだ、望みを諦めるつもりはない。そう述べる元親の顔つきは、優男に似合わぬほどの、強い意志に満ちている。

「今さら、たやすく手放せるほど、我らの目指すものは安くあるまいよ。物の値打ちも、人の値打ちも、世の流れで如何様にも変わるだろうが、己の望みの値打ちを決められるのは、己だけなのだから」

「されど、いかにしてその望みを」

「まだ、手立てはあるさ」

含むような視線を、元親は道標に向けた。

「……なにも、わし自身が懐に入り込むことだけが、信長を殺す術ではあるまい？」

陽に雲がかかり、広間に影が落ちた。薄暗い室内で、元親は静かに、怪しく笑う。激しい夕立を予期させる湿った臭いが、庭先から、ほのかに漂い始めていた。

これ以降も、長宗我部家の躍進は続く。元親は急速に版図を広げ、阿波、讃岐をほぼ席巻し、伊予も半分以上を支配下に置き、一、二年も経たぬうちに、四国平定に、あと僅かというところまで迫った。

その拡大を、信長は脅威に感じたのだろう。この天下人は突如として、長宗我部家に対して認めたはずの、四国切り取りの許可を反故《ほご》にし、土佐一国と阿波半国以外の領地は差し出すよう、元親に迫った。

当然ながら、このような理不尽な要求など、受け入れられるはずはない。だが、もし拒絶すれば、信長はこれを名分とし、喜々として大軍を差し向け、元親の討伐に乗り出すだろう。かくして、長宗我部家の運命は、ここに窮《きわ》まったかに思われた。

しかし、両家の交渉が決裂し、織田家の四国討伐が決まったその年――天正十（一五八二）年、信長は死ぬ。

謀叛を起こした明智光秀によって、宿所であった京・本能寺を襲撃されたのである（本能寺の変）。

なにが、光秀を挙兵へと駆り立てたのか、その理由は定かではないが、事件の十日ほど前まで、長宗我部家と明智家の間で連絡が取り交わされていたことが、元親の書状によって確認されている。

悪僧

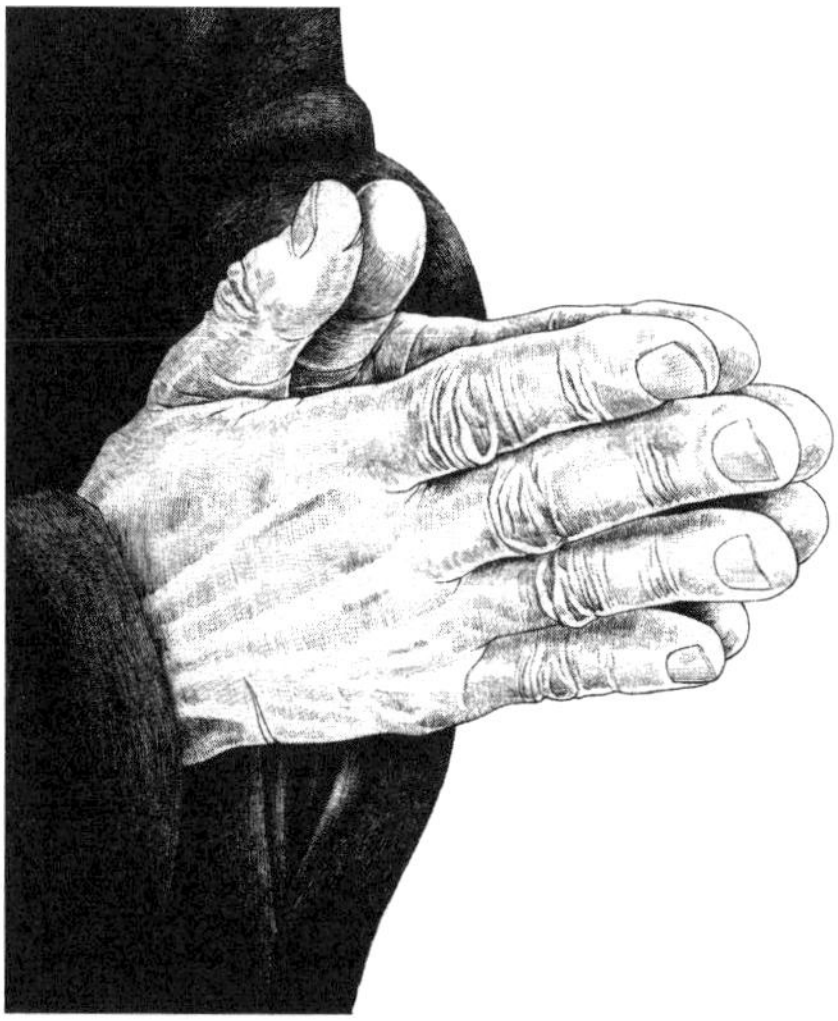

一

朝霧に包まれた山道を、その一隊は進んでいた。矢弾除けの竹束を前面に構え、槍や弓鉄炮に加え、梯子《はしご》や熊手などの攻城具を担いだ将兵は、辺りを慎重にうかがいながら、そろそろと歩を進めていく。

大将と思しき馬上の男は、僧形である。年の頃は四十代半ば、具足の上から墨染の直綴《じきとつ》をまとい、頭は白麻の五条袈裟で包んでいる。鍛え上げられた身体のあちこちに、まるで年輪のように刻まれた大小の傷は、彼が歴戦の勇士であることを雄弁に物語っていた。

そのとき、不意に、前方で銃声がした。その一発を呼び水に、山道の先にそびえる城砦――雁金山城から、無数の銃声が鳴り響いた。

「おや、もう敵方に見つかったか。霧に紛れて、もう少し近づけると思ったが」

僧形の大将――羽柴秀吉家臣・宮部善浄《みやべぜんじょう》（祥）坊継潤《ぼうけいじゅん》は、別段、動じた様子も見せず、かすかに苦笑した。

「なあ、虎坊《とらぼう》、どう思う」

継潤は、傍らに従う、長身の若武者に語りかけた。虎坊と呼ばれたその青年は、苦々しさを隠そうともせず、

「なにがです」

「いやな、朝駆けで敵の虚を衝けば、労なく城を落とせると思ったが、この有様であろう？攻めるのをやめて引き返したら、やはり怒られるかな？」

「……」

わざわざ答えるのも馬鹿らしい。ますます苦い顔になる「虎坊」を、継潤は愉快そうに眺めつつ、

「まあ、戯言はこの辺りにして、そろそろ始めるか」

そう言って、彼は采配を掲げ、勢いよく振り下ろした。

「――者ども、掛かれや！」

先鋒の兵たちは喚声を上げながら、竹束を押し上げ、一斉に突き進んでいく。虎坊――羽柴家臣・加藤虎之助《かとうとらのすけ》（清正《きよまさ》）もまた、軍勢の一員となって駆けたが、その間も、頭の片隅に浮かぶ、ある疑問を拭えずにいた。

なぜ、秀吉様は、こんな男に大役をお任せになったのだ――と。


天下一統を目指す織田信長のもと、中国方面軍の大将を務めた羽柴秀吉は、天正九（一五八一）年、敵方の重要拠点である因幡鳥取城《いなばとっとりじょう》の攻略に乗り出した。

鳥取城主・山名豊国《やまなとよくに》は当初、中国地方の太守・毛利家に与して織田家と敵対したが、秀吉の征略に抗しきれず、ほどなくして降伏・臣従した。

ところが、反織田派の重臣たちはこの決定に反発し、秀吉が因幡を離れた隙を突いて、なん

と主君の豊国を追放してしまった。その後、重臣たちは毛利家から派遣された勇将・吉川経家《きっかわつねいえ》を新城主として迎えた。

この事態を受けて、秀吉は、鳥取城奪還のために兵を挙げ、同年七月、鳥取城北東の帝釈山（太閤ヶ平《たいこうなる》）に本陣を置き、攻城を開始した。

このとき、秀吉が採った策が、世に、

――鳥取飢《かつ》え殺し
と称される兵糧攻めである。

秀吉は鳥取城周辺に、数多の砦や陣城を築いて包囲を固め、城へ通じる無数の糧道を念入りに封鎖した。さらに、湊には水軍を配備し、国境周辺は宇喜多氏、南条氏ら織田方の領主に守らせ、毛利方の兵糧船や援軍を阻んだ。一城どころか、因幡一国を包囲したとも言うべき、このかつてない規模の兵糧攻めにより、鳥取城は追い詰められたはずであった。

しかし、城方は耐えた。籠城から二ヶ月を経て、九月に入ってもなお、鳥取城は落ちる気配を見せない。よほど織田家が憎いのか、毛利への信頼が深いのか、あるいは、新城主・吉川経家の器量がそれほどまでに優れているのか……いずれにせよ、思わぬ抵抗に、かえって窮したのは羽柴軍の方だった。因幡は冬になれば、北国並みに大雪が降るという。そうなれば、羽柴方は撤退せざるを得ず、戦略は水泡に帰す。ここまで大規模な攻勢を進めながら失敗したとなれば、はたして信長は、秀吉の地位を今のままにしておくかどうか。

だからこそ、秀吉は継潤に命じたのだ。――鳥取の支城、雁金山城を落とせ、と。

雁金山城は、鳥取城北西の尾根上に築かれた城だ。

この城のさらに先には、もう一つの支城である丸山城があり、丸山の麓には、日本海へと注ぎ込む千代川が流れている。すなわち、雁金山城は、海路から千代川、丸山と兵糧を輸送し、鳥取城主郭部へと運び入れる補給路の一角を占めているのだった。

この行路の存在が、鳥取城中の将兵にとっては、「いつか味方が、兵糧を届けてくれるかもしれない」という希望の源になっているのだろう。その糧道を断ち、城方の心を折れというのが、秀吉の命であった。

しかしながら、継潤が攻略を命じられた雁金山城は、鳥取城の主郭部から四半里（一キロ）も離れておらず、尾根続きで通行も容易である。もし、雁金山城を攻めている最中、背後の鳥取城から数千の将兵が一斉に打って出れば、七、八百に過ぎない継潤の手勢など、たちまち捻りつぶされてしまうだろう。

だが、当の継潤は、そんな危険など端から頭にないかのように、背後にちらとも目を向けようともせず、声を嗄らして配下を叱咤していた。

――宮部善祥坊、真先《まつさき》ニ進ミ麾《さい》押ツ取リ、手ノ者ドモヲ招キツヽ、早《はや》、乗リ上ゲヨト下知スレバ（『因幡民談記』）

「足を止めるな！　そのまま乗り上げよ！」

兵たちは下知に従い、ある者は正面の山肌を駆け上がり、ある者は側面に回り込み、梯子や熊手を城壁に掛け、乗り越えようとする。鉄炮衆や弓衆も、間断なく矢玉を放って前線を援護した。城方も必死で応戦してきたが、勢いは寄せ手にあり、徐々に押されていく。継潤はさらに声を張り上げた。

「よいか！　この城を落とせば、第一功は当家のものぞ！　二月《ふたつき》も兵糧攻めに付き合わされて、ろくに褒美もないなどという馬鹿を見たくはあるまい！　銭や領地が欲しければ、己が腕と足で稼ぎだして来い！」

（不遜な）

竹束に身を隠し、攻める機をうかがっていた虎之助は、耳を疑った。仮にも、天下一統という一大事業に従事する羽柴家の重臣が、まるで足軽雑兵のような物言いではないか。

（なんと欲深き、生臭坊主よ）

やはり、信用できぬ。腹の底でそう毒づいたが、今はこの男の指揮に従うほかない。虎之助は槍を手に、兵たちと共に竹束の前へ飛び出し、城壁に向かって駆け出した。

二

激戦の末、半日足らずで雁金山城は落城した。敵兵を追い散らし、城に乗り込んだ宮部勢は、一様に歓喜の声を上げたが、その中でただ一人、虎之助は冷めた目線で、少し外れたところから、周囲の熱狂を眺めていた。

継潤は床几に腰を掛け、死体の撤去や、戦闘で破損した防備の修築、物資・武具の接収など、配下に細々と指示をしている。が、そうした処務を進めている間にも、片手には酒瓢簞が握られており、僧侶としての体裁などまるで繕う気のない様子で、堂々と喉を潤している。

「……皆、おかしいとは思わぬのだろうか」

「へえ?」

虎之助の傍らにいた初老の男は、不思議そうな顔をした。飯田《いいだ》蔵人《くらんど》という、大和出身の武士で、百二十石取りの虎之助にとって数少ない家臣だ。

「おかしいとは、なにがです」

「なにもかもだ」虎之助は、敵意のこもった目つきを、継潤の方に向けた。「あの坊主めは、雁金山城を攻めている最中も、背後の鳥取城にまるで気を払わなかった。敵が援軍を繰り出して来るのを、まるで恐れていないかのようであった」

「そりゃあ、鳥取城中の者どもとて、我が羽柴軍によって包囲されている以上、そうたやすくは動けぬでしょう。支城救援のために兵を出せば、その隙を突かれて、鳥取城が危うくなるやもしれませぬ。宮部殿は歴戦の武士《もののふ》ゆえ、これまでの数多の経験から、そのように戦況を読んだだけのことでは?」

「経験、か」

たしかに、まだ二十歳の虎之助には、そのような戦玄人の、老練なる境地というものはわからない。しかし、どうしても、不審に思えてならないのだ。目と鼻の先に敵の本城があり、いつ逆襲を受けてもおかしくないような状況の中で、ああも平然と、酒など呑んでいられるものだろうか。

「……まるで、この城が攻められることはないと、知っているかのようではないか」

「滅多なことを申されるものではありませぬ」

蔵人は太い眉を険しくし、

「かようなときに忌むべきは、まずなによりも味方の不和にござる。敵の来襲を待たずして、内側より滅んだ城や家を、拙者はこれまでいくつも己が目で……」

「言うな、蔵人。その程度のこと、わかっている」

虎之助は苦りきった。この老臣は、戦場での経験が豊かで頼りにもなるのだが、この説教癖だけは耐えがたいものがある。

「……俺とて、なにも思いつきで、かようなことを申しておるのではないわ」

虎之助に言わせれば、宮部継潤という男の経歴自体が、裏切りを疑うだけの根拠に満ちていた。

いや、そもそも、己がこの雁金山城攻めに志願したことも、あの男に対する疑念が、大きな動機となっていた。

継潤は、近江の土豪・土肥《どい》氏の庶子として生まれ、比叡山に上って僧侶となった。ところが、あの男は仏道を学ぶよりも、兵書の研究や武芸の修練ばかりに熱心で、叡山随一の荒法師として近隣に名を知られるまで、さしたる月日はかからなかったという。

やがて、継潤は近江浅井郡の湯次《ゆつぎ》神社の社僧・宮部氏に、養子として招かれる。

もっとも、同氏は僧侶といってもほとんど武家のようなもので、城構えの屋敷に、武装した兵を従え、社領を守るための戦に明け暮れていた。継潤を養子にしたのも、土肥氏と宮部氏が親戚だったというだけではなく、すでに知れ渡っていたこの荒法師の勇猛さを見込んだのだろう。

はたして、継潤は活躍した。彼は宮部氏を継いで以降、近隣の土豪らとの戦に幾度も勝利し、やがて北近江の大名・浅井長政に仕えることとなった。山法師崩れの外様者でありながら、その武辺は浅井家中屈指との呼び声が高く、主君の長政の覚えもめでたかったという。

(そこまでは、良い。問題は、その先だ)

元亀二(一五七一)年九月、浅井氏と敵対する織田信長は、継潤の古巣である比叡山延暦寺を、浅井方に加担したという理由から焼き討ちにし、僧侶のみならず、老若男女を数多殺害したという。

にもかかわらず、継潤はこの翌月、主家である浅井家を裏切り、織田方に寝返ってしまったのだ。他ならぬ、秀吉の誘いによって。

以後、継潤は秀吉の麾下の武将として常に前線で戦い、この二年後には、旧主・浅井家を攻め滅ぼしてしまった。

裏切りは乱世の常である。また、そのように唆《そそのか》したのは虎之助の主君でもある秀吉だ。……理屈ではそうわかっているものの、虎之助は、うすら寒いものを覚えずにはいられない。己の都合のためなら、古巣の仇に尾を振り、旧主を滅ぼす先駆けを平然と務めることのできる、宮部継潤という男の酷薄さに。

「それに、俺は……」

「なんだというのです」

「……いや」

口にしかけた言葉を、虎之助は飲み込んだ。蔵人に言ったところで、この老臣は信じようとはしないだろう。

――雁金山城は捨て駒よ。このこと、決して忘れてはならぬ。迷ってはならぬ。

出陣前、宮部家の陣を訪ねた虎之助は、継潤が家臣らしき者に対してそう話しているのを、たまたま陣幕越しに聞いてしまったのだ。

意味の通らない言葉だ。雁金山城は捨て駒どころか、鳥取城を追い詰め、羽柴方の勝利を決定づけるための要所であるはずだ。……だがもし、継潤の心が、すでに羽柴方にはないとすればば？　毛利軍の兵糧供給に呼応して、占拠した雁金山城ごと、敵方に寝返るつもりだとすれば？　はじめから、敵に差し出すつもりの城――すなわち、捨て駒ということになりはしないか。

羽柴家における継潤の待遇は、但馬豊岡城という小城の城代に過ぎず、その地位は蜂須賀小六（正勝）のような最古参の宿老や、羽柴秀長（秀吉の弟）、浅野、杉原といった一門衆には及ばない。はたして、あの欲深い男が、その程度の扱いに満足していられるものだろうか。もし、羽柴家に仕え続けたところで先はないと考えたのなら、また、毛利方から、遥かに厚遇で誘われたとすれば……。

「どうなされました、虎之助様。顔色が優れませんぞ」

「なんでもない」

そう言って首を振ったが、胸騒ぎは収まらない。考えれば考えるほどに、疑念は大きく膨らんでゆく。

虎之助は秀吉の親戚の子で、幼少の頃よりこの主君に仕えてきた子飼いの若武者だ。まだ戦場での功は多くないが、秀吉への忠誠は羽柴家の誰にも劣らぬと、ひそかに自負している。

他者は当てに出来ぬ。羽柴家のため、秀吉のため、自分が確かめるしかない。もし、あの男が本当に裏切っているとすれば……。

（俺が、この手で始末をつけてやる。そのために、この城攻めに志願したのだから）

虎之助は、ひそかに決意を固めた。

三

その夜、虎之助は一人、城中を歩いていた。大手口をはじめ、城の要所では篝火が焚かれ、宿直《とのい》の兵たちが夜襲に備えて番をしていたが、その警戒は外に向いており、わざわざこちらを咎める者はいない。動き回るには、都合がよさそうだ。

城外の森からは、梟の声が聞こえている。

(さて、どうしたものか)

足を動かしながら、虎之助は思考する。もし、継潤が裏切りを企図しているとして、まさか一兵卒にそれを明かすようなことはあるまい。自分なら、一握りの重臣のみに告げる。あの出陣前の密談相手も、恐らくその一人のはずだ。

(あの男の重臣と言えば……)

実弟の宮部伝右衛門、娘婿の宮部(土肥)肥前守、それに古参の家臣である友田左近、国友与左衛門、伊吹三左衛門……虎之助は指を折りつつ、頭の中で名を浮かべる。彼らのような重臣のいずれかに接触し、探りを入れたいものだが、はたしてどうすべきか。

そんなことを考えていたときだった。

(ん?)

四、五名ほどの足軽たちが、篝火の下に座り込んで、なにやら話しているのが目に入った。

虎之助は不審に思い、木陰に隠れて聞き耳を立てた。

「よし、次は俺の番だな。見てろよてめえら、一発で負けを取り返してやらァ」

「はっ、無理すんなよ。今夜のおめえは、とっくにツキに見放されてるぜ。七なんかまず出ねえよ」

「そうそう。これ以上負けたら、丸腰で戦に出る羽目になるぞ」

「せいぜい抜かしてろ、すぐに俺の賽《さい》にひれ伏させてやる」

どうやら、足軽たちは賭け事をしているらしい。会話の内容からみて、七半《しちはん》と呼ばれる、二つの賽の合計が七になるのを狙う博打のようだった。

（主人が主人なら、兵も兵よ）

思わず、ため息が漏れそうになる。言うまでもなく、陣中での賭博は重大な軍令違反であり、見てしまった以上、素通りするわけにもいくまい。虎之助は彼らの方へ歩み寄ろうとしたが、それよりも早く、何者かが声を発した。

「お主ら、そこでなにをしておる！」

落雷のような一喝に、足軽たちは驚きふためき、賽を放り出してその場にひれ伏した。声の主は、三十代半ばほどの壮年の武士だ。上背がある割に痩せがちな体軀は、一見では優男めいた印象を与えるが、切れ長で鋭い双眸、そして、左目から鼻頭にかけて刻まれた大きな刀傷が、男の風貌に凄みをもたらしていた。虎之助も、その姿に見覚えがある。継潤の重臣である、田中吉政《よしまさ》だ。

りだ。

「た、田中様、これは、その……」

「黙れ。今さら言い訳など申すでない」

吉政は厳しい口調で遮った。その迫力に押されてか、足軽たちはただ身を縮めて震えるばか

りだ。

「まったく、陣中でこのようなものを……」

そう言って、吉政は賽を拾い上げたが、次の瞬間、なんとそれを篝火の中に投じてしまった。

「おや、手が滑ったな」呆気に取られている足軽たちを尻目に、白々しく呟く。「はて、暗く

てよう見えなんだが、いま、わしが手にしたのは、なんであったかの。どうも、小石かなにか

のようであったように思うが……」

「ええと、それは……」

「小石だったな?」

念を押すように、吉政は訊ねる。有無を言わせぬその語調に、足軽たちはそろって首肯した。

「いい年をして石遊びなど、恥ずかしくないのか。大の大人が、目につくようなところで、左

様な真似をするものではないぞ。……わかったら、疾《と》く去《い》ねい!」

「は、ははっ!」

足軽たちは慌てて立ち上がり、その場を立ち去った。吉政は、小さくため息をつくと、やが

て虎之助の方へと向き直った。

「どなたかは存ぜぬが、つまらぬところをお見せしましたな」

どうやら、こちらが隠れていることに、すでに気づいていていたらしい。虎之助は木陰から姿を現した。

「おや、加藤殿でしたか。かような夜更けに、いかがなされたのかな」

「……いえ、ただ、あまり寝つけなかったので、気晴らしに辺りを歩いていただけです」

とっさに誤魔化したが、勘づかれてはいないだろうか。心臓が跳ね回るような動揺を、虎之助は必死で隠したが、こちらの内心を知ってか知らずか、吉政は鷹揚に笑った。

「ははは、左様でござったか。拙者も、貴殿ぐらいの年の頃は、似たような覚えがありますぞ。敵地の中で平然と眠れるようになるまでには、いささか場数と慣れが必要ゆえな。……ああ、ところで」

「なにか？」

「いや、先ほどのこと、どうか内密に願いたいのです。……陣中での博打は御法度なれど、敵を目と鼻の先に控えている中で、あまり厳しく取り締まり過ぎても、兵たちは気が滅入ってしまいますからな。目立たぬ場所で、身上を崩さぬ程度であれば、ほどほどに目こぼしをしろというのが、我が主の命なれば」

どうやら、吉政はその主命を受けて、城中を見廻っていたらしかった。しかし、不満を抑えるためとはいえ、指揮官たる者が軍令違反を見逃すよう命じるなど、虎之助ならば考えもしないだろうし、思いついたところで実行はしないだろう。

（これでは、まるで）

軍令を定めた秀吉のことも、内心では侮っているかのようではないか。

「まあ、なんだ加藤殿」吉政は盃を傾けるような手真似をしてみせた。「こんな夜更けに行き会うたのもなにかの縁じゃ。寝つけぬというのであれば、寝酒代わりに、拙者と一献付き合うては頂けぬかな」

（俺を懐柔するつもりか）

しかしこれは、好機かもしれない。

田中吉政は、もとは百姓の子であったのが、継潤に家臣として仕え、才覚を見出されて立身したという、腹心中の腹心だ。継潤の真意を探るのに、これ以上の相手はいないだろう。……ただし、こちらが疑っていることが露見すれば――そして想像の通り、継潤らが内通を企てているとすれば――虎之助はその場で、吉政に斬って捨てられてもおかしくはない。

「願ってもなきこと」

吉政の顔色を油断なくうかがいつつ、虎之助は応じた。

「結構。では参ろうか」

そう言って踵を返した吉政の後を、虎之助は黙したままついていった。いつの間にか、辺りには小雨が降り始めていた。

雁金山城自体が、敵方が戦に備えて急遽《きゅうきょ》こしらえたということもあってか、吉政が宿所としている一屋も飾り気がなく、足軽長屋のように簡素であった。板敷に菅の円座を二つ並べ、二人は向かい合って腰を下ろした。酒の肴は、焼き味噌だけだ。

「ほう、加藤殿はお若いのに、なかなかいける口のようですな」

「いや、左程のものではござらぬ」

「謙遜めさるな。ささ、もう一献」

勧められるまま、虎之助は盃に注がれた酒を口に運ぶ。しかしその間も油断なく、吉政の挙動に目を光らせている。

「……田中殿は、宮部殿にずいぶんと長く仕えておられるとのことでしたな」

「いかにも。十三、四の頃、侍になりたいと言って、故郷の領主であったあのお方のもとへ押しかけてから、もう二十年にもなりまする」

「ならば、貴殿ほどに宮部殿のことについて詳しき方は、家中にもそう多くはないでしょうな。……実際のところ、宮部継潤とは、どのような方なのです」

「はて？　どういう意味かな？」

吉政は怪訝そうに眉をひそめた。少し急《せ》き過ぎただろうか。だが、あまり悠長にしていては、酒を呑むだけで終わってしまう。虎之助は意を決し、さらに言葉を継ぐ。

「私は、武功の機会を欲して、此度の雁金山攻めに志願いたしましたが、なにぶん年若ゆえ、宮部殿のことについて、ほとんどなにも知らぬのです。明日の我が身も知れない以上、せめて己が命を託す大将のことを、少しでも知っておきたい……いつ敵が襲って来るとも知れない、この城に入ったことで、今さらながら、そのようなことを考えた次第にございます」

「なるほどのう」

吉政は顎をさすり、少し思案したのち、

「お気持ちはわかり申した。拙者でよろしければ、話せる限りのことを話しましょうぞ」

「かたじけのうござる」

虎之助は頭を下げつつ、腹の底で安堵した。ひとまず、最初の関は越えたといえるだろう。

「されど、話すといっても、どこから話したものかのう……おお、そうじゃ、継潤様が若き頃、戦場で敵に射かけられた矢を、槍にて三度も打ち落としたという話が」

「それよりも」

虎之助は膝を進め、

「宮部殿が、秀吉様に仕えたときのことを、是非ともお聞きしとうございます」

「我が主君の、寝返りの話を語れと？」吉政は一瞬、渋面を浮かべたが、すぐにその表情を引っ込めた。「……まあ、よろしかろう。確かに、若い者は知らぬ話であろうし、こういうときでもなければ、語る機会もなかろうからな」

そう言って吉政は、遠い昔を思い出すかのように、瞼を閉じた。

「あれは、そう、もう十年も前になろうか――」

十年前――元亀二（一五七一）年十月。
継潤の主君・浅井長政は、窮地に立たされていた。この前年四月、彼は同盟者である織田信長を突如として裏切り、出陣中のところを仕留めようと企てたが討ち漏らし（金ヶ崎の戦い）、同年六月、浅井の本拠・近江小谷城を攻めるべく出兵してきた織田軍を、城外で迎え撃った「姉川の戦い」でも、奮戦空しく敗れた。

その後、織田方は、小谷城から南方二里（約八キロ）ほどに位置する横山城を抑え、この城を木下藤吉郎《きのしたとうきちろう》――のちの羽柴秀吉に任せた。だが、浅井方の防備は堅固で、秀吉はそれ以上、軍を進めることが出来ずにいた。

浅井方は言わば、喉元まで刃を突きつけられながら、決して切っ先を触れさせなかったわけだが、その防備を最前線で担い、横山城の秀吉軍を抑え込んでいたのが、宮部城主・宮部善浄坊継潤であった。すなわち、このときの継潤と秀吉は、互いに前線で鎬《しのぎ》を削り合う、仇敵同士であったのだ。

そのような膠着状態が続いたあるとき、宮部城に、奇妙な報せがもたらされた。

――横山城の使者と名乗る男が、訪ねてきておりまする。

報告を受けた際の、継潤の困惑した顔つきを、腹心として側仕《そばづか》えていた吉政は、未だに覚えている。

「……なんだそれは。新手の鳩《はと》の戒《かい》（詐欺師）か、それとも、狐憑きの類か」

主君の当然の問いに、報せて来た近習は、気まずそうに答える。

「お疑いはもっともなれど、受け答えははっきりしておりますし、装いも上等なものなれば、少なくとも狐憑きではなかろうかと……」

「ならば本物だというのか？　敵がわざわざ、わしに使者を送ってきたと？」

「い、いえ、そこまでは……」

近習はしどろもどろになっている。継潤は苛立たしげに舌打ちをした。

「久兵衛（吉政）、どう見る」

「さあ、見当もつき申さぬ。ただ、どちらにしても、すべきことは一つでは？」

「斬って捨てるか」

偽の使者であれば、下らぬ騙《かた》り事をした廉《かど》で首を晒し、見せしめにする。万が一、本物であったとしても、やはり生かしておく理由などない。

「だが、首はいつでも斬れる。そやつがどれほど阿呆な面をしているか、確かめてからでも遅くはあるまい。……広間へ通せ。無論、いつでも斬り捨てられるように、番士には心得させておけ」

それからほどなくして、使者を名乗る男は、継潤の前に引き出された。その姿を見て、吉政は思わず声を上げそうになった。

そこにいたのは、五尺に満たない中年の小男である。真っ黒く日に焼けた顔の中で、やけに大きな両眼がぎらぎらと光っている。耳も口も大ぶりで、鼻の下が長く、どことなく猿を思わせる。絹地の衣の袖からのぞく右手には、よく見ると指が六本あった。

（こいつ、まさか）

横山城主の、木下藤吉郎秀吉その人ではないか。無論、面識などないが、この敵将の風貌は、浅井方にも知れ渡っている。

継潤も、吉政と同じことを思ったらしい。滅多なことでは動じないこの荒法師も、さすがに顔つきを強張らせている。

一人、使者の男――いや、もはや秀吉と呼ぶべきだろう――のみは、へらへらと軽薄な笑みを浮かべている。

「……横山城からの使者と申したな。織田の者が、わしに何用か」

「ははっ、宮部様におかれましては、我が主・木下藤吉郎よりの言伝《ことづて》を、一通りお聞き有りて、お返事を賜りたく存じまする」

「回りくどい物言いをいたすな」白々しい言葉に、継潤は明らかに苛立っている。「つまり、なにが望みだ」

「左様、藤吉郎が申すには、なんとしても宮部殿を、悪道に陥ることから救い出したいとのこと」

「なんだと？」

継潤は不快げに顔をしかめた。怒りを抑え込んだような声で、彼は目の前の小男に言葉を返す。

「わしはな、世間では荒法師だの僧兵崩れだのと言われてはおるが、これでも叡山にあった頃は、数多の経典を学び、民衆に仏の教えを説き、善道へと導くべく力を尽くしてきたつもりだ。

そのわしを捕まえて、悪道に陥るとは、ようも抜かしてくれたものよ」

「ならば、なぜ叡山を降りられた？」

「お主の知ったことではない」

「では、聞き方を変えましょう。……貴殿は、叡山でなにを見たのですかな？」

その問いに、継潤は一瞬、虚を衝かれたように押し黙った。そして、ややあってから口を開いた。

「……知っているのか」

「それはもう、この目で見ましたからな。女人禁制の比叡山で、坊主たちがどれほど多くの女《おな》子《ご》を囲っておったか……いや、女子だけではない。酒もあれば双六もあった。不思議なことに彼の山門には、戒律や規則によって禁じられたはずのものが、なんでもあったのです。もっとも、今はそのほとんどが、我が織田軍の焼き討ちにより灰となってしまいましたが」

天台宗の総本山、王城（京都）鎮護の霊峰たる、比叡山延暦寺の堕落。吉政も噂には聞いていたが、どうやらそれが事実であることは、主君・継潤の苦々しげな表情から察せられた。秀吉は話を続ける。

「叡山に失望し、山を降りることに決めた。武士として身を立てることを思い、武芸や兵法について修練を積むうちに、たまたま、宮部家から養子の話が来た……左様なところですかな」

「それが、どうしたと言うのだ」ぎょろりと目を剝き、継潤は秀吉を睨めつける。「叡山の坊主どもを憎んでいれば、それを焼き払った織田家に親しみを覚えて、浅井家を裏切り、味方するとでも考えたか？　だとすれば、この善浄坊継潤も、ずいぶんと甘く見られたものだ」

「されば、この城を枕に、討死するのが貴殿の望みか」

怒りを露《あら》わにした継潤を前にして、秀吉はなおも悠然としている。敵城の中にいることなど、すでに忘れてしまったかのような態度であった。

「浅井の本拠・小谷城はすでに追い詰められておる。いかに貴殿が武辺に優れていようとも、いずれは凌ぎきれずに押しつぶされること、宮部殿ほどの将であればわかるはずじゃ」

「それは……」

返答に詰まり、沈黙する継潤に対して、秀吉はこう言った。

――汝《なんじ》は城にて本望をとげ給《たま》はむ事、九牛《きゆうぎゆう》が一毛成《いちもうなる》べし（『浅井三代記』）

もし、貴殿が望み通り、浅井家に尽くして戦い抜き、死して勇を示したとて、左様なことは、『九牛の一毛』に過ぎませぬぞ、と。


「……九牛の一毛とは、なんのことでしょう」

虎之助は身を乗り出して、吉政に尋ねる。

「なにやら漢籍の一節らしいの。叡山は寺院であると同時に、日ノ本有数の学林でもあるゆえ、そこで学ばれた我が主は、ああ見えて古典の類に明るいのよ」

「それで、意味は？」

「はて、なんだったか。以前、継潤様に教えて頂いたが……」吉政はしばらく考え込んだのち、

「ああ、思い出した。九牛というのはたしか、多くの牛のことよ。つまりは、その中の一本の毛のように、多数の中のきわめて小さな、取るに足らないもの……そんな意味であったはずじゃ」

吉政が語るには、その秀吉の言葉を聞いた途端、継潤は態度を軟化させ、ついには織田方への寝返りを約したのだという。たった一言で、そこまで心を動かされるなど、無学な虎之助にはどうにも理解しがたいが、

（要するに、あの男は欲に釣られたということであろう。九牛の一毛――取るに足らないものとして終わりたくないと、主家の浅井を裏切った）

胸中で、ますます疑念が強まっていく。虎之助はさらに話を聞きだそうと思ったが、肝心の吉政は、すでにかなり酔いが回っているのか、呂律が怪しくなっている。

「おお、そうじゃ、あの話を聞かせてやろうぞ。継潤様はな、若き頃、敵に射かけられた矢を、槍で……よいか、槍でだぞ、なんと三度も打ち落としたことがあってな……」

その話はさっきも聞いたぞ、などと、酔漢相手に言ったところで仕方がない。虎之助は曖昧な笑みを浮かべつつ、適当に相槌を打った。

（今夜は、ここまでやもしれんな）

あえて寝返りに関わる話を振り、揺さぶったつもりであったが、そう簡単にはいかないらしい。今日のところは、吉政の知遇を得ただけでも、満足すべきだろう。

この調子で懐に入り込み、あの生臭坊主の腹を暴いてくれようぞ。……盃の酒をすする振り

をしながら、虎之助は腹の底で、そう独りごちた。

四

機会は、思いのほか早く訪れた。この翌日、吉政が「折り入って話したいことがある。今宵、また宿所に来てほしい」と、言伝をしてきたのだ。吉政が、すっかり自分に気を許していることに、虎之助は内心ほくそ笑んだ。この分では、また酒でもたらふく呑ませてやれば、存外あっけなく、継潤の真意にも迫れるかもしれない。

夜を待って、再び吉政の宿所を訪ねる。だが、襖を開けた先で、虎之助は意外な光景を目にした。

「よう、虎坊」

宮部継潤が、そこに座っていた。いや、継潤だけではない。田中吉政、友田左近、国友与左衛門、伊吹三左衛門……宮部家の主立《おもだ》つ重臣たちが、その一室に集っていた。

「……どうして、あなたが」

呼吸が止まりそうになるほどの驚きの中、虎之助は辛うじて、その一言を絞り出した。

「まあ、突っ立ってないで座れよ。話はそれからだ」

継潤は微笑を浮かべてみせたが、射貫くような眼光は、虎之助を真っすぐ捉えている。逃げようなどと、考えないことだ。……言葉には出さずとも、暗にそう釘を刺されているのがわかった。

恐る恐る、虎之助は座についた。

「なあ、虎坊、お主のところの、飯田……蔵人とか言ったか。ああいう主人思いの家来に、妙なことを吹き込むものではないぞ」

盃に酒を注ぎながら、継潤は意味ありげに言う。

「蔵人が、なにか?」

「あやつが、昨日、わしのところに来たのだ。主人が妙な真似をしても、なにとぞご容赦下さいますようにといって、銭まで包んでな。聞くところによれば、お主、わしが羽柴家を裏切るのではないかと疑っていたそうではないか」

「なに……」

つまり、こちらの考えも動きも、継潤には筒抜けだったということか。虎之助は、思わず吉政の方を見やった。

「田中殿、お主もか」

「聞くまでもあるまい」

昨晩の油断しきった酔漢ぶりが嘘のように、吉政は冷ややかに応じる。

「気づかなかったか? 夜分、城中をうろつくお主を、わしはずっとつけていた。足軽どもが博打をしていたのは偶然だったが、声をかける理由はなんでもよかった。……もっとも、飯田蔵人の報せがなくとも、お主になにか存念があることは、態度を見れば明らかであったがの。

人に探りを入れるのなら、いま少し、本心を上手く隠すことだ」

「おいおい、あまり責めてやるなよ、久兵衛。若いときはそのくらいが、可愛げがあるというものよ」

継潤はくっくと笑いを漏らしつつ、愉快そうに盃をあおっている。探りを入れるつもりが、こちらが観察されていたというわけか。虎之助は屈辱に震えたが、いまは己の失態を振り返っている場合ではない。

「私を、どうするつもりだ」恐怖を押し殺し、正面の継潤を睨みつける。「私は聞いたぞ。この城は捨て駒だと、お主が出陣前に申していたのを。あれは、お主が敵方に内通し、城ごと差し出す存念あっての言葉ではないのか」

「なるほど、それでわしを疑っていたのか。ようやく合点がいったわ」

継潤は盃を置き、代わりに懐からなにかを取り出した。それは、二つの賽であった。

「虎坊、お主は勘違いをしている。たしかに、わしはこの雁金山城を、捨て駒と考えているが、それは、寝返るためではない。羽柴方の勝利のためだ」

「なにを言っている。羽柴方の勝利のためにも、この城は守り抜かねばならぬ要地……」

「いや、奪われたって構わないのさ。雁金山城を奪還するためか、あるいは、もはや勝利を諦め、華々しき戦ぶりで意地を示すためか、いずれにせよ、敵が鳥取城から軍勢を繰り出してきたとき……秀吉は、わしらを救うために援軍は出さない。全軍で、敵の本拠である鳥取城を叩き、確実に陥落させる。初めから、そういう取り決めになっているんだよ」

「なんだと……？」

虎之助は絶句した。

「馬鹿な、それではお主は、元から死ぬ気であったとでも言うのか」

「言っただろう、捨て駒だと。もっとも、必ず死ぬとは限らない」

手の中の賽を、継潤は弄《もてあそ》んでいる。

「敵がこのまま、兵を出さずに籠城を続け、冬が来る前に降参してくれれば、我らはこの戦の第一功だ。しかし別の目が出れば、十中八九、生きては帰れん。これは、そういう博打なんだよ。……もっとも」

継潤は顔を上げ、虎之助の目を見た。

「お主だけは、逃がすことになっていたがな」

――虎之助めが、雁金山城攻めに加わると言って聞かぬゆえ、やむなく許可した。が、出来得ることなら、折を見て、本陣への伝令をさせるとでも言って、逃がしてやって欲しい。あれはまだ年若く、死なせるには忍びない。

――わしは薄情な大将じゃな、継潤。お主にはこのような役目を任せながら、子飼いの武者の命が惜しくて、このようなことを申しておるのだから。いや、出来得ることなら、わしはお主も、むざと捨て駒にして死なせたくなどはない。

出陣前、秀吉からそう言われたのだと、継潤は語る。

「だから、俺はこう返したのさ。――雁金山城は捨て駒よ。このこと、決して忘れてはならぬ。

迷ってはならぬ、となｰ」

(あっ)

では、あのとき、己が耳にした会話の相手は、秀吉であったというのか。虎之助は一瞬、呆けたようになったが、すぐに我に返った。

「そんな戯言を、信じろというのか」

「ならば、どうする」継潤の口元から、笑みが消えた。「やはり、裏切りの疑いありとして、わしを斬るかね」

その言葉を受けて、宮部家臣たちはさっと顔色を変えた。田中吉政はすでに刀の柄に手をかけており、ほかの家臣たちも腰を浮かせ、いまにも虎之助に斬りかかりそうになったが、継潤は片手でそれを制した。手の中にあった賽が、板張りの床に落ちる。

「良い目をしているじゃねえか、虎坊。この状況でもまだ、隙をうかがうことを忘れていないとはな」

(見抜かれている)

虎之助は唇を噛んだ。だが、斬りかかろうにも、逃げ出そうにも、どこにも隙が見当たらないのだ。継潤は悠然と、しかし視線だけは虎之助から逸らさず、全てを見通しているかのような態度で座っている。

「……やはり、信じられぬ」

「うん？」

「お主がもっともらしく語った策とやらは、博打ですらない。いかに武功のためであっても、自ら命を投げ捨てて、敵を釣りだす餌にするなど、まるで割りに合わないではないか」

「ああ。武功のためだけであれば、そうであろうな」

含むように、継潤は言った。なにか他に、望みがあるとでも言いたげだ。

（……駆け引きはやめだ）

虎之助は、小さく息を吐いた。そして、己の太刀を引き寄せ、柄に手を掛けた。が、その刹那、誰よりも早く抜刀した田中吉政が、継潤と虎之助の間に割って入り、白刃をこちらの首筋に突きつけていた。

「なんの真似だ、小僧」

低い声で、吉政は質《ただ》す。だが、虎之助はその問いには答えず、継潤だけに視線を向けた。

「本心を教えろ、生臭坊主。この私に、殺されたくないのなら」

「ほう？　わしには、すぐにでも斬られそうなのは、お前の方に見えるが、違うのか」

「ああ、斬られるだろう。されど、もとより刺し違えるつもりで掛かれば、あるいは百に一つ、千に一つは、この刃はお主に届くかもしれぬ。それが嫌なら、答えてもらおう」

我ながら、無茶なことを言っている。こんな申し出を、継潤が受け入れるはずがないことはわかっていた。だが、今さらこの男に屈することだけは出来なかった。

（俺は、あの羽柴秀吉の子飼いの武者なのだ）

たとえ死ぬことになろうとも、臆した姿を晒せば、主人の恥になる。柄を握る手に力を込めつつ、継潤を睨みつける。ところが、斬り死にをも覚悟した虎之助に返ってきたのは、意外な答えだった。

「百に一つ、千に一つか。そいつは面白そうな博打だが、たとえそれが万に一つ、億に一つであろうと、今のわしはこの命を、ほかの賭けに使うわけにはいかぬのよ。……刀を引け、久兵衛」

「し、しかし」

「どのみち、わしらにはこいつを殺せん。生かして逃がせという、藤吉郎との約定を破ることになるからな。脅しても屈さぬとあらば、刀を突きつけても意味はあるまい？」

「………」

吉政は渋々といった様子で、刀を鞘に納め、元いた場所に座り直した。ほかの家臣たちも柄から手を離し、緊張を解く。一人、虎之助のみは、思いもよらない事態に、ただただ唖然とするばかりだった。

「虎坊、お前というやつは」継潤はにやりと笑い、落ちていた二つの賽に手を伸ばした。「きっと、いい博打打ちになるぜ。あるいは、この生臭坊主よりも」

そう言って、彼は賽を床の上へと放り投げた。出た目は、五と二の「七」。七半賭博なら、大当たりだ。

「……いや、やはり博打は、わしの方が上かもな」

五

はじめは、ただ、なんとなく、「大きなこと」がしてみたかった。片田舎の土豪の子として生涯を終えるよりも、王城鎮護の霊峰たる比叡山延暦寺で、僧侶の一員として励むことは、なにやら壮大で、ひどく魅力的に思えた。

しかし、実際の叡山は、少年の頃の継潤が、想像していたような場所ではなかった。戒律を無視して酒や女に溺れ、享楽にふける僧侶たち。山門内の権力や、俗世の権益の奪い合いに熱中し、そのために僧兵すらも動員する高僧たち。中には、己を禁欲的に律し、求道に励むような僧侶もいないではなかったが、継潤の目にはそれは、現実の問題から目を背け、山門の規律を律することも、世の人々を導くことも早々に諦めた——王城鎮護の責任を放り出した姿にしか見えなかった。

失望した継潤は、やがて山を降り、武将として生きる道を選んだ。その活躍ぶりから、北近江の有力者・浅井長政に招かれることとなったが、浅井家中もまた、継潤にとって安住の地ではなかった。いかに武功を挙げようとも、譜代の家臣ではないという理由で軽んじられ、蔑《さげす》まれ、あるいは妬まれた。また、主君の長政も、継潤の武勇を讃えこそするものの、では新たに城を与えるとか、身分を引き上げるかといえば、そういうつもりもないらしい。継潤の評価はあくまでも、前線の使える防壁という程度でしかなかった。

なんと小さく、せせこましく、下らないのだろう。つくづく嫌気が差したが、三十を過ぎ、もはや青年とは呼べない齢になっていた継潤は、「山門を降り、俗世で生きるというのは、こういうことだ」と、己を納得させるぐらいの分別は身についていた。浅井家のために戦い、意地を貫き、そして死ぬ。それ以外のことを、望むべきではないのだろう、と。

そんなときだった。使者に扮した秀吉が、継潤のもとを訪ねて来たのは。

「浅井家に尽くして戦い抜き、死して勇を示したとて、左様なものは九牛の一毛に過ぎない……藤吉郎はそう言って、わしを織田家に誘った。どうだ、意味がわかるか」

濡れ縁に腰掛けた継潤は、隣に座る虎之助に問いかける。

「以前に、田中殿に聞いた。多くの牛の中の、一本の毛の如く、取るに足らないことだと……」

「学《がく》がねえなあ、お前は」

苦笑しつつ、継潤は説明を続ける。

九牛の一毛とは、漢王朝（前漢）の官僚であり、中国初の通史『史記』の著者として知られる司馬遷《しばせん》が、友人へ送った書状に由来する故事だ。

かつて帝の怒りを買い、投獄された司馬遷は、死刑を免れるために宮刑（去勢刑）を選び、宦官《かんがん》となった。彼は、書状の中で語る。

――刑に服し、潔く死んだところで、世の人々は、節義を通したなどと讃えてはくれません。所詮、私のような小人の死など、多くの牛の中の、一本の毛を失うようなものです（九牛ノ一毛ヲ亡《うしな》フガ若《ごと》シ）。虫けらが野垂れ死ぬのと、なんの違いがありましょう。

そのような死よりも、司馬遷は大願である『史記』の完成のため、士大夫にとって死以上の屈辱である宮刑を受け入れ、生きることを選んだのだった。

秀吉が、あえて回りくどく漢籍を引用した理由、また、その裏に込められた真意を、当時の継潤は、すぐに理解した。

――お主には、この言葉の意味を察するだけの教養がある。己一個の意地と武名にしか興味がなく、大局を見ることも出来ない、木っ端武者どもとは違うはずだ。

――司馬遷は、『史記』を編むという大志のために、九牛の一毛が如き死よりも、汚辱にまみれた生を選んだぞ。お主はどうするのだ、善浄坊継潤。

あの男は、暗にそう言っているのだった。

秀吉という敵将は、味方の誰よりも、自分のことを調べ、理解し、評価している。九牛の一毛に過ぎないと諦めていた己に、「お主の才は、もっと大きな使い道がある」と呼び掛けている。……継潤にとっては、それは寝返るに十分過ぎる理由だった。

「わしの命は、十年前のあの日、藤吉郎にくれてやったのさ」

昔語りを終えた継潤は、喋りつかれた喉を潤すように盃をすすった。夜空には雲が多く、月は見えない。庭先の暗がりの中で、秋の虫たちが騒いでいる。

「もとより、浅井方の将として、死んでいたはずの男だ。今さら、我が身を惜しもうとは思わぬ。……ただ、お主がどう思っているか知らんが、わしはこの博打、勝つつもりでいるぞ」

「なにか根拠でも？」

「いいや、なにも。強いていえば、己の悪運の強さぐらいかね」

「………」

どうも、調子が狂う。虎之助は頭を掻いた。

継潤の秀吉に対する思いが、嘘か真実《まこと》かはわからない。だが、この生臭坊主の、らしくもない熱のこもった語り口に、すっかり毒気を抜かれてしまった。もはや、今さらこの男と、斬り結ぶ気など起こらなかった。

「継潤」

「なにかな」

「その首、しばし預けておいてやる。だが、忘れるな。秀吉様を裏切るような真似をすれば、私はいつでもお主を討つぞ」

「頼もしいことだ」

継潤は声を立てて笑い、盃をこちらに手渡した。そうして、なみなみと注がれた酒を、虎之助は即座に呑み干した。一息で呑んだせいか、胃の底が焼けるように熱く、頭がくらくらする。しかし、不思議と悪い気分ではなかった。

六

雁金山城を羽柴方に奪取され、唯一の補給路を失って以降、鳥取城の毛利勢は困窮を極めた。

人々は飢えのあまり、木の皮や犬猫、虫けらまで口にしたが、それすら長くはもたず、城中では餓死者が続出した。耐えきれなくなった雑兵らは、羽柴方の包囲陣の柵まで駆け寄って、助けてくれと泣き叫んだが、羽柴家の将兵に出来ることは、彼らを鉄炮で撃ち倒し、楽にしてやることだけだった。

この凄惨な状況の中、城主・吉川経家は、ついに開城を決意。自分の首と引き換えに城兵の助命を取りつけ、十月二十五日、三十五歳の若さで切腹した。

かくして、「日本弍《ふた》つの御弓矢堺《おんゆみやさかい》（織田と毛利、日本の二大勢力の境）」の大戦と言われた、鳥取城の戦いは終結した。

戦後、宮部継潤は、功により鳥取城代に任じられた。これは、因幡一国の差配を任されたも同然である。一躍、大名並みの立身を果たしたこの男を、うらやむ声も少なくはなかったが、

「さあ、ここからが大変だ」

城壁の修築を指示しつつ、継潤はぽつりと呟いた。その意味するところを、傍らの虎之助は、理解していた。

あの凄惨な兵糧攻めを行い、土地を踏み荒らした怨嗟を、継潤は領内の土豪や民たちから、一身に受けることになる。また、自分の命と引き換えに、多くの城兵を救った吉川経家を英雄視する声も高く、彼を死に追いやった、羽柴家の手先である継潤に、人々は容易に馴染もうとはしないだろう。そんな中で、人心を根気強くなだめ、荒廃した因幡一国を立て直し、統治を

安定させていかなければならないのだから、これほどの難事はなかった。

「今度の役目は、博打ではないから、運に任せることもできん。地道に、一つずつやっていくしかないだろう」

「ある意味では、雁金山攻めよりも困難な役目やもしれませんな」

「まったくだ。……まあ、そういうわけだからよ、虎坊」

継潤は虎之助の方に向き直り、

「もう少しこの首、わしに預けといてくれねえか」

「いいでしょう。しかし、あなたが秀吉様の期待を、裏切るようなことがあらば」

「ああ、そのときはいつでも、討ちにくるがいいさ」

継潤はそう言うと、虎之助に向かって、ひょいとなにかを投げてきた。反射的に受け止めたそれは、あの二つの賽だった。自分にはもう、博打はいらないとでも言いたいのか。あるいは、虎之助に何事かを託したつもりなのか。

突き返してやろうかとも思ったが、やめた。

「ありがたく受け取っておきましょう。下手な神仏よりも、よほど利益《りやく》がありそうだ」

なにしろ、己が一命を賭けて、勝ちを摑んだ博打打ちの持ち物なのだから。虎之助は懐に賽をしまい込み、踵を返した。土嚢《どのう》や木材を忙《せわ》しなく運びこむ人夫たちの間を、すり抜けるようにして歩き出す。

背後から、継潤が経を唱えるのが聞こえた。この地で斃《たお》れた数多の死者の、鎮魂を願う生臭坊主の声は、地上に染みついた血の臭いを払うように響き、澄みきった空に溶けていった。

鳥取城攻めの翌年、信長が「本能寺の変」で斃れ、天下の権が秀吉に移ると、継潤は城代から正式に鳥取城主となり、五万九百七十石の大名となった。その後、彼は奉行衆として行政に携わる一方、九州征伐の「根白坂の戦い」で大いに武功を挙げ、秀吉から「日本無双」と働きぶりを激賞された。

あの日、秀吉の誘いに乗らなければ、彼は日本無双どころか、九牛の一毛として滅んでいただろう。しかし、秀吉もまた、麾下にこの古参の臣がいなければ、あるいは、違う運命を辿っていたかもしれない。

いざ白雲の

一

「やはり、お腹を召して頂くほかあるまいて」

広間に居並ぶ朋輩たちに向けて、僧形の男が神妙に言った。困惑や不快感がそれぞれの態度に滲む。

「いきなり、切腹というのはどうであろう。仮にも、晴蓑《せいさ》殿は当家の御一門ぞ」

「一門なればこそよ。身内への処罰が手ぬるきものでは、天下に対し、無用の疑いを招こうというもの」

そこで、僧形の男は言葉を切り、上段の主君へと視線を移した。

「いかがでございましょう、龍伯様《りゅうはく》」

「……ふむ」

ああ、自分のことであったかと、少し遅れて気づく。龍伯などという法号を名乗り、髪を剃り落としてから、もう五年にもなる。だというのに、未だに耳になじまないのは、そう名乗る以前の半生が、あまりに苛烈だったからであろうか。

龍伯入道――薩摩《さつま》、大隅《おおすみ》、日向《ひゅうが》六十万五千石の国主・島津義久《しまづよしひさ》は、白髪まじりの眉を押し上げ、家臣たちの顔をゆっくりと見回したのち、口を開いた。

「幸侃《こうかん》の申すこと、たしかに、理が通っておる」

「お待ち下され、大殿」

雄弁を振るっていた僧形の家臣——伊集院《いじゅういん》幸侃に代わり、比志島国貞《ひしじまくにさだ》という男が声を上げる。

「晴蓑殿は、大殿にとって実の弟御《おとうとご》ではございませぬか。なにより、これまで島津の柱石であったお方に、謀叛人の汚名を着せて死なしめるなど……」

比志島の言うとおり、この評定で槍玉に挙げられているのは、法号を晴蓑、実名を島津歳久《としひさ》という、紛《まご》う事なき義久の実弟だった。

ときに、天正二十（一五九二）年、七月一日。

豊臣《とよとみ》秀吉によって天下が一統され、全国の戦乱が収束してから、もう二年にもなる。だが、そんな泰平の世にあって、この半月前、島津家を揺るがす事件が勃発した。

島津家臣・梅北国兼《うめきたくにかね》による反乱——世にいう、梅北一揆である。

同年六月十五日、国兼は突如として兵を挙げると、隣国の肥後《ひご》へ侵攻し、同国の大名・加藤清正の領地にある佐敷《さしき》城を占拠した。

島津家譜代の重臣であり、これまで数多くの武功を上げてきた国兼が、なぜこのような暴挙に走ったのか、義久には分からない。確かなのは、この挙兵は主家である島津のみならず、豊臣政権への反逆にほかならないこと、一刻も早く鎮圧し、始末をつけなければ、島津家に累が及ぶということだけだった。

義久は近隣の大名に協力を募り、挙兵からわずか二日後には一揆勢を壊滅させ、一揆に関与した将兵およびその妻子・縁者らをことごとく処断した。

こうして、一揆は終結したかに思われたが、事後の始末を進めていく中で、新たな問題が浮かび上がった。

義久の実弟・島津歳久が、この反乱に関与していたという疑いである。

「だいたい、伊集院殿は、軽々しう切腹などと申されるが」

比志島国貞は、もとより厳《いか》つい顔をさらに険しくして、伊集院幸侃を睨みつけた。両名は、いや、この場に居並ぶ者たちの大半は、伊集院と折り合いが悪い。この僧形の朋輩が、豊臣との外交担当として家中で重きを成している様に、

——さしたる武功もなき臆病者《やっせんぼ》が、偉ぶりおって。

と、かねてから反感を抱いているのだった。

「疑いなどと言うても、この一件における晴蓑（歳久）殿の関わりは、ただ、一揆勢の中に何名か、家臣が加わっていたというだけではないか。それが、晴蓑殿の命によるものだという証拠は、どこにもない」

「なるほど、道理にござるな」

伊集院はうなずいてみせたが、

「されど、晴蓑殿は大の豊臣嫌いじゃ」

「豊臣が嫌いなら、誰も彼もが謀叛人か？　ならば、わしがこの場で、太閤殿下を罵《のの》ればどう

する。やはりお主は、御家のために、腹を切らせろと申すか」

「どうも、比志島殿は心得違いをしているようじゃ」

伊集院はため息をつき、朋輩を冷ややかに見据えた。

「それがしが申しているのは、実際に晴蓑殿が、謀叛を企てたか否かではない。豊臣嫌いで知られたお方の家来が、一揆の一味に加わっていた。はたしてそれを、天下人たる太閤殿下はどう見なされるか」

「お、お主は……」

さすがの比志島も、言葉を失った。彼の思いと怒りを代弁するように、町田久倍《まちだひさます》という男が声を上げる。

「伊集院殿。つまりお主は、たとえ晴蓑殿が無実であっても、その首を差し出せと申すのか」

「島津家の行く末を思えば、やむを得まい。殿下の機嫌を損ねぬためにも、疑わしき者の処断は速やかに済ませるべきじゃ」

「仮にも主家筋のお方のことを、なんと心得る」

「ならば、貴殿にとって主家筋は主家より重うござるか」

「減らず口を！」

町田久倍の額に、太い血管が浮かび上がる。

険悪な熱をはらんだ空気が、広間の中で渦巻いていた。町田、比志島らは脇差を引きつけ、今にも伊集院に斬りかかりそうだ。

「いい加減にせぬか！」

見かねた義久が、そう一喝しなければ、彼らは本当に斬り合っていただろう。地位も高く歳も重ねた宿老たちであっても、薩摩隼人《はやと》の荒い血は抑えきれない。そのことは、齢《よわい》六十に至った今日《こんにち》まで、彼らを従えてきた義久が、誰よりも知っていた。

「わしの考えを言う」

一同がようやく、落ち着きを取り戻したのを見計らって、義久は言葉を継いだ。

「身内なればこそ、厳格かつ速やかな処断が必要だという幸侃の言は、なるほど、聞くべきところがあろう。……だが、わしは、此度の一件、晴蓑めが関わっていたとは、とても考えられぬ」

「はて？　それは……」

伊集院が訝《いぶか》しげに眉をひそめる。切腹に反対していた者たちも、主君のあまりに堂々とした断言に、かえって困惑したようだった。比志島国貞が、膝を進めて問いかける。

「大殿、理由をお聞かせ下され」

「なに、簡単なことじゃ」

義久は声を落とし、答えた。

「晴蓑が――あの島津歳久が、本気で智計を巡らし、勝算ありと見て兵を挙げたのなら、今ごろ、太閤の首は胴より離れておったであろうからよ。それともお主らは、まさか本気で、かように無様な蜂起が、あやつの策によるものと思うておるのか？」

異論の声は、一つとしてなかった。広間は、水を打ったように静まりかえった。

義久の主張は、裏付けのあるものではない。だが、その推察が、決して大げさでないことは、この場の誰もが理解していただろう。


かつて島津家は、その武威によって、九州一円を席巻した。

五年前、上方《かみがた》で勃興した秀吉に敗れたことにより、薩摩、大隅、南日向の三州に押し込められてしまったものの、もし、その横槍さえ入らなければ、今頃、九州は完全に島津の手に落ち、その勢力は中国や四国にまでも及んでいたことだろう。

義久の覇道を支えたのは、三人の弟たちだった。兄弟としての絆もさることながら、当主である義久も含め、この「島津四兄弟」がそれぞれ備えていた武将としての天稟《てんぴん》が、勢力拡大の原動力になったといえる。

義久の祖父であり、島津家中興の祖として名高い島津日新斎《じつしんさい》は、若き日の四兄弟の才幹を、次のように評した。

曰《いわ》く、長男の義久は、大国の主たる器量と仁徳を備え、
次男の義弘《よしひろ》は、武勇において万人に傑出しており、
四男の家久《いえひさ》は、極めて優れた軍略の素質を持っている。

そして、三男の歳久は、

——始終の利害を察するの智計、並ぶ者なし。

と評された。歳久は、城や陣地を取った取られたなどという眼前の利害だけでなく、常に戦後の展開や、周囲の勢力の動向を計算し、智恵と備えを巡らせてきた。『剛勇の次男』こと義弘や、『軍略の四男』こと家久の、華々しい武功に隠れがちであるが、この『智計の三男』はほかの兄弟にはない、隅々まで気を配り、大局を見定めて秤《はかり》にかける、冷静過ぎるほどの目を持っていた。

その歳久が、万が一、反乱の裏で糸を引いていたとすれば、たかだか数日で鎮圧されるような結果に終わるはずがない。その才智がどれほどのものかは、この場に集った家臣らのいずれもが、その目で直《じか》に見てきたはずだ。

「わしには、あやつが一揆に関与したなど、とても信じられぬ。まして、確たる証拠もないまま、死罪に処すなどもってのほかじゃ」

「左様に悠長なことでは、太閤殿下《はんばく》の心証にも関わりまする」

伊集院幸侃が、すかさず反駁する。

「事と次第によっては、鎌倉以来の名門たる島津が潰れかねませぬぞ」

「ならば、無実の者の首を差し出し、天下人に媚び入ることが、名門とやらにふさわしき振舞いか」

「されど……」

「控えよ、幸侃。これ以上の差し出口は無用じゃ」

なおも何事かを述べようとする伊集院を、義久は毅然と退けた。これ以上、この口達者な重臣と議論を続けたところで、事態はなにも進まない。

「まずは、晴蓑を呼び寄せ、直に話を聞く。各々、心得たか」

家臣たちは、うなずいて応じた。しかし、切腹に反対していた者たちの顔も、決して晴れやかなものではない。伊集院の言うとおり、この決断は、豊臣政権下における島津家の立場を危うくしかねないものだった。

（かまうものか）

剃りこぼした坊主頭に、手を当てる。こうして剃髪し、屈辱を呑み込んで秀吉に降《くだ》ったのは、弟を無為に死なしめるためではなかったはずだ。

評定は、終わった。


島津家の居城である内城《うち》は、薩摩半島の東岸、錦江湾《きんこうわん》に面した鹿児島《かごしま》という地域に築かれている。義久は、数名の供回りを連れて、城中の物見矢倉に登った。

遥か向こうには、海に浮かぶ向島《むこうじま》（桜島）が見える。南国の日差しを照り返すように、雄々しくそびえるこの火山島は、他国にもよく知られた名所であるが、国主たる義久にとってその存在は、必ずしも喜ばしいことばかりではない。

ただでさえ、薩摩は火山灰に由来する痩せた土壌（シラス台地）が多く、九州の最南端であるため台風もたびたび襲来する。そんな険しい風土の中で、ようやく作物が実ったとしても、向島の噴火に伴う降灰や噴石によって、台無しになってしまうことが少なくなかった。

それでも、この景色に愛《いと》おしさや懐かしさを覚えてしまうのは、なぜか。

（お前なら、どう答える？　歳久）

遠く、霞《かすみ》がかったような山容を眺めながら、義久はかつて、あの弟と共に矢倉に登った、若き日のことを思い出していた。

二

島津家が、内城に拠点を移したのは、今から四十二年前、天文《てんぶん》十九（一五五〇）年のことだ。この頃、すでに薩摩南部を制圧していた島津家は、同国北部と、錦江湾を挟んだ大隅国への侵攻を目論《もくろ》んでおり、海沿いで前線にも近い内城を本拠としたのだった。

「おお、見よ。向島より、煙が上っておるぞ」

当時、まだ十八歳だった義久は、矢倉からの景色に感嘆の声を上げた。山にかかった雲を突き破るほどに、もうもうと立ち上る巨大な黒煙は、まるで大人弥五郎《おおひとやごろう》（九州の伝説上の巨人）のようだ。

義久も含めた兄弟たちは、薩摩半島西岸の伊作《いざく》という地で育ったため、この火山島の噴煙を見るのは初めてだった。

「なんとも、勇壮にごわすな」

そう答えたのは、二つ年下の次男・義弘（忠平《ただひら》）だ。齢十六にして、すでに堂々たる偉丈夫の体つきを備えた『剛勇の次男』は、この光景がよほど気に入ったらしく、「かような珍しき眺めは、唐天竺《からてんじく》にもありますまい。まったく、なんと見事なものじゃ」と、矢倉から身を乗り出すようにして、飽くことなく眺め続けている。

「ふむ。お主は、どう思う」

そう言って義久は、次男よりさらに二つ年下の、歳久にも問うてみた。前髪を落として間もない、十四歳の三男坊は、齢に似合わない、ひどく大人びた口ぶりで、

「さて、分かりませぬな。眺めの善し悪しなどは」

そう素っ気なく答えるばかりで、ろくに景色を見ようともしない。

「鈍《にぶ》か奴じゃの」

次男の義弘が、不快感を露わにする。

「これだけのものを見て、なにも思わぬか」

「どうも、兄上らのようには」

そこで、歳久は微かに口元を歪め、信じられないことを言いだした。

「私は、物見矢倉に立ちながら、戦以外のことを考えられるほど、呑気にはなれませぬ。島津歳久は、歌詠みではなく武士《もののふ》なれば」

「なんじゃとっ！」

義弘はかっと目を見開き、歳久の襟首を引き寄せた。長身の兄に、丸太のような腕で締め上げられ、歳久の足は宙に浮きかかっている。

「小童《こわっぱ》が、舐めた口ばききおって」

「舐めてなどおりませぬ」

剣幕に臆することなく、歳久は兄を真っ直ぐに見据えた。

「この矢倉は、海の向こうから大隅の敵が攻めて来ぬか、その動静をうかがうためにあるのです。そんなところで、島津の子らが物見遊山の如く、緩んだ姿を晒《さら》していれば、家中に示しがつきませせぬ」

義久は、耳を疑った。いまの言葉は本当に、この幼い弟の口から発されたものなのか。驚きのあまり、止めることも忘れて呆然としたが、すぐ我に返り、間に入って二人を引きはがした。

兄の腕から抜け出した歳久は、即座にその場でひれ伏した。

「出過ぎたことを申しました。なにとぞ、ご容赦を」

その所作もまた、どう見ても、十四歳の少年のものではなかった。義弘もすっかり怒気を挫《くじ》かれ、ただただ目を丸くしている。

この弟は昔から、童《わらべ》にしては愛想がなく、妙に落ち着いているところがあった。生まれつき、大人しいだけだと思っていたが、どうやら、そうではないらしいと、義久はこのとき初めて気づいた。


そんな歳久も、この四年後には初陣《ういじん》を終え、一端《いっぱし》の将の顔をするようになった。愛想の悪さは童のころと変わらないが、まだ二十歳にもならないのに、言動や立ち振る舞いには『智計の三男』らしい思慮深さが漂い始めている。

そのくせ、ひとたび戦場に出れば、普段とは人が変わったような勇猛さを見せ、常に最前線に駆け入っては、手ずから槍を振るって戦った。

「さては、又四郎《またしろう》（義弘）と勇を競っているな？」

あるとき、少しからかってやるつもりで、義久は尋ねてみた。

そうだとすれば、歳久も意外に、可愛いところがあるものだ。この無愛想で、大人びた弟にも、年相応の嫉妬心や劣等感があったことになる。

ところが、歳久は兄からの問いかけに、

「まさか。『剛勇の次男』と張り合おうなど、考えたこともありませんよ」

顔色一つ変えず、そう答えた。最初は、強がっているのかとも思ったが、歳久は少しも淀《よど》みなく、すらすらと己の考えを語った。

「又四郎兄者の武勇は、日新斎様のお言葉の通り、万人より傑出した、天賦の将才によるもの。武勇や胆力はもちろんのこと、類《たぐ》い稀《まれ》なる駆け引きの勘所は、とても余人が比肩し得るものではござらぬ。仮に勇や功を競うにしても、いま少し相手を選び申す」

「ならば、どういう理由《わけ》じゃ」

「変わった理由などありませんよ。ただ、私が、薩摩の武士というだけのこと」

薩摩の武士は、戦場での死をなによりも誉《ほま》れとする。

それも、たとえば犬死にか否か、あるいは忠死か否かといった、死にまつわる意義や名分などは、まったくといっていいほど区別されない。

――（薩摩の）武士は戦場に於《お》いて、死を致す者とのみ覚えて死する。

そう古くから言われるように、薩摩の武士はただ、戦場で死ぬものなのだ。そこに異論の余地はなく、当主以外の将兵にとって、自らの命は刀槍や弓鉄砲と同じく、敵を打ち倒すための道具の一つに過ぎない。

この、常軌を逸した苛烈な士風が、六十余州の中でも屈指の勇猛さを誇る、「薩摩隼人」たちの根底に流れている。

「武士と生まれたからには、家中の手本となるほどの戦ぶりと、死に様を示したい。島津の一門であれば、なおさらです」

そう、淡々と語ってみせた歳久の存念は、薩摩では普通の考え方だ。ただ、齢十八でここまで迷いなく、己の死について言い切れる者は、いかに勁烈《けいれつ》で鳴る島津家中にも、そう多くはないのではないか。

達観と言えば聞こえはいいが、歳久はこの若さで、あまりに諦めが早すぎる。はじめから義弘と競おうともせず、己の命運と役目は、戦場で死ぬことだけと決めつけている。いや、自らの器量のほどを、見切ってしまっているのか。

薩摩に生まれた者として、その思いを、否定すべきでないことは分かっている。ただ、義久はどうしたわけか、褒めてやる気にはなれなかった。

だが、この歳久の「望み」は、予期せぬ形で断たれることになった。

この翌年――天文二十四（一五五五）年正月、大隅国の攻略を進める島津家は、同国の領主である蒲生《がもう》氏の支城・北村《きたむら》城を攻めた。

しかし、敵方の必死の抵抗によって、島津方は大敗してしまう。総崩れとなった島津勢を、勝ちに乗じた蒲生勢は激しく追撃した。その乱戦の凄まじさは、総大将である父・貴久《たかひさ》や、世子の義久でさえ、自ら刀を取って戦わねばならなかったほどだ。

ようやくの思いで撤退した島津軍の被害は、決して小さなものではなかった。多くの重臣が戦場に倒れ、次男の義弘も肩の肉を鉄砲でえぐられ、数日は箸を取ることさえままならなかった。

それでも、歳久の傷に比べれば、まだましであったろう。

混乱の中で踏みとどまり、敵勢を必死に斬り防いだ歳久は、その勇戦の代償として、無数の傷を負った。特に、矢で射貫かれた左足が重傷であったが、幸いにも命に別状はなく、一年も経つころには傷も完全に塞がり、歩行にも支障はなかった。

だが、この負傷以降、歳久の手足は時おり、急に痺《しび》れが出るようになった。

医師の診断は、風疾。「発作」は、生活に支障が出るほど頻繁ではなかったが、一瞬たりとも気を抜くことが許されない、白刃の前に我が身を晒す武将としては、この病は致命傷に近い。

これよりのち、歳久が前線に出る機会は、徐々にではあるが、確実に減っていった。

薩摩隼人として、島津の一門として相応《ふさわ》しい死に場所を得るのだという、彼のたった一つの望みは、こうして打ち砕かれたのだった。

しかし、皮肉にもこの病により、やむなく前線から遠のいていったことが、歳久の『智計の三男』たる才能を目覚めさせることとなった。

三

北村城の戦いからおよそ十年後、義久は家督を継承する。

以後、島津家はその勢力を急速に広げ、『剛勇の次男』義弘や、兄たちとは十歳以上も齢の離れた『軍略の四男』こと末弟・家久らの活躍により、日向伊東《いとう》氏、豊後大友《ぶんごおおとも》氏、肥前龍造寺《ひぜんりゅうぞうじ》氏といった有力大名を次々と打ち破り、武名を天下に轟《とどろ》かせた。

兄弟たちが前線で華々しく武功を挙げる一方、三男・歳久の活躍の場は、後方にあった。

たとえば、評定。

そもそも島津家は、名門の常として、大身の重臣や一門の発言力が強く、当主の義久といえども、彼らの意向を無視できない。独断で押し切ろうとすれば、義久を憎んだ重臣が謀叛を起こす恐れもあるが、かといって、急を要する場面でも配慮と調整に時を割いていれば、それが原因で敗亡を招くこともあり得る。

そうしたとき、義久に代わって評定で発言するのは、いつも歳久だった。事前に相談などなくとも、この弟はまるで義久の内心をのぞき見たかのように的確に代弁し、しかも兄以上の鋭い舌鋒をもって、憎しみや反発を向けられることも厭《いと》わず、家臣たちを説き伏せた。

それでも、あくまで意固地に従わぬ者がいると、

「ここまで談じても答えが出ぬのならば、神慮《しんりよ》に問うよりありませぬ。いずれの意見を是とすべきか、神前で籤《くじ》を引き、伺《うかが》いを立てることといたしましょう」

驚いた義久は、評定後、この弟を呼び寄せて問い詰めた。

「なにを考えておるのじゃ。重要な評定を、籤で決するなど……」

「兄上も、お人がよろしい」

歳久は口の端に苦笑を浮かべ、

「籤など、いくらでも細工のしようがありましょう。あらかじめ、望んだ結果が出るように仕込んでおけばよい」

そう平然と言うものだから、義久はますます驚いた。神を騙《かた》り、味方を謀《たばか》る。よもや、主家がこんな悪謀に手を染めようとしているとは、家臣らは思いもよらないだろう。

神罰が、恐ろしくないのか。義久が発そうとしたその問いを、この弟は見透かしたかのように、

「なに、ご安心めされよ。神罰が下るとすれば、謀《はかりごと》に手を染める、この歳久に対してでしょう。兄上はなにも考えず、ただ籤を引いて、その結果を家臣らにお伝え下され」

そう言って、この話題を打ち切った。

こうして「神慮」により方針が決定したのちも、歳久の仕事は終わらない。

島津家が版図を広げ、戦線を拡大する中で、動員される兵力は膨れあがった。それに伴い、兵糧や矢玉といった物資の需要も、際限なく増大し続けた。

その供給を後方で取り仕切ったのが、歳久だった。薩摩隼人たちがいかに勇敢でも、空きっ腹では戦えない。どれほどの大軍を率いたところで、兵站《へいたん》が滞《とどこお》れば、戦場にたどり着くことさえ出来ない。

島津軍の連戦連勝は、決して表に出ることのない、歳久の働きによって支えられていた。戦場における勝利を成し遂げたのは、義弘、家久ら前線の指揮官たちだが、九州全体の戦局を運営していたのは、この『智計の三男』にほかならない。

ここが、己の戦場だ。

帳簿に目を走らせながら、物資の計算を進めている弟は、言葉には出さずとも、そう言っているように見えた。

「晴蓑《せいさ》、か」

過去への追想から、義久は我に返る。同時に、なんとはなく、その名が口を突いて出た。島津家が秀吉に敗れて降伏した際、義久が剃髪して龍伯と称したように、歳久も法号を名乗った。

晴蓑、晴れの日の蓑《みの》（雨具）。なぜ、そんな奇妙な名をつけたのか。歳久自身は、

――病がちで、さしたる用にも立たぬからですよ。ちょうど、晴天《せいてん》の下の蓑のように。

などと冗談めかして語っていたが、きっと、本当の意味は別にある。

あの弟は、雲一つない空の下でも、ひそかに雨を見越し、あらかじめ皆のために蓑を編んでおくような男だった。そのくせ、自分のための蓑は用意せず、いつも黙って雨に打たれる。

そんな歳久が、謀叛の一味などであるはずがない。義久は兄として、主君として、誰よりもそのことを知っていた。

四

七月十六日。重臣たちとの評定から、十日以上が過ぎた。

この日は、早朝から雨が降り続けていた。激しく注ぐ雨粒が、地面や屋根板に当たって砕け散る。だが、その音は、義久の耳には届いていなかった。

「いま一度、よろしいか」

震える声で、そう問い返す。血の気が引いているのが、自分でも分かった。

正面に座る男——秀吉の御伽衆《おとぎしゅう》、細川幽斎《ほそかわゆうさい》は、手にした書状を広げ、

「しからば、申し上げまする」

そう言って、先ほどと同様の文言を、再び読み上げ始めた。内容は、次のようなものだ。

去る五日、お主からの報告書を確認した。

梅北国兼の反乱を早々に鎮圧し、一党を処断したことは感心である。しかしながら、その中

に歳久の家臣が加わっていたことは度しがたい。

そもそも、かの歳久は五年前の九州征伐に際して、予の意に反し、数々の曲事《くせごと》を働いた男である。本来ならば、そのときに首を刎《は》ねてもよかったが、お主や義弘の殊勝な態度に免じ、あえて罪に問わなかったのだ。


そして、この書状の差出人――太閤、豊臣秀吉は、島津義久にこう命じる。

――家道院《けどういん》ヨリ、首ヲ刎ネ出《いだ》ス可《べ》ク候《そうろう》（歳久の首を刎ね、差し出すように）。


いま、自分はどんな顔色をしているのだろう。きっと、蠟《ろう》のように真っ白になっているに違いない。

「殿下の仰《おつしや》る曲事とは、いかなる意にござろうか」

ようやく絞り出した声は、ひどくかすれていた。

「しからば、ご説明いたそう」

幽斎の顔つきは、固い。島津家とも親交があり、義久にとっては歌道の師でもある彼は、複雑な胸中を押し殺すかのように、事務的な口ぶりで説いた。

秀吉の指摘する「曲事」は、大きく二つ。

一つは、島津家が豊臣に降伏した際、義久、義弘は秀吉の御前に参上し、臣従の礼を取ったが、歳久は仮病を使って居城に籠もり、使者を通して臣従を申し入れただけで、自身は未だに拝謁《はいえつ》をしていないこと。

もう一つは、秀吉が歳久領である「祁《け》答院《どういん》」を通過する際、山賊をけしかけて矢を射かけさせたことだという。

「これは、異なこと」

つい、義久は眉をひそめた。

「弟は仮病などではござらぬ。そのことは、幽斎殿もご存じのはず」

歳久が風疾を患《わずら》ってから、三十年以上が経つ。病状の進行は、当初こそ緩やかであったが、相次ぐ戦乱の中で、長年に渡って無理を重ねてきたことが祟《たた》ってか、五、六年前より急激に悪化した。

手足の痺れは、いまや歩行も困難なほど重くなっている。九州征伐の頃も、容体は決して軽くなかった。

「まして、山賊をけしかけたなど、話にもなりませぬ。たしかに、世間にはそのような噂もあるが、晴蓑が命じた証拠など、どこにも残っておらぬはず」

「その世間が、馬鹿にならぬ」

幽斎の声色に、悲痛な響きが滲む。

「殿下は、ご自分の憎しみだけで、晴蓑殿に死罪を命じたのではない。此度の処断は、豊臣の威厳、天下の秩序を守らんがためのもの」

天下人に公然と刃向かい、意地を貫いた反骨の将。当人にそのつもりがなくとも、歳久は世間の人々、さらには島津家中からさえ、そのような目で見られている。だからこそ、歳久の家臣の反乱参加について、もし秀吉が手ぬるい裁定を下せば、諸国から豊臣政権への侮《あなど》りを招き、ひいては梅北一揆どころではない大規模な反乱を誘発する恐れさえあった。

「特に、いまは豊臣家にとって大事な時期じゃ。理由は、言わずともお分かり頂けよう」

幽斎の言葉の意図するところを、義久はすぐに察した。

いま、豊臣家は、

——唐入《からい》り

という、対外戦争の最中にある。天下を統一した秀吉の野心は日本に留まらなかった。かの天下人は、朝鮮《ちょうせん》、明《みん》（中国）への侵攻を掲げ、全国の大名を動員し、海の向こうへと差し向けた。

当然ながら、島津家も陣触れに応じ、軍勢を渡海させている。なお、現在の島津家は、家中にあっては「大殿」義久が頭領、対外的には「陣代」義弘が代表という二頭体制であるため、此度の出兵も義弘が受け持っていた。

戦は今年の三月に始まり、当初、戦況は豊臣方が優勢だった。しかし、今月に入った頃から、朝鮮方の水軍の反撃が激しくなり、豊臣方は制海権を脅かされ、前線への補給が困難になりつつある。

このため、諸将の間では徐々に、厭戦気分が漂い始めているという。梅北国兼が挙兵をしたのも、あるいは、この対外戦争への反感のためかもしれない。

秀吉が、権威の維持に必死になるのには、こうした背景もあった。

「晴蓑殿も、朝鮮へ渡り、武働きによって忠誠を示すことが出来れば、太閤殿下の御勘気も和《やわ》らぎ、助命もあり得たかもしれぬが」

「されど、それは……」

あの弟にとって、遠回しな死罪と変わらない。歳久の病状を鑑《かんが》みれば、武功を上げるどころか、朝鮮への渡海自体が拷問に等しい。

結局のところ、選べる道は、はじめから一つしかない。だが、これほど理不尽な話があるだろうか。多年に渡って、島津家を支え続けてきたあの弟は、身に覚えのない罪と汚名を着せられ、逆賊として死ぬことになる。それも、ほかならぬ、実の兄の命令によって。

「龍伯殿、あえて申し上げる」

険しげに沈黙する義久を案じたのだろうか。幽斎は使者の仮面を脱ぎ捨て、一人の知己の顔をして言った。

「躊躇《ためら》われるのは、ごもっともなこと。されど、晴蓑殿を庇《かば》おうとなされば、島津家は間違いなく取り潰しとなろう。それは貴殿ら兄弟の、今日までの戦いの意味を、まったく無にすることに等しい」

左様なことは、弟御も本意ではござるまい。あえて強い語調で、幽斎はそう諭した。

「…………」

頭が、熱病に侵されたように重い。為す術《すべ》もなく、義久は天井を仰《あお》いだ。そのときになって、初めて自分が、涙を浮かべていることに気づいた。

書状の日付は、七月十日。

それは奇《く》しくも、歳久が兄の招きに応じて、居城を発ったという日と同じだった。さらに皮肉なことに、秀吉の命が伝えられたこの日、細川幽斎の退去と入れ違うようにして、彼は鹿児島に到着した。

雨は、夕刻に差し掛かる頃には上がっていた。障子越しに注ぐ陽光は、鮮血のように赤かった。

最後に顔を合わせたのは、年始の祝賀のときだったか。広間に現れた弟は、そのときよりも、さらにやつれたようだった。

家臣に半身を支えさせ、杖をついている。齢は、上段に座る義久より、四つ下の五十六歳だが、その弱々しい立ち姿は、七十を過ぎた老父のようだ。居城である虎居《とらい》城（宮之《みやの》城）からの十里（約四〇キロ）あまりの道のりでさえ、決して楽なものではなかっただろう。

それでも、歳久は、

「お主は下がっておれ」

己が身を支える家臣に、毅然とそう命じた。

「されど、殿……」

「議《ぎ》を言《ゆ》な。俺《おい》に、恥ばかかせるつもりか」

その声には、往年と変わらない、静かながら力強い響きがあった。恐縮して家臣が引き下がると、歳久は這うように緩慢な歩みではあったが、板敷きの床に杖を突きながら、己一人で進み出て、義久の正面に腰を下ろした。

荒く乱れる息をごまかすように、笑みを浮かべてこちらを見る。落ちくぼんだ目の奥には、病態に不釣り合いなほどの精気が宿っている。

「島津左衛門《さえもん》入道晴蓑、お召しにより参上仕《つかまつ》り申した」

その振る舞いの見事さに、義久は胸を締めつけられる思いがした。なぜ、この男を、死なせなければならないのだ。

「お主を呼び寄せたのは、ほかでもない」

「……………」

歳久は押し黙ったまま、次の言葉をじっと待っている。しかし、義久はどうしても、その続きを口にすることが出来なかった。

幾千幾万にも及ぶ敵味方の屍を、戦場に積み上げてきた。だというのに、たった一人の命を奪うことへの躊躇を、この期に及んでまだ捨てられない。

そんな己を、見かねたのだろうか。

「お気に病まれますな、兄上」

歳久は、ふっと表情を緩め、穏やかに言った。

「すでに、覚悟は出来ておりました。秀吉が、私を殺さぬ理由などない」

「……濡れ衣なのだな」

「だとしても、家臣が一揆に加わったのは、私の不行き届きゆえ、申し開きのしようがありませぬ。私が天下人であっても、恐らくは同じ命を下したことでしょう」

背筋を伸ばし、胴服《どうぶく》の襟を正して、歳久はこちらへ向き直った。

「大殿、お命じ下され。国主として、私への沙汰を」

義久は、奥歯を強く嚙みしめた。逃げることは、許さない。罰せられる立場にあるはずの弟は、そう言わんばかりに険しく、兄を見据えている。

分かっている。その覚悟に応えてやれるのが、自分だけであることぐらい。義久は顎を引き、眉根を寄せた。そして、ゆっくりと口を開いた。

「お主の妻子や家臣のことは、身が立つよう計らう。もし、改易を命じられたとしても、替え地を用意し、必ず家を残す」

それゆえ……と口にしたところで、再び葛藤が首をもたげる。止めろ、言ってはならぬ。耳元でささやく言葉をかき消すように、義久は声を大きくした。

「それゆえ、島津のために死んでくれ、歳久」

「ははっ」

深く頭を下げ、歳久は拝礼した。

「身に余るご厚誼《こうぎ》、かたじけのうございまする。この御恩、歳久は死したのちも忘れませぬ」

その晩、義久は居室に弟を招き、二人だけで盃を交わした。歳久の切腹は、明日の朝だ。兄弟で語らうのは、今夜が最後になる。

ただ、どちらも明日のことには触れず、他愛もない思い出ばかりを話した。たとえば、次男の義弘が、ああ見えて非常な愛妻家で、やれ「今晩もそなたの夢を見て嬉しかった」だの「返事が届くのが待ち遠しい」だの、甘ったるい手紙を戦場から書き送っていたこと。

あるいは、四男の家久が役目により上洛した際、横柄《おうへい》な関守を殴って無理矢理に押し通るなど、道中のあちこちで無茶を働いたらしく、あとで話を聞いて冷や汗をかいたこと。

「そういえば、兄上は覚えておられますか。ほら、私がこっぴどく叱られたときの……」

「なんのことじゃ」

「馬の話ですよ。あのときは、家久のやつがまだ、こんな童で」

「ああ……」

もう三十年以上も前のことだろうか。義久も歳久もまだ年若く、年の離れた家久に至っては、十代の少年だった。

『軍略の四男』こと島津家久は、初陣でいきなり兜首を上げるなど、早くからその才能の片鱗を見せていた。長兄の義久は、末恐ろしいと思いつつも、この末弟の成長を頼もしく感じていた。

ただ、家久は年のこともあってか、少々、生意気なところがあり、たとえば軍議の場で、

「その策では、ここに無用の隙が生まれ、本陣が危うくなりまする」

「貴殿は、敵の後詰めを失念しておられませぬか」

などと、自分の父や祖父のような齢の重臣たちに対しても、臆せず物を言いすぎてしまうとが、しばしばあった。義久は何度かたしなめたが、この天才的な軍略家も、心根は年相応なのか、

「では、私が間違っているとと仰せられるのですか」

と、かえって意固地になってしまうことがあり、なんとも扱いづらかった。

そんな時期の、ある日。義久ら四兄弟が、たまたま厩《うまや》の前を通ったとき、歳久が不意に足を止め、

「又四郎兄者が、近ごろ手に入れたという馬は、これでしょうか」

「おうよ、見事なものじゃろう」

義弘は胸を張り、誇らしげに言った。厩に並ぶほかの馬に比べて、義弘の馬は明らかに大きく、毛づやも良い。

「わざわざ、奥州《おうしゅう》より牝馬《めうま》を取り寄せて、薩摩の種馬と掛け合わせたものじゃ。武士ならば、薩摩隼人こそ天下一じゃが、馬ばかりは東国に軍配が上がろうな」

「なるほど。馬の性質《たち》は母親に似るものと申しますが、合点が行き申した。あるいは……」

そこで、歳久はちらりと家久を見やり、

「馬だけでなく人も、同じかもしれませんな」

傍らで聞いていた義久は、ぎょっと目を見開いた。

実は、四兄弟の中で末弟の家久だけは、側室が生んだ子だった。お前は妾腹《めかけばら》だ、兄たちとは違う。歳久は、そう当てこすっているのだ。

生意気な家久も、さすがに青ざめ、屈辱に肩を震わせている。見かねた義久は、

「それは違うぞ、歳久」

と、この三男をたしなめた。

「馬と人は違う。人は、その者の心がけ次第で、いかようにも変りうる。母の違いなど、些細《ささい》なことじゃ」

「左様なものですか」

歳久は反論するわけでもなく、これ以上、その話には触れなかった。しかし、あとになって、義久はこの『智計の三男』の、らしくもない軽率な物言いが気にかかり、「あれは、どういうつもりだったのだ」と問い詰めた。

「なに、簡単なことですよ」

歳久は肩をすくめ、

「ああ言えば、家久は私を憎む一方で、庇ってくれた兄上を敬慕するようになる。さすれば、あの生意気な童も、少しは兄上の言うことを、素直に聞き入れるようになりましょう」

義久は、唖然《あぜん》とした。この『智計の三男』は、兄が家久を庇うことまで見越した上で、あの

ような侮言を吐いたというのだ。

その機知に、感嘆しなかったわけではない。しかし、それ以上に、腹が立ってしかたなかった。この弟は、病を患って以来、ずっとこうだ。兄や島津家のためなら、自分などはどうなってもいいのだと、本気で思い込んでいる。

「お前というやつは」

気がついたときには、義久は弟の胸ぐらを引き寄せていた。自分から、これほどの大声が出るのかと驚く余裕もなく、獣が吼《ほ》えるような勢いで怒号を発する。

「いつもいつも、己一人で勝手に背負い込みおって。わしの気持ちはどうなる？　お前一人を犠牲にして、それで敬慕されたところで、どうして喜べる？　わしが、なにも感じないと、心苦しうないとでも思ったか」

「兄上、心苦しいとか、そういう話では……」

「そういう話をしているのだ、わしは。家臣や一族とさえ、殺し合わねば生き残れんような乱世にあって、なぜ血を分けた兄弟同士が、わざわざいがみ合わねばならんのじゃ」

その後、義久はこの三男を引きずるようにして、家久の部屋を訪ね、事情を説明した。この末弟は、歳久の詐略を聞かされると、

「なるほど。兄上も思いの外《ほか》、細かく知恵の回るお方ですな。よもや、私を出し抜かれるとは」

と、心底から感心したように言った。皮肉ではなく、家久はごく自然に、才知において自分が一番優れていると思っていたらしい。生意気どころの騒ぎではないが、少しも嫌味なく、あ

っけらかんと言うので、義久は怒るに怒れなかった。

傍らの歳久は、「ほら、やはり少しぐらい、へこませてやった方がよかったでしょう」とでも言いたげに、非難がましくこちらを見ている。まったく、どいつもこいつも、身勝手な弟たちよ。義久はただただ、深くため息をつくよりなかった。

「穏やかな兄上が、あんな剣幕で怒られたのは、後にも先にも、あのときだけだったように思います」

「いや、わしは何度も叱ったぞ。お前が聞き流しておっただけじゃ」

「はて、そうでしたかな」

空とぼけるように、歳久は盃をすすった。

膳の上には、彼の好物である蛸《たこ》の膾《なます》があるが、ほとんど手をつけていない。腹を切ったときに、中から見苦しく漏れないよう、なるべく食物を入れないようにしているのだろう。

考えまいとすればするほど、義久の頭にはどうしても、明日のことが浮かんでしまう。

末弟・家久は、豊臣に降伏した直後に体調を崩し、まだ四十一の若さで病没した。そしていま、もう一人の弟が、兄を差し置いて先立とうとしている。

「強がりと思われるやもしれませぬが、私は嬉しいのですよ」

兄の葛藤を、またもや見透かしたように、薄く微笑《ほほえ》みながら歳久は言った。

「こんな身体の私が、家のために役立って死ねる。病に蝕《むしば》まれ、布団の中でもがき苦しむより、よほど甲斐のある最期です。向こうで家久から、妬《ねた》まれるやもしれませんな」

「お前は、いつもそうじゃ」

吐き捨てるように言って、義久は盃を呑み干した。


そして、ついに運命の朝が来た。歳久の最期を、義久はしかと見届けるつもりでいた。

ところが、いざ切腹の場に向かおうとしたとき、耳を疑うような報せがもたらされた。

歳久が、消えたというのだ。

近習《きんじゅう》の報告によれば、城中の宿所には当人はおろか、その家臣すら、影も形もなかったという。

「恐らくは昨晩のうち、ひそかに城中より脱け出されたものと思われます」

「馬鹿を申すな」

義久はうめいた。

「左様なことが、あってたまるか」

昨晩、あれほど涼やかに覚悟を語って見せた歳久が、そのような見苦しい真似をするなど、とても信じられなかった。第一、自身の病態では逃げようにも逃げ切れぬことぐらい、あの『智計の三男』に分からぬはずがない。

義久は、わけが分からなかった。だが、追っ手を出さぬわけにはいかない。すぐに重臣たちを集め、街道の封鎖と、歳久の捕縛を命じた。

「よいか、殺すでないぞ。生きたまま鹿児島へ連れ戻し、この内城で腹を切らせるのだ」

「大殿」

町田久倍が、問い返す。

「もし、晴蓑殿がお手向かいなされたときは、いかがしましょう」

その可能性は義久の頭にもあった。考えたくはないが、万が一、そのような事態になれば、無傷で捕らえることなど不可能だろう。

「そのときは、お主らに任せる」

「御意のままに」

町田はうなずき、踵《きびす》を返して部屋を出た。ほかの重臣たちも、次々とそれに続く。

「なぜだ、歳久……」

呆然と、虚空に向けて問いかける。無論、答えはどこからも返ってこなかった。


その後、義久は内城で、歳久の最期を報された。

鹿児島を脱した歳久一行は、居城への帰還を目指したらしい。しかし、すでに街道が塞がれていると知ると進路を変え、竜ヶ水《りゅうがみず》という地で追っ手を迎え撃った。

歳久の家臣たちは、必死に戦ったが、多勢に無勢であり、次々と討ち取られた。

「晴蓑殿、この期に及んで主命に背《そむ》くとは、ご乱心めされたか」

追い詰められた歳久に向けて、追っ手の一人が声を上げる。すでに歳久は、歩くことも立ち

続けることも出来ずに、うずくまるように座っていたが、気迫は衰えず、

「黙れ、下郎！」

と大声で怒鳴り返した。

「乱心など、しちょるものか。俺《おい》は、満足しちょっど。戦場《ゆっさば》で死ぬことこそ、薩摩ン武者の本懐……いま、この場こそが、俺が死ぬるに相応しき、俺の望んだ戦場よ」

「愚かな、それでも智計並びなしと称えられたお方か」

「いかにも。これが、『智計の三男』のなれの果て、そして、最期じゃ」

そう言い捨てると、歳久は脇差を抜き、自害しようとしたが、折悪しく、持病の発作によって手が痺れて力がこもらず、腹に刃を突き立てることが出来ない。

「誰やある、我が首を討て。討って、そちらの役目を果たせ」

追っ手に向かって、歳久はそう声を上げたが、主筋だけに、躊躇して誰も近づこうとしない。

だが、その中の一人が、ついに覚悟を決め、

「御免」

と進み出て、首を落とした。

その瞬間、追っ手の者たちは皆、槍や刀を取り落とし、突っ伏して号泣したという。

五

あの雄大な山容が、こんなにも、くすんで見えたことがあっただろうか。物見矢倉で、向島を眺めながら、義久は一人、物思いに耽《ふけ》っていた。かつて、共にこの景色を眺めていた兄弟のうち、二人はすでにこの世にはなく、残る一人は見ず知らずの異国で、天下とやらの都合のために酷使されている。

なぜ、歳久はせめて素直に、腹を切らなかったのか。そうすれば、あの弟の忠節と名誉を、家臣らの前で称えてやれたというのに、これでは、その死を表立って祀《まつ》ってやることさえ出来ない。

天下人に這いつくばり、弟の命を差し出し、家と国を守った。すべては、義久が選んだことだ。だが、こんなことのために、半生を戦に捧げてきたのかという虚しさは、そう容易《たやす》く割り切れるものではなかった。

そうして、ただ漫然と外を眺めている義久のもとへ、重臣の比志島国貞がやってきた。

「大殿、お耳に入れたいことが」

「なんじゃ」

「実は……」

比志島は辺りをうかがい、声を落として語り出した。その内容は、悲しみに沈む義久の頭を、一気に目覚めさせるものだった。

歳久の死後、その所領は秀吉の命によって改易された。遺された孫の袈裟菊丸《けさぎくまる》（島津常久《つねひさ》）

が元服した暁には、新領を与えて家を再興すると義久は約したが、ひとまずは旧領を島津家に接収し、また、一連の騒動の後始末も行わなければならない。

その始末役は、比志島国貞に任された。

彼は、城の引き渡しを初め、必要な作業を手際よく進めていったが、そのうち、おかしなことに気がついた。

「そもそも、晴蓑殿が太閤殿下より死罪を命じられたは、家臣が梅北一揆に関与したためでござったが……」

すでに処刑された、その家臣たちの遺品を引き渡すため、比志島は遺族を探した。だが、不可解なことに、いくら調べても遺族どころか、そんな姓名の家臣がいた痕跡すら、どこにも見つからなかったのだ。

「戯《ざ》れ言《ごと》を申すな。歳久の家臣の姓名など、分限帳《ぶげんちょう》を調べれば一目瞭然《りょうぜん》であろう」

「拙者も、そう思ったのです。されど……」

比志島国貞は、もごもごと言い淀んでいる。

「なんじゃ、早う言え」

「その、なかったのです」

「なかった？　分限帳が見つからなかったのか？」

「いえ、そうではなく、なにもなかったのです。……分限帳どころか、晴蓑殿の名で発された文書は、城中からも、晴蓑殿の領内からも、いや、薩摩のどこにも残っていなかったのです」

「ば、馬鹿な」

我が耳を疑った。何十年と領内を統治していながら、文書が一通も残っていないなど、そんなことがある筈はない。もし、比志島の報告が事実だとすれば、誰かが、明確な意図を持って、すべてを始末したことになる。

そこまで思考を巡らせたとき、

（あっ……）

義久は、自分の脳裏が、真っ白に焼けつくかのような衝撃を覚えた。

そして、ようやく気づいた。一人だけ、いるのだ。そんな大それたことをするだけの、理由を持った人間が。

「あの、馬鹿者が」

そう口にしたときには、床を思い切り殴りつけていた。鈍い痛みとともに拳の表皮に血が滲む。

なぜ、気づかなかったのか。すべてが、あの『智計の三男』――島津歳久によって、仕組まれていたということに。

梅北国兼の反乱を知ったとき、歳久にはその結果がどうなるか、即座に見通せたのだろう。

十中八九、反乱は長引かずに鎮圧される。いかに、唐入りのために、諸大名の在国の兵が少ないとはいえ、たかが一家臣の蜂起で、豊臣政権が揺らぐはずもない。

だが、本当の問題は、そのあとだ。なにしろ、梅北国兼は島津家譜代の重臣だ。秀吉は当然ながら、その背後に、島津家の関与を疑うだろう。あるいは、本気で疑ってはおらずとも、これを好機と捉え、外様《とざま》の有力大名である島津を、取り潰そうと考えるかもしれない。

潔白を、示さなければならない。それも、秀吉が言いがかりをつける余地が、わずかでもあってはならないが、「関与の証拠は見つからなかった」というだけでは不十分だ。

ならば、方法は一つしかない。

「国貞よ、すぐに梅北一揆の調書を探れ。恐らくは、反乱に参加した者のうち、何人かの名が書き換えられておろう」

「はっ、直《ただ》ちに」

比志島はうなずき、慌ただしく矢倉から出て行った。

歳久は、累が島津家に及ばぬよう、わざと自分に疑いを向けさせたのだ。自身の家臣が反乱に参加したと、調書に細工を施して。

その上で、島津家の無実が定まるまで、万が一にも、真相に辿りつかれることのないように、自身が発給した文書を、すべて始末したのだろう。

そう考えれば、あの弟が素直に切腹せず、内城から脱走したこともうなずける。もし、歳久が兄の命令に粛々《しゅくしゅく》と、忠実に従うようであれば、一揆の黒幕との疑いのある歳久の、さらに後ろには義久がいるのではないかという、一抹の容疑の余地を残してしまう。

それを完全に消し去るには、どうすべきか。――兄の意に叛《そむ》いた上で、討ち取られるしかない。

すべては、想像に過ぎない。明白な証拠は、なに一つ残ってはいないだろう。だが、義久はそれでも、確信を抱かずにはいられなかった。島津歳久が、そういう男だからだ。

「馬鹿者が……」

同じ呟きが、再び漏れる。なぜ、そうしていつも、身勝手に、一人で背負い込んでしまうのだ。雨を見越して蓑を編むように、先々を読みながら智計を巡らせるくせに、弟を死なせてしまった兄の苦しみなど、少しも思い至りはしない。

義久は立ち上がり、矢倉の外に目をやった。不思議なことに、向島の眺めが、先ほどまでとはまるで違って見えた。

この景色は、自分が弟を差し出して、保ったものではない。歳久が、一命を賭した智計によって、守り抜いたものだ。

南国の強い日差しを受けて、山肌は照り輝いている。その頂上に、薄くかかる白雲を見つめながら、義久は、弟が遺した辞世を思い出していた。


——晴蓑めが　たまのありかを　人問はば　いざ白雲の　上と答へよ（晴蓑の魂は、どこに行ったのだと人に問われたら、あの白雲の上だと答えて下さい）

島津歳久の首は、秀吉のもとへ送られ、逆賊として、京の一条戻橋《いちじょうもどりばし》に晒された。だが、義久はひそかに人を使って首を奪還し、洛中の浄福寺《じょうふくじ》に手厚く葬った。

そして、彼の死より六年後——慶長《けいちょう》三（一五九八）年に秀吉が没すると、義久は待ちかねていたかのように、翌年、歳久の最期の地に「心岳寺《しんがくじ》（現・平松神社）」を建立し、ようやくその亡魂を堂々と弔《とむら》った。

同地で歳久は、生前の官位である「左衛門督《さえもんのかみ》」の唐名にちなんで「金吾様《きんごさあ》」と呼び慕われ、参拝する者が絶えなかったという。


なお、彼が生前に発給した文書はどうしたわけか、島津家中から徹底的に抹消されてしまっており、「年久」表記のものだけが二通のみ、「検閲」から漏れたかのように現存している。この、不自然かつ周到な隠滅が誰によって、なんのために行われたかは、後世にあっても定かではない。

老人と文《ふみ》

一

水を干しきった堀の底では、褌《ふんどし》姿の人足たちがひしめきあっていた。ざっと二、三百人はいるであろう裸体の男たちが、泥にまみれながら、休みなく鍬《くわ》や鋤《すき》を振るう。塵芥《じんかい》、苔《こけ》、枯れ葉、魚の死骸……澱《おり》のようにたまった堆積《たいせき》物が、汚泥とともに掻《か》き出される。

やや後方の仮小屋で、床几《しょうぎ》に座した老侍——佐竹《さたけ》家家老・戸村十太夫《とむらじゅうだゆう》は、休みなく進む作業の様子を、じっと眺めていた。屋根と柱ばかりの仮小屋の周囲には、合戦の本陣の如《ごと》く、佐竹家の扇紋が染め抜かれた、陣幕が張り巡らされている。

(生ぬるい)

端反笠《はそりがさ》(陣笠)の庇《ひさし》を上げ、睨むように前方を見やる。

(たかが、堀浚《ほりさら》いに、いつまで手間取るのだ)

正保二(一六四五)年、五月。この時期、幕府は江戸城外堀の、大々的な堀浚いのため、助役《すけやく》として東国の大名六家——盛岡藩南部家、松代藩真田家、松本藩水野家、飯山藩松平(桜井)家、高遠藩鳥居家、そして秋田《あきた》藩佐竹家——を動員した。全長およそ三里半(十四キロ)にも及ぶ長大な外堀のうち、東半分は幕臣、西半分は諸大名が担当することとなり、数千人の足軽や百姓が、堀底に溜まった汚泥の浚渫《しゅんせつ》や、崩れた土手の修復のために駆り出された。

十太夫は、この事業における、佐竹家の責任者である。

「のう、どう思う」

「はて」

傍《かたわ》らに控える若い部下――佐竹家臣・萩野谷《はぎのや》幾馬《いくま》は、首をかしげた。

「どう、とは？」

「あの見苦しさよ」

顎《あご》をしゃくるようにして、十太夫は、鍬鋤を振るう人足たちを指し示す。なるほど、彼らはいずれも、怠けることなく、休みなく堀底を掻き出してはいる。だが、熱心ではあっても、緊張感はない。まるで田畑を耕すように、ただ黙々と作業に励んでいるだけだった。

「これだから、近ごろの若い者はいかんのだ」

白髪まじりの眉を寄せ、苦々しげに十太夫はこぼす。

「敵がいつ攻めて来るかも分からぬ中で、防備の要《かなめ》である堀を、大急ぎで整えるのが、堀浚いというものぞ。あの者たちには、その必死さが足りぬ。それゆえ、あのように手際が悪く、日数や費用ばかりが余計にかさむのじゃ」

「ははあ、なるほど」

萩野谷は、感心した様子でうなずいたが、

「されど、仰《おお》せられるような必死さを求めるのは、いささか難儀やもしれませぬな。なにぶん、あの者たちは――いや、かくいう拙者も、生まれてこのかた、敵にも戦《いくさ》にも、見《まみ》えたことがあり申さぬゆえ」

「分かっておる。しかし、あの有様《ありさま》では、肝心の普請が」

「そのことについては」

そう言って、萩野谷は懐から分厚い帳面を取り出すと、慣れた手つきでめくり始めた。

「さしあたって、この小石川村沿いの堀をはじめ、吉祥寺橋（水道橋）、市ヶ谷、四谷、赤坂など、いずれの丁場（部署）にも、目立った遅れはありませぬ。もっとも、割り振られた中で、牛込の丁場だけは堀幅が広く、土嚢《どのう》のみでは水を干しきれないので厄介《やっかい》ですが、こちらは掛樋《かけとい》の手配を進めておりますので、遅くとも明後日には、堀浚いに取り掛かれる算段にござる」

「……左様《さよう》か」

十太夫は黙り込んだ。この部下に限らず、若い世代の藩士たちとは、どうにも会話が嚙み合わない。

（敵にも戦にも、見えたことはない、か）

常在戦場。堀浚いに限らず、いかなるときでも、武士は戦を思え。……そんな心構えを、どれほど説いたところで、裏付けとなる体験も、備えるべき危機もなければ、それはただ、上辺をなぞるだけの、空虚な言葉でしかない。

五月にしては冷たすぎる風が、淀んだ汚泥の臭いと共に吹き抜ける。扇紋を染め抜いた陣幕が、妙によそよそしく揺れていた。


戦国時代と呼ばれる争乱の時代は、すでに遠く過ぎ去った。戸村十太夫は、その時代を知る、最後の世代だった。

三十年前──徳川家康は、当時、唯一の抵抗勢力であった豊臣家を斃《たお》すべく、全国の諸大名を動員し、二、三十万にも上る大軍勢によって、敵の籠る大坂城を攻め、討ち滅ぼした。この「大坂の陣」以降、徳川幕府の統治は盤石のものとなり、天下は泰平を謳歌した。

その、戦国最後の合戦に、十太夫は参戦した。若年ながら、豊臣方を散々に打ち破り、「佐竹の鬼戸村」と称され、勇名を大いに轟かせたものだ。

(そのわしが、今や)

杖をつき、のっそりと立ち上がる。背を反らし、座り続けて凝《こ》った腰を揉みつつ、十太夫は後方に視線を移した。

背後に広がる小石川村は、まだ背の低い青稲が並ぶ水田の中に、ぽつぽつと民家が建っているだけの寒村だ。しかし、いまはそんな風景の中に、あふれんばかりの群衆が殺到していた。

「見ろ、あれが戸村十太夫様ぞ」「おお、まことに佐竹の鬼戸村かえ」「大坂の陣の勇士を、よもやこの目で見られようとは」

矢来竹の柵と、見張りの番士による仕切りの向こうで、彼らは口々にそんな声を上げながら、まるで芝居や田楽《でんがく》でも見物するようにはしゃいでいた。

苦り切った顔を、彼らに悟られぬように、十太夫は再び床几に座った。

(三十年前、戦場であれほど働いた挙句、得た役目が、これか)

扇を開き、口元を覆う。その陰で、深くため息をついた。

もう五十代も半ばとなった己《おのれ》が、今さら普請の責任者に抜擢され、秋田から江戸にまで出張る羽目になった理由が、これだった。佐竹家は、あの戸村十太夫に普請を任せた……そう世間に聞こえれば、幕府の覚えも悪くないであろうし、江戸の住民の印象もよくなり、なにかと便宜を図ってもらいやすくなる。が、当の十太夫は、ここでは飾り物も同然で、実際の作業管理や物資・人足の手配などは、萩野谷幾馬をはじめとする、算用に長けた官吏たちによって担われていた。

馬鹿々々しい、まったく嫌になる。……そう愚痴をこぼせるような知己も、ほとんどが隠居するか、この世を去ってしまった。あの時代を知る者が、歳月を経るごとに減っていく。

えい、おう。えい、おう。太鼓役が打ち鳴らす拍子に合わせて、堀底の人足たちは掛け声を上げながら、鍬鋤を振るって泥濘を掘り返す。手を打ってその様子を囃《はや》したり、訳知り顔で評する群衆のざわめき、彼らに餅やら団子やらを勧めて回る、菓子売りの口上。

数え切れぬほどに、人間がいる。だが、この中の誰一人として、戦を知らない。

十太夫は、頭上を仰《あお》いだ。薄く雲のかかった空は、使い古され、色の抜けきった手ぬぐいのように冴えなかった。

二

夕刻、この日の堀浚い作業を終え、神田の秋田藩邸（上屋敷）に戻った。人夫たちは今ごろ、日当を握りしめて、盛り場にでも繰り出しているのだろうが、こちらにはまだ仕事が残っている。藩邸内の家老屋敷で、十太夫は萩野谷幾馬ら十名ほどの部下たちと共に、山と積まれた書類に目を通していた。

なにぶん、堀浚いの範囲は広大だ。人件費のみならず、木材や土嚢、土手修復のための縄や芝付《しばつけ》など、各地の丁場で掛かった費用の記録だけでも膨大な量になるし、他藩の人夫や住民との些細な揉め事や、稀《まれ》に堀底から上がる死体や貴重品についての事務処理など、対応しなければならない問題が日々起こる。

本来ならば、こうしたことは部下に任せ、家老の承認が必要なものだけ、報告を受ければ十分なのだが、十太夫はどうしても、己で確かめなければ気が済まなかった。半ば飾り物とはいえ、この事業の責任者である以上、どんな些細なことも、きちんと把握しておきたかった。

「おい、この額じゃが」

開いた帳面を、十太夫は部下の一人に差し出した。

「人夫どもの弁当代が、増えてはおらぬか」

「ああ、これは……」

部下は、はっとして頭を下げた。

「ご報告が遅れ、申し訳ございませぬ。実は、一昨日から、真田家と南部家が、弁当の握り飯に、鰯《いわし》や鯵《あじ》の干物を付けはじめたため、日雇いの人夫どもが、待遇のよい方へ流れるのを防ぐべく、急遽、当家も同じものを手配いたしました」

「左様であったか……しかし、ずいぶんと、豪奢《ごうしゃ》なことよな」

苦々しく、十太夫はこぼした。

「一昔前なら、考えられぬ。足軽や人夫どころか、我ら家老衆でさえ、ひとたび故郷を発ったのちは、塩の利いた握り飯にさえありつければ上等、それも手に入らぬときは、干《ほ》し飯《いい》や、縄を齧《かじ》りながら働いたものぞ」

「縄を、ですか?」

「なんじゃ、知らぬのか。里芋の茎《くき》を塩か味噌で煮込んでな、干して縄を綯《な》い、いざというときの糧《かて》にするのよ。本来、湯や水で戻して食すものじゃが、その暇もないときは、縄のまま齧るよりほかない」

「ははあ……」

部下は、呆れとも驚きともつかない声を上げた。彼らの世代にとっては、想像もつかない話なのだろう。

(あるいは……)

ふと、十太夫は夢想する。

(件《くだん》の高松《たかまつ》殿であれば、縄の味を知っているだろうか)

己の口元が、かすかに緩むのがわかった。ふさぎ込んだ気持ちが、ほんの少しだけ上向いた気がした。

喜びや期待とは違う。たとえるなら、遥か昔に群れからはぐれ、孤独に生きてきた獣が、思いもよらず、己とよく似た形の足跡を見つけたような心地だった。

あれは、二月前——三月の末のことだった。佐竹家の本拠・出羽秋田（久保田）にも、ようやく春の兆しが訪れ、未だ山肌には雪が残っていたものの、城下ではあちこちで紅白の梅花がほころび、鶯《うぐいす》の声も聞こえ始めていた。

そんな時期、一人の男が、十太夫の屋敷を訪ねてきた。歳の頃は二十歳前後、よく日焼けした精悍な若武者で、沢村六兵衛《さわむらろくべえ》と名乗った。

「まことに、伊勢からこの秋田まで参られたのか」

「ははっ」

沢村は、気負った様子で頭を下げた。話によればこの男は、伊勢桑名藩（久松松平家）藩士・高松内匠《たくみ》の家来で、主人からの「頼み事」を携えて、訪ねてきたのだという。

そう、頼み事、つまりは公用ではなく私用だ。その上、十太夫は高松内匠なる者と、一面識すらない。普通ならば、一藩の家老である己が、このようなぶしつけな来訪を受け入れることはないが、遠路はるばる秋田までやってきた者を追い返すのは忍びなく、特別に面会を許した。

「して、貴殿の主——高松殿の御用とは、いかなるものか」

「は、これに」

そう言って、沢村は一通の書状を差し出した。

——未得御意候へ共、以使札申入候（未だにお目にかかったことはございませぬが、使者の

書状を以って申し入れまする）
という一文から始まるその書状には、次のような内容が記されていた。

かつて、「大坂の陣」において、佐竹様の軍勢は、大坂方の武将・木村長門守（重成）の軍勢と、今福《いまふく》堤という場所で合戦に及びました（今福合戦）。

私は当時、木村殿の麾下で、この合戦を戦いました。そのときの様子や、己の働きを、別紙の「覚書」に記しましたが、はなはだ恐れ多きことながら、ぜひとも戸村殿に、内容をご確認頂き、間違いがないかどうか、吟味《ぎんみ》して頂きたいのです。


「……今福合戦、だと？」

思わず、声が漏れた。忘れもしない、大坂の陣の緒戦だ。徳川方の佐竹勢と、大坂方の軍勢が激しくせめぎ合い、双方に多大な被害を出しながらも、最終的には佐竹勢が勝利した。中でも、十太夫の働きぶりは目覚ましく、当時の将軍・徳川秀忠から直々に褒賞されたほどだ。

もはや三十年も前のことだ。高松内匠とやらは、そのような大昔の己の武働きを、十太夫に確認・証明して欲しいというのである。

「なぜ、今になって、そんなことを……」

「子孫に、伝えたいとの由」

十太夫が尋ねた当然の疑問に、沢村はきびきびと返答する。

「我が主、高松内匠は、当年とって五十九歳にございます。すでに家督を譲って入道し、隠居暮らしをしておりまするが、いつか死ぬ前に、己が必死に戦った、かの合戦のことを、後代に語り残したいと」

出来る限り誇張なく、正確に伝えたい。……それが、高松の意向であると、沢村は語った。とはいえ、遥か前のことだから、高松自身にも記憶違いは多いであろうし、それに訂正や保証を加えられる当事者は、今ではほとんどが死んでしまった。

「主君に代わって、なにとぞお頼み申し上げまする」気負いのままに声を張り上げ、沢村は這《は》いつくばるほどに平伏した。「戸村様以上に、今福合戦のことに詳しき人は、いまの世にはおりませぬ。無礼な申し出であることは承知の上、されど、あのお方の、生涯最後の願いを、どうかお聞き届け頂きたく」

「……わかった、請けよう」

ほとんど間を置かずに、十太夫は答えた。沢村ははっと顔を上げ、「かたじけのうございまする」と言って再び平伏した。

「ただ、すぐにというわけにはいかぬ。お主も存じておろうが、我ら佐竹家は、江戸の堀浚いの準備で多忙であるし、そうでなくても、三十年前の戦の記憶など、ずいぶんと薄れておるゆえ、思い出すのに時が要る」

だが、なるべく早く、返答が出来るようにはするつもりだと、十太夫は告げた。折りを見て、佐竹家の江戸藩邸を訪ねて来るがよい、そのときに進み具合を伝えよう、と。

沢村は、いよいよ感激に打ち震え、涙さえ浮かべながら、何度も礼を言った。

不思議なものだ。沢村との、二月前の対面を思い出しながら、改めて十太夫は思う。己にとっては、なんの得もない雑務であり、しかも、依頼者の高松内匠に至っては友誼《ゆうぎ》どころか顔すら知らず、その上、かつては敵味方に属して争った関係である。

しかし、なぜだろう。いまの十太夫は、どれほど多くの言葉を交わした朋輩《ほうばい》や部下よりも、会ったこともないこの老武者に、遥かに強い親しみを覚えていた。

「ご家老様、その帳面になにか……？」

「うん？」

幾馬に声をかけられ、我に返る。気づかぬうちに、浮き立った顔でもしていたのだろうか。

「いや、堀浚いが上手く進んでおるので、つい嬉しうて呆《ほう》けてしまったわ。遠き秋田から出張って、骨を折った甲斐もあろうというものよ」

そう言って、十太夫は誤魔化《ごまか》すように笑ってみせた。どの道、話したところで、彼らに分かるはずがないのだ。

三

沢村六兵衛が訪ねて来たのは、それから数日後のことだ。日中は堀浚いの作業、夕刻からは書類の精査があるため、十太夫がこの使者と面会できたのは、夜更けになってからだった。

「よくぞ参られたな。はるばる江戸まで来たのだ、まずは酒でもどうか」

「お心、痛み入りまする。されど、恐れながら、拙者は主人・高松内匠の私事のための使いなれば、過分な持て成しを受けるわけに参りませぬ」

「ふむ。して、高松殿は息災か」

「はっ。主は国許の桑名で、戸村様のお返事を心待ちにしておりまする」

余計な前置きはいらない、すぐに戸村の返事が聞きたい……目の前の沢村からは、そんな思いがほとばしっている。まるで、己の命がかかっているかのような必死さだ。近ごろの若者には稀な態度に、十太夫は好感を抱いた。

「されば、さっそく本題に入ろうか」

そうして、十太夫は例の「覚書」を懐から取り出し、開いた。


大坂の陣の緒戦、今福合戦。

それは、城方の前線拠点の一つである、「今福砦」を巡る争いから始まった。大坂城北東を流れる、大和川の堤上に築かれたこの砦へ向けて、慶長十九（一六一四）年、十一月二十六日の早朝、佐竹軍は、猛然と攻めかかった。

寄せ手の佐竹軍はおよそ千五百、対する大坂方の守備兵は、わずか六百ほどでしかない。朝駆けの強襲で不意を突かれたこともあって、砦は抵抗むなしく陥落し、守将・矢野和泉守以下、ことごとく討ち取られた。

肌を刺し、骨まで凍らせるような、真冬の寒風。それすら忘れさせるほどに、熱く胸の奥で高ぶる、勝利の歓喜。そのどちらの温度も、三十年を経たいまでさえ、十太夫は生々しく思い出すことが出来た。

だが、ほどなくして、佐竹勢は窮地に陥る。

今福陥落の報せを受けた大坂方は、砦奪還のため、佐竹軍の倍に当たる三千もの軍勢を送り込んできたのだ。

この援軍の、先手の大将は木村長門守だ。両軍の間で、激しい銃撃戦が展開されたが、すでに兵力差は逆転してしまっており、今度は佐竹軍の方が、じりじりと追い詰められ、やがて陣地を放棄し、後退を余儀なくされた。

——時はよし。

木村長門守は、銃撃を止めさせ、佐竹軍の後背を追撃すべく、配下に総攻撃を命じた。


「高松殿にとって、肝要なのはここからだな」

十太夫はそう述べつつ、改めて覚書に視線を落とす。

同書によれば、高松はたった一人、いの一番に先駆け、すでに佐竹軍が放棄して退いた、陣地の柵を乗り越えた。

——見たか、先陣の一番駆けは、この高松内匠ぞ！

無論、彼は一番駆けなどでは満足せず、よき武功となる敵を求めて、たった一人でさらに駆けた。

しかしながら、深入りが過ぎた。彼はいつの間にか、八人の佐竹武者に取り囲まれてしまっていた。いかなる勇士であっても、一人で斬り抜けられるような状況ではない。高松も、もはや死を覚悟したことであろうが、

――加勢するぞ、内匠！

後から追いついてきた、木村隊の武者七人が、助太刀として加わった。斎藤加右衛門《さいとうかえもん》、草加二郎左衛門、若松市郎兵衛、山中三右衛門、小川勘左衛門、大塚勘右衛門、大野半次……その戦友たちの名を、高松は一人として漏らすことなく、「覚書」に綴《つづ》っている。

その後は、双方、激しい槍合《やりあ》わせに及び、やがて、木村隊の本隊が合流し、踏みとどまる佐竹勢を蹴散らした。

ここで終われば、合戦は大坂方の勝ちであっただろう。だが、佐竹勢は、同じく徳川方である上杉家の助勢を得て、再び盛り返し、木村隊を撃退した。

かくして、二転三転するせめぎ合いの末、今福合戦は、佐竹家の勝利で締めくくられた。戸村十太夫は、この戦の中で、実に十五もの首級を上げ、当時の将軍・徳川秀忠より直に褒賞され、感状（武功の賞状）を賜っている。

「ここまでは宜《よろ》しいだろうか、沢村殿」

「はい。して、我が主の……」

「武功についてだな」

高松が強く主張し、戸村に確認を求めているのは、次の三点だ。
一、「木村隊一番駆けはこの高松内匠である。当時、この様子を見ていなかったか」
二、「私は、佐竹勢と真っ先に槍合わせに及び、この戦闘で首級を一つ得た。すなわち、一番首も私である」
三、「私が戦った佐竹武者の中に、恐ろしく強い、剛腕の者がいた。後になってから、あの武者こそが、かの戸村十太夫殿だったのではないかと噂になったが、事実だろうか。だとすれば、私のことを覚えておられるだろうか」

いずれも、高松にとっては、確かな形で子孫に語り継ぎたい、生涯の誉《ほま》れなのだろう。しかし、正直なところ、「一番駆け」「一番首」について、十太夫の記憶は、はなはだ心もとない。

「この二点については、私から、はっきりとしたことは言えない。なにぶん、あのときの佐竹方は、味方を立て直すのに手いっぱいで、敵将一人一人の動きにまで、目を配るゆとりがなかった。……しかし、これらの武功については、なにも私から聞き出さずとも、高松殿の上役たる木村長門守殿が、感状にしたためているのではないか」

「感状……」

沢村の両眼が、瞬きを忘れたように固まった。

「いかがした？」

「いえ、その……ああ、それでは、三点目はいかがです。やはり、我が主と戦った佐竹武者は、戸村殿だったのでしょうか」

「ふむ」

十太夫は再び、覚書に目を通した。

そこには、高松内匠の当時の軍装が、詳細に書かれている。「黒兜《くろかぶと》に黒具足、黒羅紗の羽織。兜は頭がやや上に長く、錣《しころ》は白檀、前立《まえだて》は無し。胴は八幡黒《やわたぐろ》の革包胴で、表面は熊毛でかざりつけられ、下散《げさん》は啄木威《たくぼくおどし》」……当時の十太夫は、何人もの敵と、命の奪い合いを続ける中で、細かな意匠などをいちいち見てはいない。しかしながら、高松の語る軍装に、まるで覚えがないわけではなかった。

「たしかに、私はあの日、兜から胴まで真っ黒で揃えた、大坂方の武者と戦った。もっとも、敵味方入り混じる乱戦の最中、たまたま槍を一、二度、合わせただけのことだが……」

「それが、我が主であったと？」

「私も、そうあって欲しいが……」

我ながら、歯切れの悪い物言いだ。出来うることなら、わざわざ自分を頼みにしてくれた、高松の希望を叶えてやりたくも思う。しかし、戦場のこととあっては、己の胸中にある疑問から、目を逸らすことなど出来ない。

「実は、一つだけ、引っ掛かることがあるのだ。……旗よ」

「旗？」

「私が戦った黒き武者は、背中に、白黒段々の旗を差していた。たしか、これは木村勢の番指《ばんさし》物《もの》であったな」

「あっ……」

遅れて、沢村も気づいたらしい。

番指物は、小姓衆や馬廻《うままわり》衆などが差す、揃いの旗指物だ。そして、彼らは基本的には後方で大将――この場合は木村長門守の側に控え、周囲を固める役職である。

つまり、一番駆け、一番首と、最前線を駆け回って武功を漁っていた高松内匠と、本来は後方にいるべきところを、恐らくは乱戦に巻き込まれ、十太夫と槍合わせをした黒具足の武者が、同一人物であるはずがないのだ。

「されど、もう三十年も昔のことです。恐れながら、ご記憶違いということも……」

「いや、あり得ぬな」

気の毒だとは思ったが、十太夫ははっきりと否定した。戦場にあって、旗の有無を見間違えるなどというのは、敵味方の区別がつけられないと宣言するも同じだ。それだけに、この記憶は確かだという確信があった。

「あまり力になれず心苦しいが、いまの時点で、私が言えるのは、これぐらいのことだ。……あとは、もう一つ」

十太夫は小姓に命じ、あるものを持って来させた。それは、漆塗《うるしぬ》りの文箱《ふばこ》だった。

「私の方でも、高松殿に倣《なら》って覚書を記してみた。少しでも、なにかの助けになれば良いのだが」

思い出せる限りは、詳細に書いたつもりである。特に、佐竹軍の顔触れや動向などは、高松には知り得ない情報であろうし、双方の覚書の記述を照らし合わせることで、新たに、なにか発見があるかもしれなかった。

ところが、どうしたわけだろう。沢村六兵衛は、目の前に置かれた文箱を受け取るどころか、ひどく恨めしげな目つきで、触れようともせずに睨んでいた。

「……受け取れませぬ。かような覚書など、お受け取りするには及びませぬ」

「なにを申すのだ！」

戦場鍛《ぎた》えの怒声が、落雷のように響いた。沢村はびくりと震え、すっかり怯《おび》え切った様子で、その場に平伏した。つい先ほどまでそこにいた、精悍で決意に満ちた青年とは、まるで別人だ。消え入りそうな弱々しい声で、彼はさらに言う。

「とにかく、武功のこと、口頭でのご説明のみで、十分にございますゆえ、なにとぞ、ご勘弁を」

「馬鹿な、そんな話が」

「なにとぞ、ご容赦ください、なにとぞ……」

いったい、どういうつもりなのだ。十太夫は怒るよりも、その不可解さに、困惑するばかりだった。

「何事でございましょうか」

沢村六兵衛が、逃げるように去ったあとで、屋敷内に寄宿している萩野谷幾馬が、入れ違うようにやってきた。

「夜分だというのに、ずいぶんと大きな声が聞こえましたが、なにかあったのですか」

「なんでもない」

追い返そうとして、十太夫は立ち上がった。すると、その拍子に懐から、高松内匠の覚書が落ち、折りたたまれた文書が、はらりと開けた。

「あ、これは……」

「御免《ごめん》」

拾おうとする十太夫を遮るように、幾馬はその場にしゃがみ、床に落ちた文書を覗き込んだ。目を走らせたのは、ほんの数秒だが、彼にとってはそれだけで、読解には十分だったらしい。

「何者です、この高松内匠とは」

「お主には関りなき話だ」

「そうも参りませぬ」

言い逃れようとする十太夫に、幾馬は厳しく迫った。

「我らは今、江戸の防備の要たる、堀の手入れに携わっているのですぞ。かような時期に、家老の重職にあられるお方が、他藩の者と、ひそやかに会われるなど、理由をうかがわぬわけには参りませぬ」

「む……」

幾馬の言う通りである。傍から見れば、桑名藩と結託し、なにごとか、よからぬ企《くわだ》てを図っていると疑われても仕方がない。

（弁舌では、敵わぬ）

十太夫は観念し、「まことに、大した話ではないのだ」と前置きし、桑名藩の高松内匠による奇妙な依頼、そして、十太夫自身が記した覚書を拒絶した、沢村六兵衛の異様な態度について、この部下に包み隠さず語った。

幾馬は、しばし神妙な顔つきで聞いていたが、やがて話が終わると、

「……不審ですな」

と、まず言った。

「そもそも、その高松内匠なる御仁、まことと、この世におられるお方でしょうか」

「おいおい」

たしかに、十太夫は高松の顔すら知らない。だが、もし、彼が実在しないとすれば、なんの意味があって、そんな架空の人間の名を騙らねばならないのか。

「そもそも、事は大昔の手柄話で、当人以外には、なんの価値もないものぞ。わざわざ、居りもしない者の名を騙ってまで、聞き出すような理由がどこにある」

「昔話だからといって、利用する者がいないとは限りませぬ。……覚えておられませぬか、ま

さにその三十年前の武功を巡って、池田家で騒動があったことを」

「はて」

そう言えば、そんな話もあった。あれはたしか、昨年のことだったか。岡山藩池田家において、藩主の意向により、藩士たちの経歴書（家中書上《かきあげ》）を編纂《へんさん》するという事業が始まった。

その報告過程において、揉め事が起こった。

発端となったのは、ある三人の藩士だ。彼らは全員、三十年前、大坂の陣において、大坂方に属して戦い、敗れはしたものの、それぞれが武功を上げた。戦後は牢人《ろうにん》し、残党狩りを恐れて潜伏生活を続けていたが、やがて幕府が大坂牢人を赦免《しやめん》すると、先の戦での武勇を評価され、三人が三人とも、池田家への仕官が叶った。

ところが、この戦友とも言うべき三人の元牢人は、かつての武功を巡って揉め出した。一人が、

——あの戦で、己こそが一番槍であった。

というと、別の一人が、一番槍は自分の方だと反論し、いま一人は、そもそもあの戦では、直後の論功行賞でも、誰が一番槍だったかはっきりせず、不問とされたはずだと言う。

三人それぞれが、己の見解を曲げようとせず、主張は平行線を辿った。このため池田家は、彼らに武功の根拠として、大坂時代に上役から給された、感状を提出するよう命じた。

ところが、ここに至って、事態が決着するどころか、さらなる問題が浮上した。

該当の三人のうち一人が、どうしたわけか、感状を紛失してしまっていたのである。しかも

彼は、それを隠蔽すべく、なんと偽の感状を捏造《ねつぞう》し、主家に提出した。

この苦し紛れの捏造は、すぐに発覚した。三人の感状のうち、一つだけ明らかに筆跡や署名、花押《かおう》が異なるのだから、それは当然の成り行きだった。

結局、捏造を行ったこの藩士については、事態を重く見た藩上層部により、所領没収および蟄居《ちっきょ》との処分が下された。

「たとえ三十年前のことであっても、かほどに武功とは重いものにござる。戸村様の武名は天下に隠れなきもの、また、血筋や家格においても、佐竹一門に連なる譜代の重臣にあられます。されど、世の中には、そうでない者もいるということです」

そう語る幾馬自身、家中において、さほど高い家柄の生まれではなく、文官としての実力で立身した男だ。己の功績をことさらに強調せねばならない、牢人出身の、不安定な立場の者たちに、思うところがあるのかもしれなかった。

「高松内匠とやらの頼みに、力を貸すことが悪いとは申しませぬ。されど、それはあくまでも、相手の素性が明らかであればこそ。いまのままでは、なにか、よからぬことに巻き込まれぬとも限りませぬ」

「たしかに、お主の立場としては、上役の勝手を、見過ごすわけにはいかぬだろうな」

「そうではありませぬ」

睨むように、幾馬は十太夫を見据えた。

「あなたは、当家の誇りなのです。もし、万が一、あなたを謀《たばか》り、陥れようとするような者があれば、とても許してはおけない……それだけのことです」

その言葉には、これまで彼が見せたことのなかった、静かで、強い怒りがにじんでいるようだった。

「幾馬、お主は……」

覇気のない若者だと思っていた。仕事熱心だが、いま一つなにを考えているか分からない、生白い肌をした文官だと。

「桑名藩邸に人をやって、問い合わせます。高松内匠とやらが実在するのか、否か。それで、よろしゅうございますな」

「……ああ、頼む」

自分は、下の世代の者たちの表層だけを見て、知ったつもりになっていたのだろうか。そんなことを、つい考えてしまうほど、この痩《や》せっぽちの部下が、今はひどく頼もしく見えた。

四

それから、二月ほどが過ぎ、七月となった。

容赦なく降り注ぐ江戸の烈日《れつじつ》は、北国暮らしの長い十太夫には、なかなかに堪《こた》えるものだった。陽炎《かげろう》が立つような熱気の中で、汗はとめどなくあふれ続ける。堀沿いの土手では狗尾草《えのころぐさ》（猫じゃらし）の青い穂が、湿った風に揺れていた。

とはいえ、長く続いた堀浚いも、いよいよ大詰めだ。いつものように、陣幕を巡らせた仮小屋で、十太夫は作業の様子を見守っていた。

恨めしいほどの青空の下で、人足たちは気力を振り絞り、鍬鋤を振るって泥を掻き出し続ける。暑さに根負けしたのか、心なしか、見物の群衆はこれまでより大人しく、野次や歓声よりも、蟬の声が騒がしかった。

「ようやく、終わりますな」

「ああ、長い普請であった」

手ぬぐいで汗を拭いながら、幾馬の言葉に応じる。作業の進み具合から考えれば、明日か明後日にも、この堀浚いは終わるだろう。

「さすがに、歳じゃな。ほとほと、くたびれたが、やっとけりがつく」

「ええ。それに、もう一方も、ようやく」

「うむ」

高松内匠との、書状の件である。

あれから、幾馬の手配により、高松内匠について、桑名藩へ問い合わせをした。結論から言えば、高松はたしかに実在し、国許で健在であるという。

「結局、高松殿のことについては、拙者の杞憂でございましたな」

「されど、確かめてみて安堵したわ。この世におらぬ者を相手に、書状のやり取りをしていたというのでは、なんとも薄気味が悪い」

問い合わせから間もなくして、事態はさらに進展する。高松の使者である沢村六兵衛が、再び藩邸を訪ねてきたのだ。沢村は、先の非礼を詫び、改めて、十太夫の書いた覚書をぜひ見たいという、高松からの意向を伝えた。

経緯が経緯だけに、十太夫は愉快ではなかったが、使者の不手際のために、高松が損を被《こうむ》るのは哀れであったし、なにより、沢村が「覚書を受け取らぬ限り、拙者は主のもとへ帰れませぬ」などと必死に懇願してくるため、結局は許した。

その後、しばらくしたのち、高松から返信があった。ただし、沢村六兵衛は、これまでの不手際もあってか、使者の役を解かれ、代わりに福屋半左衛門《ふくやはんざえもん》という者が、書状を携えてやってきた。

福屋は、熊のように厳つい大男であったが、風貌に反して物腰は柔らかで、前任の沢村のように問題を起こすようなこともなく、礼儀正しく高松の意向を伝えた。

「結局のところ、戸村様と戦った、大坂方の黒き武者というのは、高松殿ではなかったのですね」

「少なくとも、わしはそう考えている」

高松も、その点を気にしていた。両者の記憶の相違点である、番指物の有無について、彼は、

――たしかに、戸村殿の仰《おつしや》る通り、番指物を差していたのなら、それは私ではあり得ません。しかしながら、貴殿の覚書によれば、その黒き武者は、右手に槍、左手に采配を持ち、味方の下知《げち》をしていたとのこと。

——番指物を差す小姓や馬廻ならば、采配で下知をすることなどないはずです。恐れながら、この点について、今一度、ご確認頂きたく存じまする。

と、暗に十太夫の記憶違いの可能性を示唆し、遠回しに、主張の修正を求めたが、十太夫の返答は変わらず、「番指物の有無を見間違えることはあり得ない。私と戦ったあの武者は、高松殿ではなかったのだと思う」というものだった。

「わしは、薄情な男だな」

我ながら、つくづくそう思う。結局、高松は、自身の武功について何一つ、十太夫からの証明を得ることが出来なかった。遠く離れた江戸と桑名を、使者に幾度も往復させてまで交わした書簡は、まったくの徒労であったと言える。

「しかし、戦場の話だけは、どうにも曲げることは出来ぬ。長く付き合わせた挙句《あげく》、高松殿には、気の毒なことをしたが……」

「それで、よいのだと思います」

幾馬は答える。

「もし戸村様が、情に流され、たやすく前言を翻すようなお方であれば、高松殿はかえって、このような敵将に敗れたのかと、失望したかもしれませぬ」

「そういうものかな」

「ええ。きっと、戸村様が思った通りの頑固者で、押しても引いても融通の利かぬ様に、返事を受け取った高松殿は、たいそう喜んでおられましょう」

「戯《たわ》けたことを」

苦笑と共に、幾馬を小突く。とはいえ、この若者が言う通りかもしれなかった。

そのとき、不意に、

「いかんねえ、どうも」

背後の群衆の中から、野放図な声が上がった。

「堀浚いというのは、もそっと必死にやらねば。鍬や鋤を振るうのならば、こう、槍で敵を突くぐらいでなければ」

声の主は、六十がらみの老僧だ。高齢に似合わぬよく通る大声は、頬骨が高く顎の張ったいかつい顔立ちも相まって、異様な迫力を感じさせる。僧形でさえなければ、博徒の親分にでも見えただろう。

「なんだ、お主は」

「坊主とて容赦はせぬぞ」

佐竹家の番士たちが、矢来竹の柵越しに詰め寄ったが、老僧は動じるどころか、

「おお、怖い怖い。老い先短い老人を、かように脅しつけて黙らせるのが、佐竹の士風にございまするか」

などと、さらに声を大きくして言った。すると、周囲の見物人たちも、その度胸に感じ入ったのか、

「いいぞ坊さん、よく言った」

「老いぼれのくせに肝《きも》が太いじゃねえか」

と、口々に讃え、沸くように騒ぎはじめたため、いよいよ収拾がつかなくなった。

「……耳障りですな」

渋い顔つきで、幾馬が言った。

「まとめて捕らえて、町奉行に引き渡しましょうか」

「いや……」

十太夫はかぶりを振り、別の命令を下した。

「あの老人を、連れて来てくれ」


群衆たちは、巻き添えを恐れて黙り込んだが、十太夫の前に引き立てられた当の老僧は、まるで招かれた客人であるかのように、涼しい顔をしている。

「拙僧に、いかなる御用でしょうか」

「先ほど、なにやら好き勝手なことを言ってくれたようだが、それほどまずいかね、この堀浚いは」

「こう生ぬるくては、堀浚いも川浚いも変わりませぬ。とはいえ、筋の良い者もいないではない。少し見ただけでも、この暑さの中でもへこたれず、腰のよく据わった人足が何人かおります。……なればこそ、同じ日当で一律に雇うのではなく、競わせるべきでしょうな。人足の十人ほどで一組とし、普請の進みが早かった者には、賞金を出すと触れを出せば、彼らは目の色を変えて励みましょう」

「戯言《ざれごと》を」

幾馬が不快げに言った。

「左様なことをすれば、人足たちの気が立ち、余計な悶着《もんちゃく》や喧嘩を起こしかねぬ。彼《か》の者らが問題を起こさぬよう、我らがどれほど気を払っているか……」

「そんなものはね」

老僧は、ふてぶてしい笑みを浮かべながら、

「喧嘩停止《ちょうじ》の法度《はっと》を破った者が一人でも出たときに、その首を即座に斬り落としてみせれば、それで鎮まる話でございますよ」

「血なまぐさい坊主もおったものよ」

十太夫は苦笑した。たしかに、二、三十年前であれば、そうした方法は珍しくなかった。だが、長きに渡る泰平により、世の風潮はまるで変わった。

「いまは、かつての戦乱の世とは違う。左様なやり方をすれば、人が去るばかりであろう」

「……生温《なまぬる》き御代にございまするな」

老僧は、肩をすくめた。はじめから、十太夫の答えが分かっていたかのような顔つきだった。

「ときに、御坊には、戦場の経験が?」

「ええ、まあ。この堀浚いと同じく、日雇いのような者です。若い頃は、銭を頂いて、戦場でご奉公を」

とすれば、戦場で荷引きや黒鍬《くろくわ》（普請・築城などの従事者）でもやっていたのか、いや、存外、槍を携えて足軽奉公をしていたのかもしれない。

「奉公は、どこの家中で？」

「ご勘弁を。この通り、すでに戦場には飽いてございますゆえ」

自らの頭を撫でつつ、老僧は笑って言った。なにか、答えたくない、辛い記憶があるのかもしれない。

「いや、色々と、面白い話をうかがった。礼を申すぞ」

「こちらこそ、あの鬼戸村より、直にお言葉を頂けようとは、光栄の至りにございます。わざわざ老軀《ろうく》を引きずって、国許から出て来た甲斐があり申した。……しからば、これにて」

老僧は軽く会釈すると、くるりと踵《きびす》を返し、去っていった。その後ろ姿は、背筋がまっすぐに伸びた、少しも悪びれたところのないものだった。

「不思議な老人であったな。はじめは、叱りつけてやろうかと思ったが、どうもその気が起こらなんだ」

「左様でございますか」

穏やかに微笑《ほほえ》む十太夫とは対照的に、幾馬は苦虫を嚙み潰したような顔をしている。

「拙者など、柄にもなく、刀を抜いてやろうかと思ったほどですが」

「よせよせ、坊主を斬っては仏罰が怖いぞ。せっかく、堀浚いも終わろうというときに、祟《たた》りなどがあっては敵わぬ」

ひどく、懐かしい気分だった。昔は、あのように、どんな状況でも揺るがない、豪胆な人間が、いくらでもいた。

（高松殿も、ああだろうか）

顔も知らない、かつての敵将のことを、十太夫は思い出していた。あの時代を知る者が、自分以外にもこの世に生きている。決して、孤独ではない。そんな当たり前のことさえ、あの往復書簡を交わすまでは、忘れていた気がする。

（そうだ、わしは）

ふと、十太夫は立ち上がった。そして、足の赴くままに、堀の方へと歩いていく。背後から、幾馬らが何事かを叫んでいたが、聞こえないふりをして、袴《はかま》が汚れるのも構わず、そのまま堀底に踏み入った。

「直《じき》に普請も終わりと思うて、気を緩めるでないぞ。ほれ、もっと、しっかりと腰を入れぬか」

言うなり、近くにいた人足の一人から鍬を引ったくり、そのまま泥を掻き出し始めた。

「そこの、なにを休んでおる。早う、鼓《つづみ》を鳴らせ」

呆然としていた太鼓役が我に返り、慌てて鼓面を打ち鳴らす。戸惑っていた人足たちも、やがて一人、また一人と、その律動に合わせて、作業を再開していく。

「ご家老」

泥まみれになって鍬を振るう十太夫に、幾馬が呆れた様子で声をかけた。

「ご家老の分の干物は用意しておりませぬが、よろしいですか」

「ああ、塩の利いた握り飯があれば上等、それさえなければ、芋がらの縄で十分よ」

足を浸す泥濘の冷たさ、握った柄の感触、周りの人足たちの表情や息遣い。それは、後方で一人、飾り物のように床几に座しているだけでは、決して知ることのできないものだ。文や言葉を交わさねば、この天下のどこかにいる、仲間の存在を実感できぬように。

「さあ、者ども、この十太夫に続け！　佐竹の堀浚いが生温いかどうか、今こそ江戸の者たちに見せつけてやろうぞ！」

照りつける日差しの下、蟬がやかましく騒ぎ立てる。しかし、その声はすぐに、地鳴りのように響く喊声《かんせい》によって、かき消されていった。

五

江戸城の東、四辺を川や水路に囲まれた「八町堀」の一角に、伊勢桑名藩の上屋敷はある。長大な海鼠《なまこ》塀が巡らされた、九千坪もの広壮な屋敷は、あたかも城のような威厳をかもしだしている。

この邸内の隅に、牢屋敷が建っている。普通、こうした施設は中屋敷や下屋敷に置かれるものだが、桑名藩の場合、上屋敷のある八町堀が同心町でもあるため、引き渡しや事務処理の便のために、こうした一時抑留用の屋敷がしつらえられているのだった。

表の門構えや、御殿屋敷の威容とは似ても似つかない、長屋のように粗末な獄舎。その前に、一人の老人が立っていた。すでに、先刻まで纏っていた墨染《すみぞめ》の法衣から、藤色のゆったりとした胴服に着替え、頭こそ入道形にそり上げていたが、腰には脇差をしかと差し、太刀は従者に担がせている。

「お帰りなさいませ」

獄舎の入り口で控えていた男が、かしこまって頭を下げる。老人もうなずき、

「うむ、お主もご苦労であった、半左衛門」

「しからば、こちらへ」

男――福屋半左衛門の導きに従い、老人も獄舎の奥へと進む。小さな格子窓から光が漏れ差すばかりの牢内は、昼間だというのに薄暗く、湿った空気が漂っている。

「戸村様は、気づいておられませなんだか」

「ああ。やはり、こちらの動きは、佐竹家では掴んでおらぬと見える。念のため、直に戸村殿に会うてみたが、特に変わったところもなく、公務に励んでおられたわ」

そんな言葉を交わしつつ、やがて老人は足を止め、格子の中の人影を見やった。

浅黒く、精悍な顔立ちをした若い武士が、縄で縛りあげられ、ぐったりとうなだれている。ここに放り込まれるまでに痛めつけられたのか、顔や腕などあちこちに、痣《あざ》や傷が見て取れた。

「待たせたな、田沢六之丞《たざわろくのじょう》……いや、沢村六兵衛と呼んだ方がよいか？」

「……お主は、まさか」

「人の名を使って、ずいぶんと、勝手な真似をしてくれたのう」

狼狽し、青ざめる沢村の顔を、老人――高松内匠の双眸《そうぼう》が、冷ややかに見据えていた。

沢村六兵衛こと、田沢六之丞は、先年、岡山藩池田家の「感状捏造事件」で蟄居に処された、斎藤加右衛門の家臣であった。

田沢は、この主人の汚名を雪《そそ》ぎたかった。たしかに、斎藤は感状を紛失し、体面を繕《つくろ》うため、捏造にまで手を染めるはめになったが、彼が若き日に、命がけで稼ぎ出した武功自体は、紛《まが》い物でも、貶《おとし》められるべきものでもないはずだった。

――己が、証明するのだ。加右衛門様の武功が確かであることを。そして、叶うことならば、所領を没収された斎藤家の再興を。

このため、田沢六之丞は名と素性を偽り、戸村十太夫へと接近した。

計画は、こうだ。かつて、己が斎藤から語り聞かされた武功譚をもとに、「覚書」を作成する。ただし、この際、斎藤加右衛門の活躍を、大坂時代の朋輩であったという、高松内匠に置き換える。罪人である斎藤の家臣が、主人の名誉挽回のために訪ねて来たと聞けば、十太夫は池田家との揉め事の種になることを嫌がり、とても協力してはくれないだろう。

そうして、「大坂方の黒具足の武者」の戦功を、十太夫にしかと認めさせたのちに、「高松に記憶違いがあった。あの日、大坂方で黒具足を着こんでいた武者は、高松ではなく、斎藤加右衛門であった」と十太夫に申し入れ、その訂正を踏まえて、署名と花押をしかと添えさせ、改めて今福合戦の覚書を記してもらう。

なにしろ、今福合戦の当事者であり、あの戦の英雄というべき戸村十太夫の覚書だ。披露《ひろう》の仕方にもよるだろうが、一度、その内容が流布《るふ》すれば、池田家も無視するわけにはいかなくなる。

「惜しかったのう、田沢よ」高松は冷ややかに言った。「企てそのものは、悪うなかった。さりながら、善事であろうと悪事であろうと、なにもかも思い描いた通りにはゆかぬものじゃて」

「……」

田沢は唇を嚙みながら、恨めし気にこちらを睨んでいる。

計算が狂ったのは、肝心の十太夫の返答だ。

一番駆け、一番首、そして十太夫との戦闘……田沢が、証明を求めたその三点を、あの老侍はなに一つ、はっきりとは認めてくれなかった。

動揺した田沢は、もはや計画は潰《つい》えたと思い、余計な痕跡を残すまいと、十太夫の覚書の受け取りを拒否した。しかし、後になってから、「戸村と槍合わせをした黒具足武者の、番指物の有無」という食い違いだけでも訂正できれば、まだ計画成功の可能性は残るのではないかと考え直した。

田沢は、改めて十太夫に懇願し、覚書を受け取った。そして、「戸村殿は、黒具足の武者が番指物を差し、采配を振るって下知をしていたと仰せられるが、軍陣の常識からすればあり得ない」と、十太夫の記憶違いを示唆し、覚書の記述の訂正を求めることにした。

ところが、その要求を伝えようと、秋田藩邸に向かう前に、田沢は身柄を拘束され、こうして牢に放り込まれてしまったのだ。

「佐竹家から、当家に問い合わせがあったのだ。桑名の家中に、高松内匠なる御仁はおられるか、とな」

この問い合わせをきっかけに、国許にいた高松は、自分の名を騙り、不審な動きをしている者がいることを知った。このため、急ぎ江戸に上って調査を行い、間もなく田沢の存在を摑み、捕縛に至った。

その一方で、巻き込まれた十太夫のもとへは、福屋半左衛門を代わりの使者として送り、一連の往復書簡の件について、真相を伏せたまま、穏便に収束させた。

かくして、田沢六之丞の計画は、完全に潰えたのだった。

「なぜだ」

痛みに呻《うめ》きつつも、振り絞るようにして、田沢は怒りの言葉を吐き続ける。感状捏造事件以来、誰も斎藤加右衛門の武功を信じようとしない。かつては、池田家中屈指の兵《つわもの》として、譜代の重臣からも一目置かれた彼は、今では領民の間でさえ、嘲笑と軽蔑の種に成り果てている。

「わしはただ、主人の武功を証明したかっただけだ。なぜ、たかが紙切れ一つのために、加右衛門様だけが、かように貶められなければならない」

「たかが紙切れと思うていたからだ」あくまでも冷淡に、高松は応じる。「血筋や生まれの良い譜代の侍なら知らず、わしや加右衛門の如き牢人上がりは、いつ主家を失い、再び流浪の身になるかも分からぬ。そのとき、己の功績を証明し、再仕官の頼みとなるのは、感状だけじゃ。

お主の言う、紙切れ一枚を得るために、わしらが一体、どれほどの血を流さねばならなかったか」

捏造をするにしても、紛失をしたその時点から、もっと手間と時間をかけ、精密なものを作っていれば、言い逃れが出来たかもしれない。だが、斎藤加右衛門は、もはや己の地位が脅かされることはないと、すっかり安心しきっていたのだろう。だからこそ、池田家から感状提出を求められてから、慌てて不格好な贋物《にせもの》などをこしらえ、看破された挙句、処分されるはめになった。

「もうよろしいでしょう、高松様」

福屋半左衛門が、そっと小声でささやいた。

「あまり長引かせるのも、かえって哀れというもの」

「……ああ、そうじゃな」

やれ、と高松は短く命じた。その直後、福屋は牢の中に押し入り、田沢の襟首を摑んで、外へと引きずり出すと、そのまま、抵抗する暇《いとま》さえ与えず、猿轡《さるぐつわ》を嚙ませ、うつ伏せに組み伏せた。

「………っ！」

布の隙間から、くぐもった声が漏れる。すでに、田沢の相貌から、先ほどまでの威勢は消え失せ、恐怖一色に染めあげられていた。嫌だ、死にたくない、許してくれ。怯えた目つきで、そう訴えているのが分かる。

「愚か者め」

従者から受け取った太刀を、高松はすらりと抜いた。

「無用の企てなどせねば、命を奪われぬ時代に生まれたというに」

田沢は必死に身をよじらせ、なんとか逃れようとしていたが、福屋の巨軀《きょく》はびくともしない。

やがて、白刃が彼のうなじへと吸い込まれ、すべてが終わった。


人を斬ったのは、何十年ぶりだろう。

その夜、高松は濡れ縁で一人、盃を静かにすすっていた。妙に気が高ぶって、年甲斐もなく寝つけない。首を落としたときの感触が、手の内に今も残っている。

だが、殺すしかなかった。

田沢六之丞は、ただ無邪気に、主人の名誉挽回を叶えたかっただけかもしれない。しかし、万が一、下した処分が覆《くつがえ》るなどということになれば、誤った判断を下した池田家上層部では、責任の押し付け合いが始まるだろう。

そうした確執から、家中騒動、ひいては合戦にさえ繋がり得る例を、高松は諸家を渡り歩く中で、いくらでも見てきた。

「高松様」

福屋半左衛門が、庭からこちらへ回ってきた。百姓を装った野良着には、水のはねた跡がある。

「命ぜられた通り、屍《しかばね》は、堀底に沈めておきました」

「ご苦労」

ちょうど、江戸城外堀の堀浚いが、あらかた終わったところである。少なくとも、屍の人相が分かるうちに、掘り返されるようなことはないだろう。

「ひとまずは、片付いたか。老骨には、なかなか堪える仕儀であった」

「されど」福屋はうつむいた。「戸村様だけは、渦中にありながら、此度の件について、なにも知らぬままなのでしょうな」

「…………」

無言のまま、高松は盃を傾けた。

福屋の言う通り、戸村十太夫は、決して知ることはないだろう。紙切れ一枚を巡って、多くの人間の運命が狂わされたことも、あるいは、そんな不安定なものにすがりつき、運命を託すほかない、敗者の苦しみも。

豊臣家が滅亡したのちの、高松ら大坂牢人の逃亡生活は、悲痛を極めた。

追い首漁りの雑兵や、落ち武者狩りの百姓に追い回されながら、命からがら大坂を脱出した。しかしその後も、幕府の命による残党狩りは厳しく、いつ潜伏場所に踏み込まれるか、寝ても覚めてもその一事で悩まされ、風に震える戸板や、落ち葉のこすれる音が、追っ手の足音に聞こえたものだ。

なにより辛いのが、飢えだった。米や魚はもちろんのこと、干し飯や、芋がらの縄でさえ、ろくに手に入らず、かといって盗みをすれば騒ぎになるため、昼間は大抵、路上に座り込んで物乞いをし、夜は町家の残飯を漁って飢えを凌《しの》いだ。

幕府によって、大坂牢人の赦免が布告されるまで、ずっとそんな生活が続いた。それでも生き残れた己などは幸福で、多くの仲間は潜伏の最中、飢えや病、残党狩りなどによって無惨に倒れた。

十太夫は、なにも知るまい。勝利者であるあの男にとって、三十年前の合戦は、多くの苦労に見舞われながらも、輝かしい栄光に満ちた、甘美な記憶に違いない。

「だが、それでいいのだ」

「いい、とは？」

「知らせる必要など、ないということよ」

思い知らせてやりたい。なにも知らずに、呑気に生きる勝者に、自分たちが見た景色を。

……そんな気持ちが、ないと言えば嘘になる。だが、地獄のようなあの苦痛を、他者にまで味わわせたところで、なんの救いになるだろう。

「いずれ、皆が忘れる。それこそが、わしの望みだ。あんな時代のことも、わしらのような敗者の苦しみも、誰も思い出せなくなるほどに、生温き泰平が続いてくれることこそがな」

盃に、弓なりの月が映り込む。その白き光は、いまにも振り下ろされようとする刀のようにも、あるいは、眩《まばゆ》い日差しを受けた鍬鋤のようにも見えた。

「最後に、自ら堀に入っていったのには、たまげましたぞ、戸村殿。やはり拙者は、三十年前と同じく、あなたにはとても敵わぬようだ」

苦笑まじりに、高松はそう独りごちた。

勝者と敗者。十太夫と高松の道は、これからも、決して交わることはないだろう。それでも、自分たちは確かに、同じ時代を生きたのだ。いまも、異なる場所にいる二人の頭上に、同じ月が浮かんでいるように。


桑名藩士・高松内匠は、この四年後に、六十三歳で死ぬ。岡山藩士・斎藤加右衛門も、さらにその二年後、六十六歳で没するが、嫡子・加助《かすけ》は、父と同じく蟄居に処されていたものの、のちに主家から罪を許され、三百石で斎藤家を再興させる。

秋田藩士・戸村十太夫はこののちも長命し、八十一歳まで生きた。かくして、戦を知る語り部たちは次々と世を去ったが、十太夫と高松が交わした奇妙な往復書簡はその後も残り、時代の当事者たちの貴重な記憶を、後世に伝えている。

初出　オール讀物

川中島を、もう一度　二〇一七年七月号
一千石の刀　二〇一八年一二月号
宇都宮の尼将軍　二〇一九年七月号
戦国砂糖合戦　二〇二〇年一月号
悪僧　書き下ろし
いざ白雲の　二〇一八年七月号
老人と文　二〇二〇年八月号

箕輪諒（みのわ・りょう）

1987年生まれ、栃木県出身。2014年、丹羽家の敗者復活劇を描いた第19回歴史群像大賞入賞作品『うつろ屋軍師』でデビュー。デビュー作が、いきなり「この時代小説がすごい! 2015年版」にランクインし、歴史時代作家クラブ賞の新人賞候補になる。2018年、『最低の軍師』で啓文堂書店時代小説文庫大賞を受賞。その他の著書に『殿さま狸』『くせものの譜』『でれすけ』『千里の向こう』などがある。

化《ば》かしもの
戦《せん》国《ごく》謀《ぼう》将《しょう》奇《き》譚《たん》

二〇二三年八月三〇日　第一刷発行

著者　箕《みの》輪《わ》諒《りょう》
発行者　花田朋子
発行所　株式会社 文藝春秋
〒一〇二－八〇〇八
東京都千代田区紀尾井町三－二三
電話　〇三－三二六五－一二一一

印刷所　図書印刷
製本所　図書印刷
DTP組版　言語社

ISBN 978-4-16-391741-2

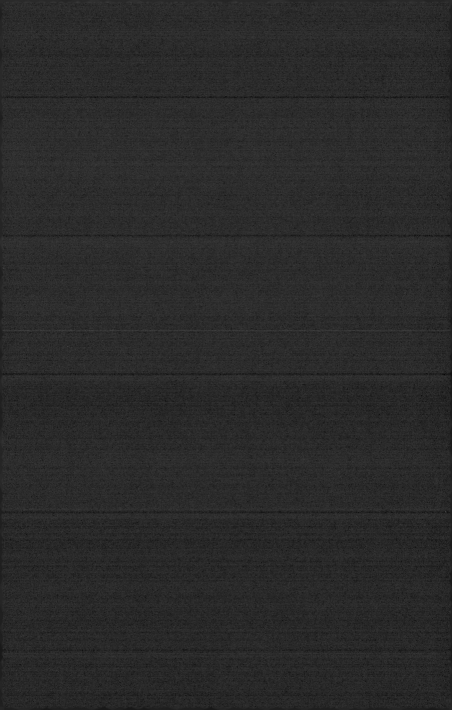